Réception funeste à Oxford

Du même auteur
dans la collection HarperCollins Noir

Série Loveday & Ryder

Le corbeau d'Oxford
Un pique-nique presque parfait
Meurtre en coulisse
Le secret de Briar's Hall
Feu d'artifice mortel
Couronnement fatal à Middle Fenton

FAITH MARTIN

Réception funeste à Oxford

Traduit de l'anglais (Royaume-Uni) par
BENJAMIN KUNTZER

Harper Collins
NOIR

Titre original :
A FATAL NIGHT

HARPERCOLLINS FRANCE
83-85, boulevard Vincent-Auriol, 75646 PARIS CEDEX 13
Tél. : 01 42 16 63 63

www.harpercollins.fr

ISBN 979-1-0339-1382-5— ISSN 2551-0096

Pour tous mes lecteurs. Après près de trente années de publications, je leur suis plus redevable que jamais de leur soutien indéfectible.

Prologue

Oxford 1962

C'était le jour de Noël, et les citoyens de cette magnifique ville universitaire d'Oxford digéraient leurs abus de dinde et de plum-pudding. La plupart d'entre eux attendaient le *Boxing Day*[1] avec fébrilité, impatients de paresser toute la journée au coin du feu, sans rien de plus pénible à envisager que l'inévitable retour au travail et à l'habituel train-train quotidien.

Toutefois, le 26 décembre de cette année-là fut accompagné d'une tempête de neige colossale, augurant d'une période de mauvais temps qui se révélerait interminable. Ce jour marqua le début de ce qui serait plus tard surnommé le « Grand Gel », quand le Royaume tout entier se retrouva prisonnier de la neige et du verglas pendant près de quatre mois.

Les premiers flocons furent pourtant chaleureusement accueillis comme les dignes émissaires d'un Noël blanc ; enfants et adultes se lancèrent alors dans des batailles de boules de neige ou s'adonnèrent joyeusement à l'érection de bonshommes de neige. Ils n'avaient pas idée du cauchemar qui les attendait. Ils n'imaginaient pas à quoi leur vie ressemblerait lorsque les routes

1. Jour férié au lendemain de Noël. (*Toutes les notes sont du traducteur.*)

resteraient bloquées pendant des semaines, que les trains ne pourraient plus rouler, que le fuel pour le chauffage viendrait à manquer, que les réserves de nourriture s'épuiseraient de façon alarmante.

Ils ne pouvaient pas non plus prévoir l'effet assommant, épuisant et démotivant des températures négatives permanentes, jusqu'à ce que, enfin, au sixième jour de mars de la nouvelle année 1963, le pays enregistre son premier jour sans gel depuis des mois.

Bien sûr, avant cette date, la mort aurait frappé, et bien souvent : les plus âgés, les moins prudents, les malchanceux, les malades.

Cependant, tous les décès ne furent pas naturels ou accidentels, ni uniquement le fait de cet hiver impitoyable…

1

L'agent de police Trudy Loveday sentit son pied droit glisser d'une manière désormais familière. Elle tendit instinctivement la main pour agripper la balustrade d'un petit jardin couvert de neige, comme tout le reste du paysage, ce qui lui permit de recouvrer son équilibre. Par chance, Trudy portait des gants de laine bien chauds, sans quoi sa peau nue aurait peut-être collé au métal tant le froid était intense.

Partout alentour, la ville d'Oxford grelottait misérablement. À l'instar d'une certaine policière, jeune et solitaire, pourtant déterminée à effectuer sa ronde.

Trudy regarda autour d'elle et soupira, son souffle formant un petit nuage de condensation. Pendant cette période « morte » entre Noël et le nouvel an de 1963, les souvenirs du Père Noël semblaient remonter à plusieurs semaines – et non à une poignée de jours –, tandis que l'heure d'entonner *Auld Lang Syne*[1] semblait ne jamais devoir arriver.

La plupart des boutiques du quartier étaient fermées, souvent parce que leur propriétaire doutait qu'un seul client aurait l'imbécillité de s'aventurer dehors pour braver les routes et trottoirs couverts de verglas alors que les journées étaient

1. Connue en français sous le titre *Ce n'est qu'un au revoir*, chanson écossaise typique de la Saint-Sylvestre.

si sombres et peu attrayantes. D'autres appartenaient à des individus vivant hors de la ville, et non au-dessus de leur échoppe, qui se trouvaient eux-mêmes emmurés par la neige dans leur village en périphérie et incapables de venir ouvrir leur commerce. Les bus ne circulaient pas, et la majorité des trains cumulaient les heures de retard, quand ils n'étaient pas tout bonnement annulés, coincés par le gel ou par les chutes de neige de la nuit qu'un vent mauvais avait amoncelées en congères sur des pans entiers de rails.

Trudy reprit son avancée, les mollets douloureux à force de patinages et de dérapages, quoiqu'elle ait jusqu'alors réussi à ne pas culbuter complètement. En s'efforçant de marcher sans trop lever les pieds, elle parvenait à progresser, mais ses reins commençaient à lui faire payer le prix de cette démarche peu naturelle. Elle serait ravie de pouvoir retourner au commissariat et de s'y réchauffer avec une tasse de thé brûlante.

Même si tout le monde prétendait trouver agréable de passer un Noël sous la neige, elle serait soulagée de la voir fondre. Si joli que fût ce manteau – et il conférait en effet des allures presque magiques à cette ville déjà magnifique, recouvrant ses clochers et ses toits telle une couche de glaçage sur un gâteau –, il commençait à causer de sérieux problèmes.

Les quelques autos qui parvenaient à s'aventurer sur la chaussée semblaient irrémédiablement atterrir dans le décor ou emboutir les véhicules stationnés, faute d'adhérence. Les hôpitaux étaient saturés de personnes âgées fragiles, admises à la suite d'une chute dans leur allée ou d'une crise d'hypothermie survenue dans leur logement mal chauffé.

Pour ne rien arranger, un vilain virus grippal s'était mis à circuler, frappant d'incapacité le grand public et décimant les rangs de la police et des services d'urgence, alors que de plus en plus d'appels leur parvenaient.

Il n'y avait donc rien d'étonnant à ce que son supérieur ne fût pas dans les meilleures dispositions.

Trudy soupira en songeant à l'humeur massacrante du capitaine Harry Jennings, tout en se dirigeant avec détermination vers le poste de police et ses radiateurs bruyants, mais d'une chaleur délicieuse.

Le Dr Clement Ryder, coroner municipal, observait son fils préparer le petit déjeuner dans la cuisine de sa maison mitoyenne d'époque victorienne, qui jouissait d'une agréable vue sur le parc voisin. Il n'était pas si fréquent que l'un de ses deux enfants, adultes depuis longtemps, lui rende une visite de plusieurs jours. Il entendait donc en profiter un maximum, même s'il ne leur en voulait nullement de mener leur propre existence, puisqu'il avait toujours estimé que tel était l'ordre des choses.

Lorsque sa femme était morte, bien des années plus tôt, les jumeaux étaient âgés de vingt ans et tous deux se trouvaient déjà inscrits à l'université, prêts à suivre la voie qu'ils s'étaient choisie. Sa fille, Julia, avait particulièrement mal vécu le trépas de sa mère, et Clement était soulagé de la savoir désormais heureuse et installée. Il l'avait vue pour le réveillon de Noël et espérait la revoir pour celui du nouvel an mais, à moins d'un dégel soudain, il doutait qu'elle pût venir jusqu'à lui. Les routes demeuraient impraticables.

Comme s'il avait lu dans ses pensées, Vincent, qui patientait près du grille-pain, poussa un lourd soupir en observant par la fenêtre.

— Je me suis renseigné, mais je n'ai aucun espoir de regagner Cheltenham de sitôt, papa. Il n'y a ni train ni bus, et toutes les routes sont fermées. Pour couronner le tout, le bulletin météo d'hier au soir a annoncé de nouvelles chutes de neige au cours des deux prochains jours. Tu ne seras pas débarrassé de moi avant encore plusieurs jours.

Clement sourit.

— Je devrais survivre ! J'espère que ça ne pose pas de problème à ton bureau. Que tu sois coincé ici, je veux dire.

Son fils était employé dans un cabinet d'architecture modeste mais très respecté. Par chance, il avait apporté les plans de l'école privée pour garçons sur laquelle il travaillait actuellement, il ne risquait donc pas de s'ennuyer.

— Non, j'ai enfin réussi à avoir Chris au téléphone. Apparemment, tout le monde ou presque est coincé à la maison. Et je peux continuer à avancer sur mes plans d'ici. Le nouveau pavillon du gymnase n'a aucun caractère d'urgence ni de difficulté.

— Ne t'en fais pas. Quand tu auras mon âge, tu dessineras des centrales électriques, prophétisa fièrement Clement.

Vincent grimaça en attrapant les toasts brûlants tout juste éjectés du grille-pain et les laissa prestement tomber dans les assiettes. Riant à moitié, il commenta :

— J'espère que je n'aurai pas à attendre aussi longtemps !

Son père feignit de s'offusquer.

— Petit effronté !

Vincent lui adressa un bref regard avant de se détourner de nouveau. À l'instar du coroner, il mesurait autour d'un mètre quatre-vingts. Contrairement à Clement, dont les cheveux d'un gris acier étaient parcourus de blanc, il était châtain clair avec quelques reflets blonds ; il avait en outre hérité des iris assez saisissants de sa mère, d'une belle couleur noisette mouchetée de vert. Une ex-petite amie avait un jour vanté l'expressivité de son visage, mais il espérait que l'inquiétude qu'il nourrissait à l'égard de son père ne se voyait pas tandis qu'il apportait les toasts couverts de beurre et de marmelade à la table de la cuisine.

— Tu comptes te rendre au bureau, aujourd'hui ? demanda-t-il d'une voix qu'il voulait naturelle.

Lorsque son père lui confirma que oui, Vincent veilla à demeurer de marbre.

— Tu ne comptes pas prendre la voiture, si ? ajouta-t-il nonchalamment.

Il pensait avoir réussi à feindre la désinvolture, mais le regard sévère que lui retourna brièvement son père le fit douter.

— Non, c'est peine perdue. La route est une vraie patinoire en ce moment. Et je ne suis pas certain que la neige tombée hier aura été dégagée partout. Et puis, Floyds Row n'est pas si loin.

Fort commodément, son lieu de travail était situé tout contre le dépôt mortuaire.

— Un peu d'air frais et d'exercice me fera le plus grand bien, ajouta-t-il d'un ton sans réplique.

Inutile d'insister, songea Vincent. De toute manière, qu'aurait-il pu répondre ? *Couvre-toi bien. N'oublie pas ta canne. Ne retombe pas. Tu veux que je t'accompagne ?* Il aurait eu l'air ridicule. Et son père lui aurait très probablement volé dans les plumes en lui rétorquant qu'il n'était pas encore complètement gâteux !

Néanmoins, après un petit déjeuner passé à plaisanter entre père et fils, Vincent alla se poster à la fenêtre du séjour pour regarder la silhouette paternelle s'éloigner dans la neige. Il put constater, à son grand soulagement, que son père avait enfilé son pardessus le plus chaud ainsi qu'un couvre-chef doublé de fourrure et une paire de gants en mouton. Et qu'il avait bel et bien pris sa canne. C'était une nouveauté, il ne l'avait encore jamais vu s'en servir ; il aurait aimé se convaincre qu'elle n'était requise qu'à cause des conditions météorologiques. Toutefois, quelque chose dans sa manière de l'utiliser, un mélange d'habitude et d'assurance, le faisait douter.

Même si l'ancien chirurgien devenu coroner semblait marcher avec la verve et la vigueur que Vincent lui avait toujours connues, le fils éprouva une pointe de malaise.

Il ne parvenait pas à oublier le trouble qu'il avait ressenti en revoyant son père à Noël. Celui-ci semblait avoir vieilli de plus d'un an depuis le précédent. Il paraissait plus frêle, peut-être aussi plus mince ? Et Vincent était convaincu d'avoir vu ses mains trembler – la première fois tandis qu'il découpait l'oie cuisinée pour le réveillon, la seconde lors d'une partie de trictrac, alors qu'il déplaçait un pion.

Il ne pensait pas pouvoir mettre cette tremblote sur le compte d'un abus d'alcool ingéré durant les fêtes, si rassurante qu'aurait pu paraître cette éventualité. Si son père aimait boire un verre à l'occasion, il n'avait jamais sombré dans l'excès, sa carrière de chirurgien n'étant sans doute pas étrangère à cette sobriété.

Peut-être Vincent avait-il juste imaginé ce mot mal articulé la veille au soir ? Après tout, il était tard, et tous deux étaient bien fatigués. Pas impossible non plus que l'épuisement qu'il avait cru déceler dans les prunelles paternelles fût en réalité dû à la lumière blanche qui se réfléchissait sur la neige couvrant chaque surface extérieure.

Malgré tout, Vincent ressentait un malaise indicible. Peut-être aussi avait-il du mal à accepter la réalité : son père vieillissait, comme tout un chacun.

Alors que Vincent Ryder scrutait toujours la rue, il fut parcouru d'un frisson. Ce qui était ridicule, car le feu ronflait dans l'âtre.

Le coroner était invincible, indomptable, même. Tout le monde le savait. Non ?

2

Quelques jours plus tard, l'aube était froide, mais lumineuse.

Enfin le réveillon, songea Millie Vander en se retournant dans son lit, un sourire heureux aux lèvres. Elle préparait sa fête du nouvel an depuis des semaines, et tout devrait être parfait pour ses invités, en dépit du temps détestable.

Elle sentait au fond d'elle que cette soirée serait inoubliable. Car c'était sans doute le soir où il lui ferait sa demande.

Elle sortit du lit et, maussade, s'approcha de la fenêtre, contrariée par la blancheur qui s'étendait à perte de vue. Comme elle avait passé sa semaine à espérer le dégel, cette vue lui fit pincer les lèvres. C'était à croire que la nature, qui lui jetait cet obstacle dans les pattes, lui en voulait personnellement.

Cinq des convives, qui n'habitaient pas à Oxford même, avaient déjà téléphoné pour décommander car ils n'osaient pas braver la route. Heureusement, elle avait eu la bonne idée d'engager un célèbre traiteur local et avait fait livrer ses compositions florales avant Noël, celles-ci étaient donc déjà en place. Elles n'auraient plus qu'à être légèrement rafraîchies.

Elle gagna le palier en soupirant et se dirigea vers la salle de bains la plus grande, heureuse que sa fille, Juliet, fût toujours couchée. Elle aimait bien accaparer cette pièce pendant une bonne heure le matin. À quarante-trois ans (trente-huit, pour ses amis et connaissances), il lui fallait un peu plus de temps qu'auparavant pour se sentir prête à affronter le vaste monde.

Elle ne s'en sortait cependant pas trop mal, se félicita-t-elle. Face au long miroir suspendu à la porte, elle se tourna d'un côté puis de l'autre pour étudier sa silhouette, en quête d'un signe d'affaissement ou d'un renflement disgracieux, sans rien découvrir de gênant.

Du haut de son mètre soixante, elle pouvait presque se voir tout entière, et ce que lui renvoyait la glace lui plaisait. Elle avait toujours été dotée de courbes généreuses aux bons endroits, tout en restant fine là où il le fallait. Une vraie Vénus de poche, disait toujours à son sujet George, son défunt mari. Paix à son âme.

Elle soupira une fois encore et se détourna du miroir pour réfléchir à la journée qui s'annonçait. Elle avait beaucoup à faire, mais restait convaincue que tout se déroulerait sans accroc. Elle espérait simplement que ses jumeaux de dix-neuf ans, qu'elle avait autorisés, non sans réticence, à inviter une personne chacun à la soirée, avaient choisi soigneusement.

Même si elle les aimait tendrement, ils lui donnaient parfois du fil à retordre. Sa meilleure amie Frances lui reprochait de trop les gâter, mais qui était-elle pour en juger ? Ses propres enfants la détestaient ! Au moins, Juliet était-elle pleine d'admiration pour sa mère, et Jasper en adoration devant elle. Peu importait s'ils étaient, à côté de cela, un tantinet turbulents ! Durant sa jeunesse, elle-même s'était parfois montrée légèrement irresponsable. Il fallait bien en profiter un peu.

Elle croisa son regard satisfait dans la glace de taille normale suspendue au-dessus du lavabo et contempla son visage avec espoir. Même sans maquillage, elle était convaincue de ne pas faire son âge. Tout le monde l'affirmait ! Sa peau claire y contribuait sans doute, elle se pencha néanmoins pour guetter la présence de pattes-d'oie aux coins de ses yeux, sans en trouver aucune. Rien d'évident en tout cas.

Elle portait encore des couches quand elle avait compris que ses yeux vert jade étaient son plus bel atout, à égalité avec ses cheveux auburn (certainement pas roux) qu'elle s'obstinait à conserver longs, encore maintenant. Qui trouvait que cela faisait petite fille ? Les cheveux longs permettaient de réaliser des coiffures merveilleuses – un pli français, des chignons de toutes sortes... Seules les femmes d'âge moyen ne voulant plus fournir le moindre effort se les coupaient court, et elle n'en était clairement pas encore à ce stade.

Ravie de constater que la crème de beauté dont elle s'imprégnait chaque soir la figure semblait produire son effet, elle ramassa ses longs cheveux en torsade sur le sommet de son crâne afin de ne pas les mouiller et ouvrit les robinets pour se faire couler un bain chaud, réfléchissant avec bonheur à la splendide soirée à venir.

Surtout, elle pensait à Terry – le grand, beau et ténébreux Terry. Terry, plus jeune qu'elle d'une bonne dizaine d'années.

Mais quelle importance, à notre époque ? Furieuse d'avoir une nouvelle fois nourri des pensées négatives quant à leur différence d'âge, elle versa dans la baignoire ses sels de bain préférés – à l'odeur de jasmin et au coût exorbitant – et, après avoir retiré son déshabillé en satin pêche, s'immergea avec un soupir de contentement dans l'eau parfumée.

La coiffeuse, programmée à 16 heures, réaliserait un chignon délicieusement « négligé », laissant de charmantes boucles s'échapper autour des oreilles et du cou. C'était du dernier chic – elle l'avait vu dans un magazine rapporté de France à l'automne. Sa nouvelle robe, acquise chez Harrods pour l'occasion, l'attendait dans sa penderie. Les femmes de ménage devaient arriver sous peu pour s'assurer que sa maison – un magnifique manoir de cinq pièces en stuc blanc, érigé dans une rue ombragée légèrement à l'écart de l'extrémité de Banbury Road – soit propre comme un sou neuf.

Feu son époux, expert en investissement et en valeurs boursières de toutes sortes, l'avait laissée dans une situation financière plus que confortable, avec des comptes bancaires bien remplis, mais aussi une rente régulière qui entamait à peine son capital. Paix à son âme.

Elle fronça les sourcils avec gêne et tâcha de ne plus songer à George. Elle l'avait aimé, lui avait donné des jumeaux et s'était efforcée d'être une bonne épouse, recevant à dîner ses collègues pendant de longues années, même si elle les trouvait indiciblement rasoir. Elle n'avait donc aucune raison de se sentir coupable. D'autant qu'il n'était plus de ce monde depuis près de cinq ans, à présent. Une veuve encore jeune, avec tant de belles années devant elle, ne pouvait tout de même pas finir ses jours en le pleurant dans la solitude, n'est-ce pas ?

Et Terry était si gentil. Elle était certaine que George aurait approuvé son choix. Bien sûr, étant comme elle issu d'une famille aisée, son défunt mari aurait peut-être été légèrement surpris qu'elle ait jeté son dévolu sur un *self-made-man*. Toutefois, George n'était pas snob et avait toujours admiré le dynamisme des travailleurs. Et Terry possédait des parts dans une affaire prestigieuse en plein essor.

Non, elle était certaine de ne rien avoir à se reprocher, quoi qu'en pensent les curieux ! Elle secoua la tête, s'en voulant d'avoir encore laissé de sombres pensées menacer sa bonne humeur. Rien ne devait gâcher ce moment si particulier. Aujourd'hui serait un grand jour – elle en était certaine ! Il marquerait la fin de l'année en cours, et 1963 se révélerait tout aussi merveilleuse. Surtout si, comme elle le supposait, Terry trouvait enfin le courage de lui demander sa main.

Elle ne pensait pas se faire d'illusions en espérant recevoir bientôt une bague de fiançailles digne de ce nom. Ce n'était pas comme s'ils n'avaient pas conclu leur « petit accord » tacite. Ils se fréquentaient désormais depuis près d'une année. Et elle portait quotidiennement en pendentif l'adorable cœur qu'il lui avait offert pour son anniversaire. Cela en disait assez long sur ses sentiments, n'est-ce pas ? Dans le cas contraire, elle veillerait dès ce soir à dissiper ses doutes, afin qu'il sache qu'elle était prête à le voir mettre un genou en terre devant elle. Ce serait tellement romantique, entre les flocons qui tombaient sans discontinuer, les cloches retentissant pour la nouvelle année et tout le reste…

Elle soupira et attrapa une éponge pour frotter distraitement ses bras pâles parsemés de taches de rousseur. Bien sûr, elle savait pourquoi il avait rechigné à la demander en mariage jusqu'à présent. Les enfants de Millie, ces petits galopins, ne se montraient pas toujours très polis avec lui. Mais ils n'avaient pas encore vingt ans, ainsi qu'elle le lui rappelait de temps à autre, et tout le monde savait qu'on pouvait être encore difficile et à fleur de peau à cet âge-là. Ils changeraient à leur vingtième anniversaire et commenceraient à se comporter en adultes. Dans le cas contraire… eh bien, si indulgente qu'elle fût habituellement, elle savait néanmoins taper du poing sur la table si nécessaire. Millie pinça alors les lèvres et haussa les épaules avec humeur.

Quoi qu'il advienne, elle ne les laisserait pas tout gâcher ce soir. Ils devaient se mettre dans la tête que, même s'ils avaient été sa raison d'être jusqu'à présent – et encore plus depuis le trépas de George –, ils ne pourraient pas rester éternellement au centre de son univers. Bientôt, ils se marieraient à leur tour et quitteraient la maison, elle aurait alors bien besoin d'une personne dans sa vie. Espéraient-ils la voir finir ses jours toute seule ? leur demanderait-elle. Alors ?

Pour une fois, elle penserait d'abord à elle, sans se soucier des réactions d'autrui. Ses amis narquois pourraient bien aller se faire pendre ailleurs ! Elle lâcha un petit cri ravi en imaginant la mine stupéfiée de Frances quand elle lui montrerait sa bague de fiançailles toute neuve au cours de leur prochain déjeuner au Randolph !

Un sourire aux lèvres, Millie Vander renversa la tête sur le rebord de la baignoire et soupira d'aise.

La soirée promettait d'être magique. Elle comptait bien s'en assurer.

3

Les premiers invités à la fête du nouvel an de Mrs Millicent Vander se présentèrent à sa porte à 20 heures pile.

Millie ne s'en formalisa pas. Les Wainwright n'étaient pas du genre à respecter le quart d'heure de politesse, mais elle s'y était préparée. Ils avaient été ses voisins durant toute sa vie maritale, et elle connaissait leurs petites manies. Ils n'étaient pas non plus des plus sophistiqués, mais l'on pouvait difficilement organiser une soirée sans convier ses voisins immédiats, non ? Ce n'était pas convenable.

Elle les invita à entrer directement dans le vaste séjour, où des tables croulaient sous la nourriture. Elle servit à Mary un *snowball*, son cocktail préféré, en se demandant comment l'on pouvait aimer l'advocaat. Ce faisant, elle désigna de sa main libre le bar où étaient alignées les bouteilles d'alcool, indiquant à l'époux de Mary qu'il pouvait faire son choix. À l'instar de George, William préférait le brandy ou le cognac aux mélanges – et, à l'instar de George, il préférait se servir ses doses lui-même. George avait toujours cru que, ainsi, son épouse ne se rendrait pas compte de sa consommation ! Paix à son âme.

Après quinze minutes d'une conversation assez ennuyeuse, d'autres convives se mirent à arriver, et Millie se détendit légèrement. En dépit du temps, l'immense majorité des invités vivaient dans un périmètre assez proche pour venir à pied ; les autres avaient trouvé divers moyens d'arriver jusqu'à elle, la régalant d'anecdotes traitant de skis, de raquettes et même d'un tracteur agricole.

Elle rit gaiement, circulant entre ses hôtes, badinant, exhibant sa nouvelle robe tout en veillant à ce que les verres demeurent bien remplis, guettant toujours du regard un individu en particulier.

Celui-ci arriva peu après 21 h 30.

Jasper Vander fut le premier à le repérer et jura doucement dans sa barbe. Culminant à un petit mètre soixante-sept, Jasper maudissait régulièrement la faible corpulence de sa mère, regrettant de ne pas avoir plutôt hérité du mètre soixante-dix-huit, plus viril, de son père. Pendant toute sa scolarité, on l'avait affublé de sobriquets comme « nabot » ou « minus », et son aigreur l'avait vite rongé de l'intérieur.

Des adultes perspicaces de son entourage s'étaient parfois demandé si sa petite taille était la cause de sa personnalité désagréable, mais la plupart des gens se contentaient de ne pas s'interroger à son sujet et de l'éviter autant que possible.

Seules sa mère et sa jumelle l'aimaient sincèrement. Ce qui n'inquiétait pas le moins du monde Jasper. Beau, intelligent et drôle, il avait surtout le mérite d'être issu d'une famille aisée. Un seul de ces avantages aurait suffi à lui permettre de se tailler une place de choix dans ce monde, ce qui le contentait amplement.

Délégué de classe (quelques ruses bien senties et un peu de jugeote lui avaient permis de s'assurer cette position prestigieuse) et capitaine de l'équipe de cricket, il était doté d'une silhouette gracieuse et élancée de danseur de ballet. Il compensait son manque de talent athlétique par une agressivité sans pareille.

Par ailleurs, il ne manquait pas de succès auprès du sexe opposé, bénéficiant de la chevelure brune de son père (et non de l'atroce tignasse rousse de sa mère), ainsi que des grands yeux gris de feu George Vander et d'une belle mâchoire carrée. La mise élégante, il passait presque autant de temps que sa mère à choisir ses vêtements.

Son esprit vif et affûté lui valait une égale mesure d'approbations et de reproches (en fonction du public présent), et il considérait l'une et l'autre réaction comme une victoire.

Ce soir-là, cependant, il n'éprouva pas la moindre pointe d'optimisme en remarquant l'arrivée de Terrence Parker ; il plissa les paupières et dissimula son ricanement en faisant mine de siroter une gorgée de son cocktail à la dernière mode, un mélange bleu qui lui semblait avoir un goût de paraffine.

Il vit sa jumelle observer, elle aussi, l'approche du nouvel arrivant. Les lèvres rouges de Juliet s'ourlèrent en un sourire prédateur qui donna à son frère l'envie d'éclater de rire. Il pourrait toujours compter sur cette bonne vieille Juju pour l'aider à abattre sa proie.

Terry Parker se mêla à la foule bruyante d'invités, un sourire décontracté aux lèvres. Il n'avait d'yeux que pour l'hôtesse, attendant l'instant où elle le repérerait et se dirigerait droit vers lui, les prunelles illuminées par un plaisir gratifiant.

— Terry ! Je commençais à craindre que tu ne parviennes pas à venir ! Le temps est toujours aussi horrible ? La neige s'était remise à tomber, la dernière fois que j'ai regardé. J'espère que tu n'es pas arrivé dans l'un de tes engins de mort ? le taquina-t-elle.

Il sourit.

— J'ai laissé la Jaguar Type E au garage, promis, répondit-il – ce qui n'était pas loin de la vérité. Au lieu de quoi, j'ai pris une Riley monstrueuse. Vieille, moche comme un pou, mais aussi lourde et fiable qu'un tank. Satisfaite ?

— Très, répondit Millie en lui saisissant le bras pour l'entraîner vers le bar.

Return to Sender, le dernier tube d'Elvis Presley, tournait sur la platine, le volume réglé au plus haut.

— Que puis-je t'offrir à boire ? Un cocktail à la mode ou un verre de mon meilleur porto ?

Les enfants pleins de ressentiment de Millie Vander n'étaient pas les seuls à scruter de près les discrets amoureux, ce soir-là.

Patsy Arles les épiait, elle aussi, avec avidité. Âgée de dix-huit ans, Patsy en faisait peut-être un peu moins, ce qui avait souvent provoqué chez elle une profonde amertume. Elle mettait cela sur le compte de ses longs cheveux ondulés, d'un blond tirant sur le roux, mais son visage en forme de cœur et ses grands yeux bleu-gris n'aidaient pas. Elle se disait souvent qu'elle ressemblait davantage à un chiot quémandant une friandise qu'à une femme fatale, mûre et bien roulée, capable de briser des cœurs.

Ses idoles étaient les actrices sensuelles et souvent scandaleuses de l'âge d'or hollywoodien : Myrna Loy, Rita Hayworth et aujourd'hui, bien sûr, Marilyn.

Elle était sortie de l'école trois ans plus tôt ; elle en avait toujours sérieusement pincé pour Juliet Vander qui, seulement âgée d'un an de plus, avait toujours incarné, aux yeux adorateurs de Patsy, la quintessence de tout ce qu'elle n'était pas : des cheveux noirs sublimes, des yeux de chat d'un vert éblouissant, une silhouette menue et harmonieuse, un air entendu qui semblait pousser les autres à se retourner sur son passage. Elle jouissait en outre d'une certaine fortune familiale, d'une langue assassine capable de mettre à sa botte n'importe quel adolescent, et de la réputation de jouer avec le feu. Sans jamais se faire prendre par les responsables de l'école, évidemment.

Juliet était la fille que tout le monde voulait connaître ; et, bien entendu, elle ne vous accordait jamais la moindre attention. Distante, étonnamment solitaire, Juliet était une reine !

Ainsi, Patsy avait eu du mal à en croire sa chance lorsque, subitement, Juliet était venue la trouver pour lui proposer d'assister à la soirée guindée offerte par sa mère pour le réveillon. Tout le monde savait que Mrs Vander organisait les meilleures fêtes du nord d'Oxford, se dit Patsy en se gorgeant d'orgueil dans le manoir des Vander. Sa propre mère s'efforçait toujours de faire bonne figure, mais elle ne possédait pas l'allant de Mrs Vander. Ni de ses relations. En réalité, elle n'était parvenue que de justesse à faire entrer Patsy dans l'école prestigieuse de Juliet – grâce à un gain inespéré aux Premium Bonds[1] !

Pour autant, Patsy n'avait su tirer profit de cette chance pour obtenir de bons résultats scolaires – contrairement à Juliet, qui réussissait tous ses examens avec un rictus satisfait et sans jamais réviser. Patsy savait qu'elle n'était pas le bouton le plus rutilant du tiroir. Néanmoins, rien de tout cela n'avait plus d'importance, songea-t-elle joyeusement en chérissant tel un diamant la cause de ce bonheur secret. Elle était présente à cette incroyable soirée, et Juliet Vander – *Juliet Vander !* – s'était confiée à elle et l'avait entraînée dans une véritable aventure. Comme

1. Obligations souscrites auprès de l'État qui, au lieu de rapporter des intérêts, offrent chaque mois une chance de l'emporter à la loterie.

toutes ses héroïnes du grand écran, elle allait pouvoir vivre le danger, l'excitation, l'idylle, le frisson. Enfin pouvait-elle dire adieu à son existence banale et barbante. Car, dès qu'elle aurait accompli le service requis et serait devenue la meilleure amie de Juliet, impossible de prédire ce que l'avenir lui réserverait.

Elle espérait seulement ne pas tout gâcher ! Cela paraissait relativement simple. Un peu… « risqué » peut-être, comme disait leur professeur de français, mais pas vraiment difficile. Tant qu'elle parvenait à garder son calme…

Elle contempla Terry Parker avec un mélange de nervosité et de voracité. Elle savait bien sûr combien Juliet le détestait – Jasper et elle n'avaient pas mâché leurs mots pour décrire ce que ce petit Casanova prétentieux (selon Jasper) tramait, et il fallait bien reconnaître que c'était un peu fort ! Brosser ainsi dans le sens du poil Mrs Vander, infiniment plus âgée que lui, dans le seul but de s'insinuer dans sa vie pour l'épouser en même temps que sa fortune !

Mais pas s'ils parvenaient à l'empêcher ! Patsy était déterminée à ne pas décevoir Juliet. Ils allaient le prendre à son propre jeu ! Elle se sentait presque comme Grace Kelly dans un film d'Hitchcock.

Patsy vit leur proie sourire à Mrs Vander et se sentit gênée pour sa nouvelle amie quand la mère de Juliet lui sourit en retour. D'un côté, raisonna-t-elle avec mélancolie, comment en vouloir à Mrs Vander ? Terry était très bel homme, même si jamais elle ne l'avouerait à Juliet ou à Jasper ! Il devait dépasser le mètre quatre-vingts de plusieurs centimètres. (Elle aimait tellement les hommes grands, sans doute parce qu'elle mesurait elle-même plus d'un mètre soixante-quinze. C'était toujours gênant d'avoir à baisser la tête pour soutenir le regard d'un garçon…) Et entre cette chevelure brune luxuriante et ce regard de braise marron foncé… Oh là là !

Elle se reprit brusquement et se détourna. Nul ne devait la surprendre à le dévisager. Juliet lui en voudrait de trahir quoi que ce soit.

Plus tard, en revanche, quand le douzième coup de minuit aurait retenti et que chacun rentrerait chez soi, elle accomplirait ce qu'elle était venue accomplir. Son cœur s'emballa, et elle s'efforça de ravaler son anxiété. Tout allait bien se passer. Juliet, Jasper et elle avaient tout bien planifié. Et Jasper, à l'instar de sa jumelle, était brillant. Ils avaient maintes et maintes fois répété les étapes de leur plan, afin de s'assurer que Patsy en mémorise chaque détail. Ce qu'elle avait réussi à faire, vraiment ! Elle connaissait son rôle… et celui-ci était à la fois magnifique, excitant et particulièrement osé. Voire un peu dangereux…

Du haut de ses dix-huit ans, Patsy Arles sentit un frisson de terreur la parcourir, et une petite voix au fond d'elle lui siffla qu'elle était complètement dépassée par les événements.

Elle croisa alors le regard de Juliet, la vit hocher la tête en lui décochant un sourire de connivence, et son cœur s'emplit de fierté. Elle fit taire cette petite voix. L'opération se révélerait sans doute particulièrement simple, au bout du compte ; elle se faisait du souci pour rien.

Et puis, Grace Kelly ne se montrerait pas aussi froussarde, si ?

Peu avant 23 heures, quelqu'un s'incrusta dans la soirée, dévora sans vergogne quelques canapés, savoura un excellent cru français hors de prix et déambula d'un air affable, se faisant çà et là des amis.

Millie Vander fut peut-être initialement la seule à s'étonner de ce comportement, car elle ignorait à qui elle avait affaire au juste. Et, naturellement, elle était bien trop polie pour s'en enquérir. À l'évidence, l'un de ses invités s'était permis de convier un tiers, et avait omis de l'avouer à son hôtesse – peut-être était-il trop gêné ou trop éméché pour le faire.

Par ailleurs, Millie savait qu'il aurait été parfaitement déplacé de faire une scène pour un simple imprévu. Dans cette époque moderne, les soirées n'étaient-elles pas considérées comme ratées si elles ne suscitaient pas un peu de scandale ?

Si Patsy Arles avait les nerfs en pelote et le sang trop chaud, l'autre femme qui surveillait Terry Parker si intensément ce soir-là était aussi froide que la neige qui tombait dehors et se sentait très calme.

Elle n'éprouva qu'une vague répugnance quand leur hôtesse clairement énamourée posa une main possessive sur son bras tout en sirotant prudemment son cocktail au champagne, avant de susurrer quelques paroles à son oreille attentive.

Il lui semblait que Terry Parker passait un bon moment. Rayonnant, il envisageait sans doute un avenir radieux, à dilapider la fortune de cette sotte…

Son esprit dériva vers d'autres pensées plus sombres… et elle se mit à ruminer.

Cependant que minuit se rapprochait inéluctablement, l'assemblée déjà bruyante se fit plus tapageuse. Quand le compte à rebours fut enfin lancé, chacun se tint la main en levant les bras au rythme du décompte.

— Huit, s'écrièrent-ils gaiement, sept, six, cinq…

Les jumeaux, Juliet et Jasper, chuchotaient dans un coin. L'« invitée vedette » – une artiste locale – avait manifestement un peu trop bu, mais, en grande dame, elle semblait bien tenir l'alcool. Il était de notoriété publique qu'elle avait un jour soûlé Dalí (ou quelqu'un de presque aussi célèbre ?), au point que celui-ci se serait retrouvé couché sous une table à Budapest (ou était-ce au Luxembourg ?).

La plupart des invités naviguaient dans un agréable brouillard. Pour tous les convives, la soirée avait été un franc succès. La nourriture était délicieuse, les boissons abondantes et variées, la musique un savant mélange de grands orchestres, de jazz et d'artistes modernes, si populaires auprès de la jeunesse d'aujourd'hui.

À minuit pile, les serpentins fusèrent, les bouchons de champagne sautèrent, les hôtes s'embrassèrent et *Auld Lang Syne* fut entonné avec une dose parfaite de nostalgie. Oui, tous ceux qui auraient des raisons de repenser à cette soirée estimeraient qu'ils y avaient passé d'excellents moments.

Il était donc fâcheux que, plus tard, tous les convives fussent soupçonnés d'avoir participé à l'exécution simple, nette et précise d'un meurtre presque parfait.

4

Trudy dormait encore lorsqu'elle entendit frapper à sa porte d'entrée. Elle ouvrit brusquement les yeux, encore groggy par l'abus de sherry de la veille. Quel était ce raffut… ? Elle leva la tête de l'oreiller et observa par la fenêtre, déconcertée. Il faisait encore sombre. Quelle heure pouvait-il être ?

Elle alluma à tâtons la lampe de chevet et cilla douloureusement dans cette lumière nouvelle. Elle souffrait d'un léger mal de tête, mais rien de trop grave.

Son réveil en fer-blanc lui assura qu'il n'était pas encore 7 heures – plus tout à fait le milieu de la nuit. Bientôt, l'aube pointerait, même si sa chambre était déjà nimbée du halo désormais familier de la lune se réfléchissant sur la neige. L'espace d'un instant, elle se demanda si elle était en retard au travail, si ce pouvait être sa mère qui frappait à sa porte… puis cela lui revint.

C'était le jour de l'An ! Et elle n'était pas attendue au poste de police avant 14 heures. Pas de congé pour elle – mais au moins s'était-elle vu épargner les horaires du matin ! Avec un temps pareil, et tant d'officiers coincés chez eux par les intempéries ou ce satané virus qui circulait, elle se demandait si sa chance tiendrait bien longtemps.

Peut-être était-elle déjà révolue ?

Elle grommela, frissonna en sortant une jambe hors des couvertures, et s'empressa de glisser les pieds dans ses chaussons avant que ses orteils ne se transforment en glaçons. Elle enfila avec gratitude sa robe d'intérieur matelassée (cadeau de Noël offert par son père) et descendit rapidement les marches tandis qu'une nouvelle volée de coups retentissait dans toute la maison.

Elle alla ouvrir la porte avec prudence et reconnut aussitôt le bel homme blond sur le palier. Elle lui jeta un regard noir, grelottant tandis que le vent soufflait des flocons sur ses mules.

— Bonjour beauté, lui lança l'agent Rodney Broadstairs avec un large sourire impénitent. Il faut t'habiller, poupée. Le patron te réclame au poste illico.

Trudy acquiesça en soupirant.

— Accorde-moi cinq minutes, maugréa-t-elle.

À contrecœur, elle l'autorisa à patienter dans la cuisine. Il n'y faisait pas bien plus chaud qu'à l'extérieur, ses parents ne s'étant pas encore levés pour allumer les feux, mais au moins le vent mordant ne pénétrait-il pas dans les entrailles de la petite maison communale des Loveday.

Quand elle redescendit, elle put constater qu'il avait au moins eu la décence de préparer du thé – même si elle supposait que seule la chance lui permettait d'en profiter aussi. Il en était déjà à sa deuxième tasse. Elle put toutefois avaler quelques gorgées brûlantes et bienvenues avant de devoir s'engouffrer dans la Land Rover de fonction stationnée devant son domicile.

Désormais titulaire du permis de conduire (grâce aux leçons dispensées par son ami Clement Ryder), Trudy savait cependant que Rodney ne l'autoriserait pas à prendre le volant et grimpa directement du côté passager. Grelottant dans son uniforme hivernal malgré son épais manteau de fonction, elle souffla sur ses doigts dans l'espoir de ne pas en perdre l'usage.

L'ancien véhicule réquisitionné on ne savait où (nombre de voitures de police se trouvaient actuellement à l'abandon dans les rues que la municipalité n'avait pas encore réussi à déneiger) souffrait manifestement d'un chauffage défectueux. À en juger par la manière dont Rodney peinait à le maintenir sur la chaussée verglacée, Trudy se demanda avec nervosité si d'autres pièces plus importantes pouvaient être en aussi piteux état !

De temps à autre, ils dépassaient des automobiles échouées dans des congères, d'où les malheureux propriétaires ou leurs assureurs n'avaient pas réussi à les extraire. Un camion de lait était bloqué rue St Aldates ; le chauffeur et une ou deux autres personnes (des clients courroucés ?) tentaient de le désembourber.

— Tu sais ce que veut le capitaine ? demanda Trudy d'un ton las en tentant de reloger l'une de ses longues mèches brunes sous son chapeau de policière.

— Il n'a rien dit, répondit laconiquement Rodney.

Trudy se demanda s'il s'était vu imposer un service de nuit et jugea plus sage de ne pas insister. Elle ne se sentait pas d'humeur à supporter les jérémiades de Rodney.

Le commissariat paraissait déserté. Trudy avait tellement l'habitude de voir le vieux Walter Swinburne assis à son bureau, à boire du thé ou à monopoliser le feu, qu'elle trouva étrange de trouver les lieux si paisibles. Les rares officiers ayant réussi à se déplacer étaient certainement en train de vaquer à leurs nombreuses occupations – même ce pauvre vieux Walter !

Étant donné les nombreuses fêtes organisées la veille dans toute la ville, les cellules de dégrisement devaient toutes être pleines à craquer, et la paperasse inhérente à ces arrestations était sans doute ahurissante. Elle espérait n'avoir pas été réquisitionnée pour cette raison.

— Entre, le capitaine est là depuis 6 heures. Mais méfie-toi, il est de sale humeur, lui conseilla Rodney d'un ton bourru.

Dûment avisée, Trudy rajusta son couvre-chef et frappa à la porte du capitaine, puis attendit le beuglement familier qui l'invitait à entrer.

Quand celui-ci retentit, elle tressaillit, mais afficha un sourire lumineux.

Harry Jennings leva la tête et la toisa d'un œil torve. Cet homme blond, de taille et de carrure moyennes, était doté d'un nez proéminent et d'yeux noisette. Pour l'heure, ceux-ci étaient injectés de sang, et Trudy se demanda s'il ne souffrait pas lui-même d'une gueule de bois.

— Ah, vous voilà enfin, dit-il.

— Chef, répondit-elle.

Elle fut tentée de lui faire remarquer que son service ne devait commencer que six heures plus tard, mais se ravisa.

— Vous feriez bien de courir à Five Mile Drive, déclara-t-il d'un air sévère. Vous avez un cadavre.

Trudy battit des cils et se raidit. Avait-elle bien entendu ?

— Chef ? s'enquit-elle timidement.

Habituellement, son supérieur ne lui confiait guère que des affaires de vol à l'étalage ou de vieilles dames dépouillées de leur pension de retraite. À l'exception, bien sûr, des rares fois où le Dr Clement Ryder avait eu besoin de ses services et où le capitaine n'avait eu d'autre choix que d'obtempérer.

Se pouvait-il qu'il la prenne enfin au sérieux ?

— Oh ! ne vous emballez pas, agent Loveday, enchaîna Jennings en avisant la lueur d'excitation dans ses prunelles. On nous a signalé une personne morte au volant dans une congère. Sans doute un ivrogne accidenté durant la nuit ayant succombé à ses blessures ou au froid. Si j'avais assez d'hommes, je les enverrais… (Il s'interrompit avec un soupir en songeant à ses troupes décimées.) Satanée neige ! marmotta-t-il.

Il se renversa contre son dossier et la lorgna d'un air belliqueux.

— Je vous demande simplement de vous rendre sur place, de remplir les papiers, de superviser l'enlèvement du corps et de mener l'enquête de routine. L'enquête de routine, c'est compris ? insista-t-il. Cela dit, avec tout ce qui se passe actuellement, il faudra sans doute des heures avant qu'un légiste parvienne à établir les causes de la mort.

Ses yeux se mirent à pétiller, dans un accès de joyeuse malveillance.

— Essayez de ne pas mourir gelée, agent Loveday.

— À vos ordres, souffla Trudy, désabusée.

— Quand quelqu'un de plus expérimenté sera disponible, vous lui transmettrez l'enquête. Si j'arrive à joindre le sergent O'Grady au téléphone et qu'il m'annonce qu'il se sent mieux, il pourra prendre le relais, ajouta Jennings sans trop d'espoir. Dans le cas contraire, vous n'aurez qu'à poursuivre les premières investigations jusqu'à ce que je trouve quelqu'un d'autre.

— Oui, chef ! répondit-elle, cette fois avec enthousiasme.

Même si l'affaire s'avérait banale, c'était la première fois que son supérieur acceptait de lui confier enfin une enquête importante !

— Allez, assez perdu de temps. Vous connaissez la marche à suivre. Et seulement l'enquête préliminaire, lui rappela-t-il.

— Oui, chef. Euh…

Trudy hésita.

— J'écoute, aboya Jennings.

— Chef, si les services de médecine légale sont si occupés… ne pourrions-nous pas contacter le Dr Ryder ? Il dispose du crédit nécessaire pour établir les causes de la mort et autoriser l'enlèvement du cadavre. Dans le cas contraire…

La première tentation du capitaine fut de hurler : « Non, hors de question d'appeler le vieux vautour ! » Tel était le sobriquet dont l'essentiel des forces de police (et au-delà) affublait le coroner derrière son dos. Le capitaine n'aimait pas voir l'agent Loveday et le Dr Ryder travailler de concert : bien souvent, ils découvraient trop de problèmes à son goût.

Il ravala toutefois sa première réaction et laissa un sourire retors étirer ses lèvres. Il faisait un froid glacial, et il doutait que le coroner apprécie d'être arraché à sa demeure confortable le jour du nouvel an pour se rendre sur la scène d'un accident de la route dans le but d'accomplir une tâche aussi modeste qu'une simple déclaration de décès. L'ancien chirurgien jugerait cette activité indigne de son statut.

Bien fait pour lui !

— Bien sûr, agent Loveday, répondit-il d'un ton doucereux. Excellente idée. Ce n'est peut-être pas très orthodoxe mais, puisque les médecins légistes se plaignent d'être surchargés de travail, je devrais pouvoir m'arranger avec eux.

— Merci, chef, répondit Trudy, rayonnante.

Elle s'empressa de quitter les lieux avant qu'il ait pu changer d'avis.

Jennings pouffa, puis grimaça quand sa tête se mit à palpiter. D'un air abattu, il songea à la longue journée qui l'attendait. Combien de ses officiers allaient pouvoir répondre à l'appel ?

Il poussa un profond soupir. Au moins, pour une fois, même le Dr Ryder et cette insupportable Loveday ne parviendraient pas à tirer grand-chose d'un drame aussi tristement banal qu'un automobiliste mort.

5

Trudy n'avait que très rarement l'occasion de se rendre au domicile du Dr Clement Ryder, et elle éprouva un instant d'appréhension tandis qu'elle remontait South Parks Road en direction de la jolie rangée de maisons victoriennes où se trouvait celle du coroner. Elle poussait sa bicyclette avec peine, les routes n'ayant pas encore été totalement déblayées – elle avait toutefois bon espoir que les principales artères du nord de la ville, Woodstock et Banbury, le seraient. Et que la lourde Rover de l'ancien chirurgien leur permettrait de surmonter les difficultés de circulation.

Et s'il n'était pas intéressé par cette nouvelle « affaire » ? Elle n'était même pas certaine de pouvoir employer ce terme. Il n'y avait probablement aucune implication criminelle, et il risquait d'être contrarié de se voir entraîné dans le froid dans l'unique but de rendre service au médecin légiste. D'un autre côté, ils n'avaient pas mené d'enquête ensemble depuis le mois de mai. Il devait être aussi impatient qu'elle de collaborer de nouveau, non ?

Trudy soupira en poussant le portillon du Dr Ryder, soulagée de constater que la courte allée avait récemment bénéficié des attentions d'une pelle à neige. Elle avait chaussé des bottes en caoutchouc (pas très réglementaires, mais le climat actuel avait amadoué même les plus rigoristes sur la question l'uniforme) et, tout en sonnant à la porte, elle tapa consciencieusement des pieds pour se débarrasser de la neige résiduelle. Si elle se trompait sur les intentions du coroner, autant ne pas aggraver son cas en laissant des empreintes de pas dans toute la maison.

Elle examinait encore ses semelles quand la porte s'ouvrit. Elle redressa la tête avec un sourire lumineux, et lançait déjà un joyeux « Bonne année, docteur Ry… » quand elle prit conscience que l'homme en face d'elle n'était pas celui qu'elle avait pensé trouver.

Approchant des trente ans et du mètre quatre-vingts, il avait des cheveux châtain clair, presque blonds, et de grands yeux noisette. Plutôt charmant, avec son visage chafouin, il considérait son uniforme en fronçant les sourcils.

— Oui, officier ? Je peux vous aider ?

Se sentant idiote, Trudy effaça rapidement son sourire et se raidit légèrement.

— Pardonnez-moi, monsieur. Je me demandais si je pourrais m'entretenir avec le Dr Clement Ryder ?

L'inconnu sur le seuil la dévisagea avec méfiance et perplexité. Déjà rougie par le froid, elle ne se doutait pas qu'il la trouvait malgré tout ravissante.

— C'est le jour de l'An, déclara-t-il, impassible, comme si le charme de la visiteuse le laissait indifférent. Il me semble qu'il ne sera officiellement pas en service avant le début de la semaine prochaine.

Trudy s'empourpra un peu plus. Elle avait eu raison de s'inquiéter : elle n'aurait pas dû venir.

— Désolée, je…

— Qui est-ce ?

La voix de Clement s'élevait depuis l'intérieur.

— Je ne sais pas trop, papa. Elle semble être de la police. J'espère que tu n'as pas fait de bêtise, ajouta le jeune homme d'un ton taquin, même s'il continuait de toiser Trudy sans la moindre bienveillance.

— Qui ?

Trudy, qui avait déjà fait volte-face, se retourna en entendant son ami l'appeler. Le visage de Clement était apparu par-dessus l'épaule de son fils, et il lui adressait désormais un large sourire de bienvenue.

— Trudy ? Ma chère enfant, ne restez pas dans le froid. J'étais justement sur le point de faire du cacao. (Il n'en buvait jamais, et Vincent, qui en avait conscience, lui décocha un coup d'œil surpris en l'entendant mentir de la sorte.) Ce gros mal élevé est mon fils, Vincent, ajouta-t-il avec douceur.

Trudy vit le jeune homme adopter une mine légèrement contrite.

— Oh ! non, inutile. Je dois..., commença-t-elle tout en scrutant Vincent avec nervosité.

Elle venait de comprendre pourquoi il se montrait si hostile à son égard. Les familles des serviteurs de l'État devaient avoir l'habitude de les préserver des dérangements et des sollicitations injustifiées sur leur temps libre. Les enfants d'un médecin généraliste, soupçonnait-elle, devaient en outre apprendre dès leur plus jeune âge à trier le bon grain de l'ivraie s'agissant des visites indues.

— Si, si, j'insiste. Entrez, répliqua Clement d'un ton plus ferme, relevant davantage de l'ordre que de la suggestion.

Vincent n'hésita qu'un instant avant de s'effacer à contrecœur et d'ouvrir la porte plus largement pour l'accueillir.

— Seulement quelques minutes, alors, consentit Trudy, mal à l'aise.

Pourquoi ne s'était-elle pas doutée que le coroner recevrait probablement de la famille durant les fêtes ? Sans doute parce qu'elle avait pris l'habitude de l'imaginer seul au monde.

— Bonne année, lança-t-elle en observant tour à tour le père et le fils.

Trudy ne savait pas grand-chose de la vie privée du coroner, seulement qu'il était veuf depuis quelque temps et qu'il avait un garçon et une fille – des jumeaux –, désormais adultes et vivant loin de leur père.

— Bonne année à vous également, répondit Clement en la guidant jusqu'à la cuisine.

Il se dirigea alors vers le réfrigérateur, d'où il sortit une bouteille de lait qu'il vida dans une casserole.

— Vincent, tu en veux ? proposa-t-il à son fils qui les observait depuis l'encadrement de porte, les bras croisés sur la poitrine.

— Non merci, répondit-il doucement.

— Asseyez-vous, Trudy, proposa le coroner en constatant que sa jeune amie hésitait, gênée, près de la table de cuisine.

Trudy avait déjà remarqué qu'il portait un lourd costume de tweed, mais pas de cravate, et qu'il semblait avoir perdu un peu de poids depuis leur dernière rencontre. Elle tira obligeamment une chaise pour s'asseoir.

— Je ne peux vraiment pas rester longtemps, docteur Ryder, expliqua-t-elle. Je dois me rendre à Five Mile Drive. Il y a eu un accident, précisa-t-elle.

Comme prévu, Clement tourna alors brusquement la tête vers elle, les yeux pétillant d'intérêt. Elle éprouva un léger sentiment de satisfaction.

— Oh ?

— Un conducteur a été retrouvé mort dans sa voiture.

Si elle avait été ravie de découvrir que son mentor était aussi impatient qu'elle à l'idée d'élucider une nouvelle affaire ensemble, la banalité de celle-ci s'avérait légèrement décevante.

Il ne semblait pas partager ses doutes.

— Vous avez besoin de moi ? demanda-t-il, plein d'espoir.

Il posa la casserole sur la cuisinière, alluma le feu et se retourna vers elle.

Trudy jeta un coup d'œil vers le fils, toujours dans l'embrasure, en se demandant quoi répondre. Si Vincent Ryder n'avait pas été présent, elle lui aurait déjà volontiers livré tous les détails, y compris les instructions strictes et contraignantes du capitaine Jennings (et la manière dont les contourner !). Cependant, elle avait désormais l'impression de s'imposer. Et si le Dr Ryder avait prévu de rester au chaud avec son fils ? Elle n'eut toutefois pas le temps de formuler un refus poli que Clement avait déjà repris la parole.

— Pardonnez-moi, c'était idiot. Bien sûr que vous avez besoin de moi. Le Dr Robbins m'a dit, pas plus tard qu'hier, qu'il croulait sous les affaires, à cause de ce satané virus contracté par la moitié du personnel et des intempéries qui paralysent les faubourgs. Il ne doit pas avoir de bras disponibles pour une simple enquête de routine. Je vais lui téléphoner pour lui proposer d'aller y jeter un œil et déclarer officiellement la mort. Ainsi, ils pourront au moins déplacer le corps, remorquer la voiture et libérer la route avant que la journée démarre vraiment.

Vincent s'écarta pour laisser passer son père, et Trudy entendit bientôt une porte s'ouvrir et se refermer, quelque part à l'avant de la maison. Sans doute celle d'un bureau ou d'une bibliothèque.

— La police a-t-elle réellement besoin des services de mon père pour un acte aussi basique ? s'enquit Vincent avec ressentiment.

Son père n'était plus de première jeunesse, et ils s'étaient couchés tard pour célébrer la nouvelle année. Il aurait dû se reposer ce jour-là.

— Il est en vacances, vous savez ?

— Je suis désolée, répondit Trudy, contrite.

Vincent soupira et versa distraitement deux cuillerées de cacao dans une tasse, qu'il mélangea avec un peu de lait froid. Ils entendaient la voix grave du coroner gronder plus loin.

Peu après, Clement reparut dans la cuisine en se frottant les mains d'un air satisfait.

— Bon, c'est réglé. Comme je le pensais, Robbins était ravi d'être débarrassé de cette corvée.

Vincent eut un sourire amer, se demandant si tel était réellement le cas ou si, comme souvent, son père avait simplement annoncé au pauvre homme ce qui allait se produire sans admettre la moindre protestation. Il remarqua un sourire de même nature sur les lèvres de Trudy et l'observa avec une attention renouvelée.

Il se sentit alors envahi d'une colère inattendue, mais manifeste. Qui était cette jolie policière, pour connaître si bien son père ? Et se croire autorisée à sourire de la sorte ?

— Le lait va déborder, papa, dit brusquement Vincent.

Clement émit un petit bruit agacé et retira la casserole du feu.

Vincent lui tendit la tasse, et Trudy et lui le regardèrent servir. Sa main trembla légèrement, et Clement renversa un peu de lait sur la paillasse. Il releva rapidement la tête pour voir si ses hôtes s'en étaient rendu compte, et Vincent constata que la jolie policière se détournait poliment. Un sentiment d'inquiétude grandissant lui hérissa le poil. Mais que se passait-il, ici ? Qui était cette jeune femme, et comment connaissait-elle son père ?

— Et donc, la police te demande souvent de faire son travail ? s'enquit Vincent en s'efforçant de parler d'une voix légère et taquine.

Clement grommela en remuant le cacao avant de tendre une tasse à Trudy, qui s'en saisit pour siroter nerveusement le breuvage. En vérité, elle n'avait aucune envie de cette boisson, même si elle la réchauffait agréablement. La tension croissante entre le père et le fils la troublait de plus en plus.

Elle n'aurait su expliquer pourquoi, mais elle était certaine que le séduisant fils du coroner avait une dent contre elle, ce qui lui donnait envie de disparaître.

— En réalité, l'agent Loveday et moi sommes coutumiers du fait, répondit Clement joyeusement.

Sa vie avait été assez morne ces derniers temps, et même si la perspective d'un conducteur mort, sans doute à cause de l'alcool, n'augurait pas une grande enquête, c'était toujours mieux que de rester confiné à l'intérieur, à écouter la TSF ou à relire Tolstoï.

Vincent redressa subitement la tête.

— Pardon ? Comment ça, coutumiers du fait ?

Clement sourit à son fils et entreprit de lui résumer leurs collaborations précédentes. Trudy, quoique fière de leurs exploits, ne pouvait s'empêcher de constater que Vincent Ryder n'était pas ravi d'entendre que son père jouait les détectives et enquêtait, sur le terrain, pour élucider de véritables crimes.

— Et donc, toi et… euh… (Vincent considéra leur jolie visiteuse d'un air incrédule.) L'agent… euh…

— Loveday, monsieur, compléta-t-elle obligeamment.

— Oui, merci, agent Loveday. Vous enquêtez réellement sur des affaires de meurtres ? s'exclama Vincent d'une voix montant dans les aigus.

Il contempla Trudy, tâchant de deviner son âge. Elle semblait avoir à peine entamé la vingtaine !

— Eh bien, pas tout à fait. Ou plutôt, personne ne savait qu'il s'agissait d'affaires de meurtre, au départ. Disons seulement, expliqua Clement en remarquant les traits perplexes de son fils, qu'il survient parfois des événements nécessitant un regard neuf, mais pas forcément une enquête officielle. Si l'on me soumet des faits pour lesquels le verdict de mort accidentelle, par exemple, ne me paraît pas tout à fait justifié, je vais faire des pieds et des mains pour qu'on nous autorise à fouiner un peu. Interroger des suspects, suivre quelques pistes, ce genre de choses. Et, récemment, on nous a demandé de creuser discrètement dans le cadre d'une enquête pour meurtre tout à fait officielle.

— Papa ! se récria Vincent. C'est le travail de la police, non ?

— Trudy est de la police, fit tranquillement remarquer Clement avec une logique implacable.

— Mais pas toi ! Tu es censé travailler dans un bureau ou au tribunal.

Là où un vieil homme était en sécurité et ne risquait pas de s'attirer des ennuis, se garda-t-il d'ajouter.

Clement adressa à son fils un regard entendu.

— Je ne suis pas encore complètement sénile, Vincent. Et sache que m'assurer qu'une personne coupable de meurtre soit condamnée pour son crime relève de mes prérogatives de coroner municipal.

— Arrête ton char, ricana Vincent. Tu t'amuses comme un fou à jouer les Sherlock Holmes, voilà tout !

Clement rejeta la tête en arrière et éclata de rire.

— Même si c'était le cas, qu'est-ce que ça pourrait faire, hein ?

Vincent ouvrit la bouche pour répliquer, mais avisa le pétillement dans les prunelles de son père et ravala la repartie piquante qu'il avait sur le bout de la langue. Il se tourna plutôt vers la jeune femme assise silencieusement, apparemment incapable de soutenir son regard. Un nouvel accès d'inquiétude l'assaillit.

Il se souvenait désormais d'une conversation téléphonique qu'il avait eue avec sa sœur, quelques mois plus tôt ; elle lui avait alors fait remarquer que leur père semblait avoir recouvré un peu de sa vigueur au cours des deux années écoulées. Il en avait volontiers convenu, sans chercher à en comprendre la raison. À présent, il était presque sûr de savoir pourquoi.

Son père, qui aimait s'impliquer personnellement dans tout ce qu'il entreprenait, avait trouvé une nouvelle façon de s'amuser. En traquant les meurtriers, en donnant des ordres aux uns et aux autres. Cela lui ressemblait bien.

Et si cela cachait autre chose ?

Son père était désormais veuf depuis longtemps. Il avait par ailleurs atteint un âge où les hommes avaient tôt fait de laisser de jolies filles leur tourner la tête. Pis encore : une personne comme Clement, disposant d'une fortune et d'un statut, ferait une cible de choix pour qui chercherait un mari opulent.

Depuis combien de temps cette timide brunette aux yeux de biche et son père travaillaient-ils ensemble ?

Et quelles étaient au juste les limites de leur « amitié » ?

6

— J'ai bien cru que cette vieille guimbarde ne démarrerait jamais, commenta Clement Ryder dix minutes plus tard en tapotant le tableau de bord de sa Rover P4, cependant qu'ils s'éloignaient prudemment de sa maison.

Le milieu de la route était tout juste assez déneigé pour que la grosse voiture parvienne à repousser les congères de part et d'autre ; toutefois, même en première, l'arrière du véhicule avait tendance à faire d'inquiétantes embardées.

Trudy, soulagée que l'automobile fonctionne (faute de quoi, elle aurait dû remonter à vélo la Woodstock verglacée), esquissa un sourire distrait.

Quand ils eurent atteint la chaussée plus largement déblayée de Banbury Road, Clement lui jeta un coup d'œil pensif et fronça les sourcils. Sa jeune amie n'était pas aussi pétillante que d'habitude, et il pensait savoir pourquoi. L'atmosphère assez glaciale qui régnait plus tôt dans sa cuisine ne lui avait pas tout à fait échappé – un froid qui n'avait rien à voir avec les conditions météorologiques atroces.

— Ne vous inquiétez pas pour Vincent, dit-il avec désinvolture. Il n'est pas du matin. Et il lui faut toujours un peu de temps avant de se montrer sous son meilleur jour avec les gens qu'il ne connaît pas.

— Oh ! ça ne m'a pas perturbée, s'empressa d'affirmer Trudy. Et il n'avait pas complètement tort de m'en vouloir. Je n'ai même pas pris le temps de me demander si cela vous dérangerait d'être traîné hors de chez vous un jour férié !

— Au contraire ! Vous avez bien fait.

De toute évidence, il le pensait sincèrement.

Rassurée, Trudy put se détendre enfin.

Clement fronça une nouvelle fois les sourcils en activant les essuie-glaces. La neige s'était remise à tomber, plus rapide que jamais, mais ce n'étaient pas ces nouvelles précipitations qui le perturbaient.

Son fils était loin d'être idiot, et Vincent l'avait vu se casser la figure la semaine précédente – conséquence de l'aggravation de sa maladie de Parkinson. Cela lui était aussi arrivé à la maison, où il n'avait pas eu l'excuse d'un trottoir glissant pour se justifier. Il avait simplement échoué à lever correctement les pieds – c'était entièrement sa faute. Il avait beau essayer de faire l'effort conscient de marcher normalement, il lui arrivait malgré tout d'oublier.

Satanée maladie !

Elle avait déjà ruiné sa carrière de chirurgien. Quand il avait remarqué les premiers tremblements de sa main et s'était rendu à l'étranger pour confirmer son autodiagnostic, il avait aussitôt donné sa démission – au grand étonnement de tous ceux qui le connaissaient – pour se reconvertir en coroner. Au moins, son savoir médical n'était-il pas complètement gâché.

Ayant quitté le pays pour consulter des spécialistes, il avait jusqu'à présent réussi à dissimuler son état de santé à tout le monde. Depuis, il suivait lui-même l'évolution de la maladie, se prescrivant les traitements nécessaires. Il était à peu près sûr que nul, dans son cercle proche, ne soupçonnait le moindre souci de santé.

Désormais, il craignait que Vincent commence à se demander si son père ne lui cachait pas quelque chose. C'était un garçon attentif et brillant. Et, même s'il le chérissait, Clement espérait que la neige disparaîtrait vite afin que son fils puisse reprendre le cours de sa vie, à bien des kilomètres d'Oxford, avant que…

La voix de Trudy interrompit ses sombres ruminations.

— Je pense que nous sommes arrivés. Je vois l'agent de faction.

Ils venaient de bifurquer sur Five Mile Drive ; quelques mètres plus loin, de l'autre côté de la route, l'angle arrière d'un véhicule émergeait d'un monticule de neige.

— On dirait qu'il a pris son virage trop large et est allé percuter l'arbre, commenta Trudy. Il a peut-être roulé sur une vilaine plaque de verglas ?

Le tronc d'un cerisier aux branches couvertes de stalactites se dressait devant la congère. Toute la chaussée était bordée d'arbres, ce qui en faisait un lieu magnifique en avril ou mai, quand tous étaient en fleurs. Désormais, ce cerisier semblait faire office de triste sentinelle veillant sur l'endroit où un homme avait perdu la vie.

— Ou alors il roulait simplement trop vite et a perdu la maîtrise de son véhicule, suggéra Clement en cherchant machinalement une place de stationnement, avant de mesurer à quel point c'était inutile.

Les chasse-neige, en libérant la route, avaient encombré les bordures. Il coupa donc le contact au milieu de la voie et ouvrit sa portière – ce n'était pas comme s'il risquait de provoquer un embouteillage. Il était encore tôt en cette matinée du nouvel an. La plupart des personnes raisonnables devaient être au lit – et y resteraient encore un bon moment !

— Aurait-il réellement pu rouler vite ? reprit Trudy. Avec ce temps et en pleine nuit ?

— Tout dépend de la quantité d'alcool qu'il avait absorbée.

Clement haussa les épaules. Étant donné sa fonction, il avait souvent été confronté à des individus convaincus de pouvoir boire et conduire.

Alors que Trudy descendait du côté passager, un jeune agent, l'air frigorifié et misérable, s'approcha.

— C'est vous, la relève ? demanda-t-il d'un ton plein d'espoir en considérant Trudy de pied en cap.

Il devait avoir l'âge de Rodney et, à en juger par son air dédaigneux, il semblait partager son opinion quant à la présence de femmes au sein des forces de police.

Trudy se fendit d'un sourire las.

— Le capitaine Jennings m'a chargée de l'enquête préliminaire, rétorqua-t-elle en sortant son calepin.

Alors qu'elle recueillait les détails de l'affaire auprès du planton éprouvé, Clement s'approcha prudemment du véhicule accidenté.

Une Riley, constata-t-il. Un sentier d'une trentaine de centimètres de largeur avait été dégagé jusqu'à la portière du conducteur – sans doute l'œuvre du premier agent de police à avoir été appelé sur place.

Il se pencha pour regarder par la vitre couverte de givre. Il ne distinguait pas grand-chose, et la pellicule de glace déformait sa vision, mais il parvint à discerner certains éléments.

Un homme vêtu d'un costume chic était effondré en avant, le front sur le volant ; sa position incongrue donnait l'impression qu'il était en pleine sieste. Le bras le plus proche de la portière pendait le long de son flanc, sa main nue et ses doigts pâles contrastant avec l'habitacle ténébreux. Bien que ganté, Clement fut pris de fourmillements quand il avisa la peau froide et bleue.

Le coroner savait que la température avait chuté bien au-dessous de zéro durant la nuit, mais il allait devoir réclamer le relevé précis aux météorologues du coin. S'ils arrivaient à découvrir quand la victime avait été vue vivante pour la dernière fois, ils parviendraient peut-être à estimer l'heure de la mort avec une certaine précision.

Il ouvrit la portière et s'accroupit, éprouvant alors un pincement dans le bas du dos. N'en tenant pas compte, il examina le défunt de plus près. Puis il ôta des dents le gant de sa main droite pour chercher un pouls ou quelque autre signe de vie. Sans surprise, il n'en trouva aucun.

Jeune, environ la trentaine, devina Clement. Bel homme – car, en dépit de sa pâleur spectrale, son visage n'avait guère été affecté par la mort. Une épaisse chevelure brune, qui, de l'avis du coroner, aurait nécessité une bonne coupe – il savait cependant que la mode était aux cheveux longs. Aucune trace de sang, pas de signe de blessure grave. Clement se pencha avec précaution pour scruter l'endroit où le front reposait contre le volant. Il ne remarqua aucun hématome caractéristique – mais il savait pertinemment que ce n'était pas toujours significatif. Certaines ecchymoses n'apparaissaient sur les cadavres qu'après vingt-quatre heures ou plus.

Néanmoins, au premier coup d'œil, le conducteur ne lui semblait pas avoir subi de blessure fatale. Même si l'avant de la voiture touchait le tronc, il ne paraissait pas si cabossé, la congère en bord de route ayant probablement amorti l'impact. Peut-être cela avait-il malgré tout suffi à le précipiter en avant, lui faisant cogner la tête contre le volant ? Assez fort pour l'assommer ? Surtout s'il était déjà à moitié groggy. Le froid avait probablement eu raison de ce pauvre hère.

Avec un grognement, Clement se pencha plus loin dans l'habitacle, approchant son nez des lèvres de la victime – sans les toucher. Il renifla et crut déceler une vague odeur d'alcool mais, avec un froid aussi intense, impossible d'en être certain. Il souleva délicatement l'une des paupières fermées du défunt.

Et, pendant un très, très long moment, il contempla pensivement les grosses pupilles noires copieusement dilatées. Puis il hocha la tête, referma respectueusement les yeux de l'inconnu et se redressa, faisant une nouvelle fois fi du pincement dans son dos.

Il renfila son gant et ferma doucement la portière.

Trudy et l'autre agent l'observaient en attendant son verdict en silence.

— Je peux confirmer la mort, annonça platement Clement en consultant sa montre par habitude.

Trudy consigna l'heure sur son bloc-notes et lui adressa un signe de tête.

— L'agent Wilkins ici présent a été contacté peu après 6 h 30, ce matin, par l'homme qui a trouvé la voiture en promenant son chien.

— Je n'arrive pas à comprendre qu'on puisse se lever si tôt le jour du nouvel an, surtout pour promener un chien. Et avec ce temps, en plus ! marmonna l'agent avec aigreur.

— Nous avons tous nos petites habitudes, commenta Clement en observant la scène.

Tout autour de lui, une neige blanche et gelée, couverte d'un manteau plus tendre et frais, mélangeait les surfaces et rendait tout uniforme. Trudy, qui examinait aussi les lieux, désigna les empreintes de pas orientées vers la voiture.

— Ce sont celles du promeneur de chien ? demanda-t-elle à Wilkins.

— Oui. Il attendait près de la portière du côté passager quand je suis arrivé. En me frayant un chemin jusqu'au véhicule, j'ai pris soin de ne pas les effacer, ajouta-t-il d'un ton suffisant, s'attendant manifestement à des félicitations.

N'en recevant aucune, il soupira.

— Et ça, vous savez d'où ça vient ? ajouta Trudy en se penchant pour observer de légères traces qui semblaient tourner autour de l'auto accidentée.

— Aucune idée, avoua Wilkins en les contemplant.

Trudy fronça les sourcils. Deux jeux d'empreintes – celles du promeneur dans la poudreuse, celles de l'agent jusqu'à la portière – étaient clairement définis. Les deux hommes avaient eu le bon sens d'aller et venir dans les mêmes pas. Piétiner dans près de soixante centimètres de neige nécessitait beaucoup d'efforts. L'instinct poussait à reposer les pieds dans les mêmes trous à l'aller et au retour, et Trudy reconnaissait les motifs des semelles des deux individus. Les pas du promeneur, cependant, disparaissaient rapidement sous la neige fraîche. Les autres traces ne comportaient en revanche aucune rainure et n'étaient pas si profondes.

— On dirait que quelqu'un était déjà passé par ici – peut-être pendant la nuit –, mais que la neige a partiellement recouvert les traces, hasarda-t-elle en se tournant vers Clement.

— À moins qu'elles aient été creusées plus récemment, par quelqu'un ou quelque chose d'assez léger pour ne pas trop s'enfoncer ? suggéra Clement avant de se tourner vers l'agent. Quelle était la race du chien ?

— Pardon ? s'étonna Wilkins en clignant des yeux avec consternation.

— Celui du promeneur ? Était-ce un petit ou un gros chien ? A-t-il pu courir autour de la voiture et laisser ces traces ?

— Je ne reconnais aucune empreinte de pattes, tempéra Trudy en observant les traces de plus près.

Se pouvait-il qu'un renard soit venu renifler et déranger la scène de crime dans la nuit ?

— C'était un collie, affirma Wilkins d'un ton las. Un blanc et noir, gentil, mais un peu cinglé.

Trudy se releva en haussant les épaules.

— Bon, le Dr Ryder a établi la mort. Et si vous alliez chercher d'éventuels témoins dans l'une de ces habitations ? suggéra-t-elle en désignant les maisons alentour. Vous pourriez demander à vous servir de leur téléphone pour faire venir un fourgon mortuaire ? Je suis sûre que l'un d'eux vous offrirait une tasse de thé – peut-être même un petit déjeuner complet, avec un peu de chance, s'empressa d'ajouter Trudy quand Wilkins fit mine de protester.

Elle vit la perspective des œufs et du bacon faire son chemin dans l'esprit de l'agent, qui finit par hocher la tête en s'éloignant d'un pas presque enjoué vers la maison la plus proche.

Trudy prit son courage à deux mains avant de s'approcher de la voiture, marchant dans les pas du Dr Ryder pour aller inspecter le cadavre. Ça n'avait rien d'épouvantable, mais elle se sentit légèrement mal à l'aise quand elle palpa les poches de la victime dans l'espoir de trouver des papiers d'identité.

Elle mit la main sur son portefeuille.

— Terrence James Parker, annonça-t-elle en observant le mort avec tristesse. Je me demande quelles bonnes résolutions il avait prises pour cette nouvelle année.

Clement secoua la tête. Même s'il avait entendu son commentaire, il n'était pas d'humeur à philosopher.

— Trudy, je n'aime pas l'aspect de ses yeux, déclara-t-il, catégorique.

7

Quand Trudy lui décocha un regard surpris, il expliqua avoir vu ses pupilles dilatées.

— Est-ce qu'un abus d'alcool aurait pu provoquer ça ? demanda-t-elle après un instant de réflexion.

— Ça ne me semble pas très vraisemblable, répondit prudemment Clement. Il se peut, bien sûr, que sa tête ait cogné plus fort qu'en apparence. Les blessures crâniennes sont bien souvent difficiles à mesurer avant une véritable autopsie. Une commotion cérébrale pourrait avoir ce genre de conséquences.

— Mais… ? le pressa Trudy en haussant un sourcil interrogateur.

— Mais, poursuivit Clement avec un léger sourire, ma première intuition m'orientait plutôt vers une consommation de drogue.

Trudy songea aux implications, puis soupira.

— Nous devons découvrir ce qu'il a fait hier soir, n'est-ce pas ? Et s'il revenait de soirée, comme semble l'indiquer sa tenue, de quel genre de soirée il s'agissait.

Au cours de sa courte carrière, elle avait rarement été confrontée à des problèmes liés à la drogue – tout en bas de l'échelle de la police, elle était soigneusement tenue à l'écart des affaires de narcotiques. Elle savait toutefois qu'il en circulait en ville – surtout parmi les étudiants et les riches désœuvrés, ce qui semblait être le cas de leur cadavre.

Elle avait constaté la bonne facture de ses vêtements et chaussures. Il portait en outre une montre onéreuse.

— Au moins, il n'a pas été dépouillé, ajouta-t-elle après coup en vérifiant une nouvelle fois le portefeuille, qui renfermait une liasse de billets.

— Vous avez son adresse ? grommela Clement.

Trudy agita sa trouvaille.

— Et le capitaine Jennings m'a chargée de l'enquête préliminaire, déclara-t-elle, les yeux pétillant d'impatience.

Terrence James Parker occupait une petite maison mitoyenne près du carrefour menant au très coté village de Wolvercote, à l'opposé de l'entrée d'une autre rue pleine de manoirs du nord oxfordien. Trop loin pour se targuer de vivre dans l'un ou l'autre de ces endroits, sans résider pour autant dans un quartier bas de gamme.

Malheureusement, cette petite rue latérale n'avait pas encore reçu la visite des chasse-neige ; ils durent donc abandonner la Rover un peu plus loin et finir tant bien que mal à pied.

Par chance, le coroner conservait ses bottes en caoutchouc dans la malle de sa Rover ; malgré tout, tous deux avaient les jambes froides et les pieds gourds et moites quand ils remontèrent la courte allée conduisant à l'huis. Les joues de Trudy brûlaient tant l'air était glacial.

Les rideaux de la demeure de brique rouge – agrémentée de charmants ornements crème au-dessus des fenêtres et de la porte – avaient été soigneusement tirés. Trudy appuya sur la sonnette, espérant que son instinct ne la trahissait pas et que la victime vivait bien seule. Si Mr Parker avait été marié, son épouse aurait sans doute signalé sa disparition durant la nuit – ou au moins aux premières heures. Plus vraisemblable encore, elle aurait dû se trouver à la même soirée que lui – auquel cas, où était-elle passée depuis l'accident ?

Aucun bruit n'émana de l'intérieur, mais elle sonna derechef par acquit de conscience. Elle détestait devoir annoncer le décès aux familles des victimes et ne put se retenir de sourire en se tournant vers son ami.

— On dirait qu'il n'y a personne.

— En effet, confirma Clement. Essayons chez les voisins.

Il commençait à faire bien jour, mais Trudy n'était pas certaine que ceux-ci seraient réveillés. Surtout s'ils avaient veillé pour célébrer la nouvelle année.

Elle n'avait cependant guère le choix.

Elle redescendit l'allée, puis se dirigea d'abord vers la maison de droite. Elle abattit le heurtoir et attendit. Son bruit péremptoire était sinistre, même à ses propres oreilles, et elle se demanda ce que pouvaient ressentir les occupants réveillés ainsi par un matin froid et sombre.

Elle frappa une seconde fois et fut récompensée par des bruits de pas descendant l'escalier. Elle imaginait la porte donner sur un couloir où se trouvaient les marches. La personne qui venait leur ouvrir s'annonçait massive.

Le battant pivota brusquement, et une dame bien en chair, vêtue d'une robe d'intérieur de flanelle rose dont elle resserrait les pans autour d'elle, leur décocha un regard assassin. Trudy lui donnait une petite cinquantaine d'années ; ses boucles courtes et châtain résultaient probablement d'une permanente, tandis que ses grands yeux marron étaient légèrement cernés de rouge.

— Oui ? s'inquiéta l'inconnue quand elle eut remarqué l'uniforme de Trudy.

Elle se décomposa un peu plus en avisant l'évidente figure d'autorité qu'incarnait le Dr Ryder, légèrement en retrait sur sa gauche.

— Oh non, ce n'est pas mon Frank, si ? demanda-t-elle avant de déglutir avec peine.

Son visage rond perdit subitement toute couleur, et Trudy s'empressa de la rassurer.

— Non, c'est au sujet de votre voisin, annonça-t-elle, supposant que Frank était un membre de sa famille.

— Oh ! lui !

La femme s'avachit contre l'encadrement de porte avec un soupir de soulagement, puis adopta aussitôt un air contrit.

— Pardon, je ne voulais pas… Alors, que se passe-t-il avec Terry ? Il va bien, n'est-ce pas ?

Elle observa tour à tour la policière et le coroner.

— J'ai bien peur que non, madame, répondit Trudy.

Inutile de tourner autour du pot. Même si livrer des informations sur une enquête en cours était rarement une bonne idée, elle savait que la nouvelle de l'accident se serait répandue comme une traînée de poudre avant midi. Neige ou pas neige ! Et elle avait besoin de l'aide de cette femme.

— Nous essayons d'identifier son plus proche parent. Êtes-vous voisins depuis longtemps, Mrs… ?

— Kirk. Kitty Kirk. Euh, cela doit faire presque quatre ans, maintenant. Que s'est-il passé ?

À présent que sa peur initiale s'était dissipée, la voisine semblait impatiente d'assouvir sa curiosité.

— L'enquête est toujours en cours, Mrs Kirk, répliqua Trudy avec fermeté.

Même si les rumeurs iraient bientôt bon train, elle ne voyait pas l'intérêt d'ajouter une pièce dans la machine.

— Mr Parker est-il marié ?

— Oh non, ma belle, pas lui ! s'exclama Kitty Kirk avec un sourire entendu.

Trudy hocha la tête, prenant bonne note du sous-entendu. Leur victime devait être un homme à femmes. Sans doute pas très pertinent pour l'occasion, mais toujours bon à savoir.

— J'imagine que vous ne connaissez pas l'adresse de ses parents ? s'enquit alors Trudy sans grand espoir.

— Oh ! non, ma belle. Il n'est pas du genre très ouvert. Du moins, pas avec ses voisins, ajouta-t-elle avec un nouvel air qui en disait long.

Trudy soupira.

— Sauriez-vous quoi que ce soit de ses activités de la nuit dernière ? demanda-t-elle encore, en désespoir de cause.

Cette fois, la chance parut lui sourire.

— Oh ! il devait être à cette soirée chic, s'exclama Kitty avec un sourire de guingois. Doris, qui habite trois maisons plus loin, m'a dit qu'il était invité. Ça ne me surprend guère. C'est bien son genre, si vous voyez ce que je veux dire.

Trudy ne voyait pas du tout, mais avait très envie de le découvrir.

— Une soirée chic ? Savez-vous où celle-ci se tenait ?

— Doris m'a parlé d'un des manoirs sur Banbury Road. Chez une veuve, précisa-t-elle avec emphase. Mrs… Oh ! comment s'appelle-t-elle ? Doris a dit que tous les gens qui comptent seraient présents… À l'évidence, je n'en fais pas partie, n'est-ce pas ? Mrs Vander ! glapit-elle subitement, faisant sursauter tant Trudy que Clement. Oui, c'est bien ça. Mrs Vander… Une veuve, comme je disais. Nantie. Pile le genre de Terry, si vous voulez mon avis. Terry est un gentil garçon, mais il vise un peu trop haut, selon moi.

— Je suppose que vous ne connaissez pas son adresse exacte ?

— Non, mais Doris pourra vous renseigner, affirma Kitty d'un air suffisant. Vous voulez que j'aille lui demander ?

— Non, merci, se hâta de répondre Trudy. Il fait un froid de gueux, ici, je ne voudrais pas vous incommoder plus que nécessaire. Si vous vouliez bien juste m'indiquer la maison de Doris ?

Kitty Kirk lui montra la porte en question avec réticence, puis les regarda repartir vers la rue. Elle les observa jusqu'à ce qu'ils atteignent le bon numéro, et devait encore les épier quand ils frappèrent pour sortir son amie du lit.

Trudy eut la conviction que, dès qu'ils auraient quitté le quartier, Kitty Kirk se précipiterait chez Doris pour comparer leurs impressions.

L'obligeante Doris ne connaissait pas non plus l'adresse exacte, mais put leur dresser une description assez précise de la demeure et de son emplacement sur Banbury Road, si bien que les deux enquêteurs la trouvèrent sans trop de peine. L'adresse était légèrement plus proche de St Giles que de Summertown, soit à environ trois kilomètres du lieu de l'accident.

Il faisait désormais complètement jour. L'édifice était vaste, blanchi à la chaux et peut-être d'époque géorgienne, avec de grandes et larges fenêtres et les proportions simples et élégantes typiques de nombreuses constructions dans ce coin de la ville. L'imposante allée semi-circulaire en gravier avait manifestement été déblayée pour l'événement de la veille, mais les flocons matinaux recouvraient les espaces de stationnement d'une légère couverture blanche.

Tandis qu'ils approchaient de l'imposante porte (en chêne, couleur bleu nuit), Trudy fut certaine d'apercevoir du mouvement à une fenêtre de l'étage.

Cela n'avait manifestement pas échappé à Clement, qui fit remarquer :

— Quelqu'un est déjà debout. Je crois qu'on nous observe.

Trudy se retourna pour admirer le grand jardin plein de lauriers et d'autres persistants, qui ployaient à présent sous le poids de la neige.

— On est à mille lieues, socialement, du domicile de Terry, vous ne trouvez pas ? murmura Clement. D'après ses papiers, avez-vous une idée de ce qu'il faisait dans la vie ?

— Non, répondit Trudy.

Elle se crispa quand la porte s'ouvrit derrière elle.

La femme qui les observait depuis le seuil était petite – guère plus d'un mètre cinquante, estima Trudy. De longs cheveux roux cascadaient sur ses épaules ; elle portait un élégant pyjama de soie noire, sur lequel elle avait jeté un ample déshabillé noir et or assorti, dont elle resserra les pans devant elle. Contrairement à la chaude robe d'intérieur de Kitty Kirk, cet ensemble ne devait pas beaucoup protéger leur hôtesse de l'air glacial.

Néanmoins, quelque chose disait à Trudy que cette femme aurait préféré mourir gelée et élégante plutôt qu'avoir chaud dans une tenue sans chic.

— Ça alors, qu'est-ce que ça veut dire ? s'enquit la femme en considérant avec angoisse l'uniforme de Trudy.

— Navrée de vous déranger… Vous êtes Mrs Vander ? demanda Trudy.

— Oui, Millie Vander.

— Pourrions-nous entrer, s'il vous plaît ? Vous devez être morte de froid.

Trudy effectua un pas en avant pour appuyer sa requête. Elle n'aurait su dire pourquoi, mais elle avait le sentiment que cette petite femme rousse n'était pas pressée de les accueillir chez elle, ce qui renforçait la détermination de la policière à conduire cet entretien à l'intérieur.

Millie Vander hésita une seconde, puis s'effaça pour les laisser passer. La température du vestibule était douce, et Trudy se rendit bientôt compte que la demeure était équipée du chauffage central. Elle en avait entendu parler, mais personne de sa connaissance n'avait investi dans un tel équipement. Évidemment, les courants d'air glacials et les feux de cheminée mal adaptés n'étaient pas dignes de l'occupante d'une demeure pareille ! Quoique petite, l'entrée était idéalement proportionnée.

— Je viens de me lever, comme vous pouvez le constater, commenta Millie. Si l'on pouvait faire vite… De quoi s'agit-il ?

Elle lorgna Clement avec curiosité, et Trudy la vit se rengorger légèrement en présence d'un si bel homme. Une habitude qui semblait née d'une vie d'entraînement.

— J'espère que nous ne vous dérangerons pas trop longtemps, Mrs Vander. Je suis l'agent Loveday, et voici le Dr Clement Ryder.

— Bonjour, docteur, répondit aussitôt Millie en tendant une main fine et pâle au coroner, qui la serra avec un sourire.

Trudy remarqua que Mrs Vander portait du vernis à ongles rose. Elle était, de surcroît, copieusement maquillée. Sûrement pas tombée du lit. La maîtresse de maison devait être levée depuis au moins un quart d'heure et était sans doute en train de s'apprêter pour la journée à leur arrivée.

— Nous avons cru comprendre que vous aviez organisé une soirée pour le réveillon d'hier soir, commença Trudy.

— Oh ! pour l'amour du ciel ! s'exclama Millie en rejetant ses longs cheveux roux en arrière avec agacement. Vous n'avez tout de même pas reçu une plainte à cause du bruit ? Ça ne ressemble pas à mes voisins – d'autant que la plupart d'entre eux étaient eux-mêmes présents !

Elle partit d'un rire léger, avant d'adresser un sourire superficiel au Dr Ryder.

En dépit de la gaieté apparente de leur témoin, Trudy fut certaine de déceler chez elle une forme de nervosité. Bien sûr, cela ne signifiait pas grand-chose : la plupart des individus, même les plus respectueux de la loi, éprouvent une certaine inquiétude lorsqu'ils reçoivent une visite inattendue de la part des forces de l'ordre.

— Non, je crains fort que ce soit plus grave que cela. Pourrions-nous discuter dans un endroit plus… ?

Trudy observa le vestibule, dans le coin duquel tictaquait prétentieusement une horloge de parquet ; un téléphone de bakélite noire reposait sur un guéridon en marbre, et un escalier hélicoïdal s'élevait vers l'étage.

— Bon, passons au petit salon, suggéra Millie avec un soupir quelque peu irrité.

Elle tourna les talons et emprunta la deuxième porte sur sa droite. Elle alla directement ouvrir les rideaux pour laisser pénétrer un peu de lumière dans la pièce. Celle-ci était carrée, les murs gris-bleu. Un immense miroir au cadre doré était suspendu au-dessus de la cheminée en marbre. L'air était imprégné d'une odeur de fumée de cigarette. Un grand tapis en peau de mouton s'étalait devant une petite table basse en noyer et un canapé à deux places. Si une partie de la soirée de la veille avait débordé par ici, l'endroit avait été nettoyé dans l'intervalle, ou les invités s'étaient particulièrement bien comportés.

— Je vous en prie, asseyez-vous, leur proposa Millie en désignant le divan et les fauteuils de style reine Anne.

Clement choisit le siège le plus robuste, Trudy jeta son dévolu sur un autre. Après une brève hésitation, leur hôtesse décida de prendre place sur le canapé à deux places. Elle croisa l'une de ses jambes couvertes de soie par-dessus l'autre. Elle portait également des mules rembourrées, ornées de plumes teintes en noir. Sans ses longs cheveux roux et sa tenue (que Trudy jugeait exotique), elle aurait pu ressembler aux vedettes du grand écran d'une ou deux décennies en arrière. Trudy l'imagina avec cynisme nantie d'un fume-cigarette et prononçant des mots d'esprit.

À cet instant, elle paraissait prudente et malheureuse. Ses yeux verts dansaient autour de la pièce sans trouver où se poser.

— À quelle heure votre soirée s'est-elle achevée hier soir ? demanda Trudy en sortant son calepin.

Cet élément si protocolaire fit blêmir Millie sous son fard, et ses sourcils se plissèrent.

— Tout le monde a dû partir avant une heure du matin, à cause de cette horrible neige, bien sûr. Mes hôtes craignaient de ne pouvoir rentrer chez eux… Écoutez, voulez-vous bien me dire de quoi il s'agit ? s'exclama-t-elle avec un agacement manifeste.

Elle agita nerveusement son pied surélevé, manquant de faire tomber son chausson ridicule.

— Je suis désolée de vous l'apprendre, mais nous avons des raisons de croire que l'un de vos hôtes a été victime d'un accident mortel hier soir, expliqua Trudy d'une voix douce. Auriez-vous conservé une liste des invitations, par hasard ?

Millie décroisa brusquement les jambes et se pencha en avant.

— Qui ? s'écria-t-elle en pâlissant davantage. Qui est mort ?

— Aviez-vous convié un dénommé Terrence Parker à votre soirée, Mrs Vander ? s'enquit posément Trudy.

Puis elle vit avec effroi les jolis yeux verts de leur hôtesse se révulser, sa silhouette menue basculer en avant et s'écrouler gracieusement sur le tapis.

Clement fut le premier à réagir, venant s'agenouiller près d'elle. Trudy se leva à son tour, le cœur tambourinant contre sa poitrine. Elle s'était attendue à voir Millie choquée – qui aimerait apprendre que l'un de ses convives s'est tué en rentrant de soirée ? – mais elle n'avait pas imaginé une réaction aussi extrême.

Elle observa avec nervosité le coroner soulever l'une des mains de Mrs Vander, cherchant avec expertise le pouls à son poignet. Elle retint son souffle en attendant son verdict. Si son témoin avait été victime d'une crise cardiaque…

— Elle s'est juste évanouie, annonça Clement avec flegme. Elle devrait bientôt…

Un jeune homme fit alors son apparition, analysa la scène d'un regard et lança d'un ton hargneux :

— Qui diable êtes-vous ? Éloignez-vous de ma mère avant que je vous arrache la tête !

— Calmez-vous, monsieur, intervint sèchement Trudy en s'empressant d'aller se placer entre le Dr Ryder et le nouvel arrivant.

Le jeune homme recula, surpris, ne s'étant pas rendu compte de sa présence. Trudy l'étudia d'un regard clinique : très beau, cheveux noirs, yeux gris, plutôt petit. Dépassant pour sa part le mètre soixante-quinze, elle estimait qu'il lui rendait une bonne dizaine de centimètres. Il recula d'un pas et plissa les paupières pour la scruter d'un air plein de ressentiment.

— La police ? constata-t-il en avisant son uniforme. Qu'avez-vous raconté à ma mère ? Pourquoi est-elle allongée par terre ?

Millie soupira alors en rouvrant les yeux.

— Bienvenue parmi nous, Mrs Vander, déclara Clement, toujours auprès d'elle. N'ayez pas peur.

Il avait à peine accordé un regard au jeune homme, focalisé qu'il était sur cette femme qu'il considérait comme une patiente temporaire.

— Vous avez été victime d'un léger étourdissement, rien de grave. Vous êtes sous le choc. Restez allongée un moment et prenez de grandes inspirations. Quand vous vous sentirez prête, je vous aiderai à vous rasseoir. D'accord ?

Puis, à l'intention du jeune homme qui hésitait dans l'embrasure de la porte, il ajouta sèchement :

— Votre mère est un peu secouée. Allez lui préparer du thé sucré. Maintenant ! ordonna-t-il alors que le fils de Millie continuait de le dévisager d'un air ébahi.

Celui-ci rougit, furtivement enlaidi par la colère qu'il éprouva à ce ton péremptoire. Il finit cependant par obtempérer de mauvaise grâce et se replier dans le couloir.

Trudy ne s'était pas rendu compte qu'elle était si nerveuse jusqu'au moment où elle sentit ses épaules s'affaisser de soulagement.

Une fois le fils sorti, elle put reporter son attention sur Millie, qui entreprit de se mettre sur le côté et de s'appuyer sur ses bras pour s'asseoir.

Trudy se précipita pour l'aider à s'adosser contre le canapé ; quand Clement lui adressa un signe de tête, ils placèrent tous deux une main sous ses aisselles et la hissèrent sur le siège. Elle était si légère qu'ils n'eurent pas à fournir beaucoup d'efforts.

Trudy constata que, en dépit de son maquillage, Millie était blanche comme un linge.

— Vous… vous avez dit que Terry… que Terry était m-mort ?

Sa voix s'étiola sur la dernière syllabe.

— Nous ne l'avons pas encore authentifié formellement, Mrs Vander, mais cela semble très vraisemblable, répondit Trudy avec une compassion sincère. Une voiture a été retrouvée accidentée tôt ce matin. Une Riley.

Elle indiqua le numéro d'immatriculation noté sur son carnet mais, vu son air hébété, il était manifeste que Millie n'était pas en état de confirmer ou d'infirmer qu'elle le reconnaissait.

— Le permis de conduire du conducteur indiquait Terrence James Parker. Était-il arrivé à votre soirée en Riley, Mrs Vander ?

— Oui, oh oui, c'est bien ça, confirma-t-elle, désespérée.

— J'en déduis que c'est un bon ami ? insista doucement Trudy. Le connaissez-vous depuis longtemps ?

Millie prit une longue inspiration tremblotante et ferma les yeux un instant. Puis elle carra les épaules et pinça les lèvres. Trudy reconnut là les dignes attitudes d'une femme tentant de reprendre contenance. Un long silence tendu s'écoula, puis la maîtresse de maison repoussa les cheveux de son visage et se tint le ventre.

— Non, pas vraiment, répliqua-t-elle enfin.

Désormais, Trudy était sûre de déceler une certaine prudence chez son témoin.

— Je l'ai rencontré l'année dernière… Non, pardon, nous sommes le premier janvier désormais, alors l'année d'avant. Pardonnez-moi, j'ai du mal à… Oh ! Jasper, merci.

Elle riva ses yeux sur son fils tout juste revenu, comme l'aurait fait la victime d'un naufrage en apercevant un navire au loin. Elle attrapa de ses mains tremblantes la tasse qu'il lui tendait, et Trudy ne fut pas surprise d'entendre le tintement de la porcelaine sur la soucoupe quand elle l'avança devant elle.

Au grand étonnement de Trudy, son fils alla s'asseoir près de Millie, saisit délicatement la tasse et l'aida à la porter à ses lèvres.

— Allez, petite mère, bois un coup et dis-moi ce qui se passe…

Il jeta à Trudy un regard féroce, puis un autre, plus réfléchi, à Clement.

— Oh ! Jasper, il s'est produit une chose t-terrible. T… L'un de nos invités a eu un accident en rentrant hier soir. Oh ! mon chéri, il est mort.

Trudy vit alors une expression extraordinaire animer les traits du jeune homme. Le sentiment qui l'avait provoquée était à n'en pas douter profond et puissant, mais elle fut incapable de l'identifier. La colère ? La peur ? L'espoir ? La culpabilité ? Peut-être un mélange de tout ça, ou tout à fait autre chose.

— Quoi ? De qui s'agit-il ? Qui est mort ?

Mais ce n'était pas à sa mère que Jasper s'adressait, plutôt à Trudy. Son visage était désormais parfaitement posé, même si ses yeux gris semblaient s'être assombris d'un ton.

— Mr Terrence Parker, répondit simplement Trudy.

Jasper cilla à deux reprises, et les enquêteurs, qui le scrutaient de près, virent ses lèvres s'ourler en un léger sourire.

— Vraiment ? demanda Jasper d'un ton égal.

8

Il y eut d'abord un long silence gêné. Jasper réfléchissait clairement à toute allure, alors que sa mère semblait ne pas réfléchir du tout, à en juger par son air hébété. Clement étudiait le jeune homme en conservant une expression neutre, tandis que Trudy se demandait que dire ou faire ensuite.

D'un côté, elle était simplement venue obtenir des détails sur la victime pour entamer l'enquête préliminaire. À l'exception du doute que nourrissait Clement quant à la cause des pupilles dilatées de Terrence Parker, elle n'avait absolument aucune raison de suspecter qu'ils aient affaire à autre chose qu'un accident de la route tragique, mais explicable au vu des circonstances.

Néanmoins, son instinct et sa capacité d'observation lui assuraient qu'il se tramait quelque chose d'étrange.

— Vous rappelez-vous à quelle heure Mr Parker a quitté la soirée, monsieur ? demanda Trudy avec tact en se tournant vers Jasper Vander.

— Vraiment pas, répondit le jeune homme en portant encore une fois la tasse aux lèvres de sa mère, ne lui laissant d'autre choix que d'avaler une nouvelle gorgée.

— Le connaissiez-vous bien ? insista la policière.

— Vraiment pas, répéta Jasper en lui retournant un regard amusé.

Comme, à l'évidence, il se montrait volontairement désagréable, Trudy se fendit d'un sourire doucereux.

— Est-il venu seul ou accompagné ? lança-t-elle alors en s'efforçant de conserver un ton aimable.

Elle n'allait pas laisser ce petit morveux lui porter sur les nerfs !

— Oh ! je suis sûr qu'il était seul, affirma Jasper, amusé.

Trudy vit alors Millie se crisper légèrement.

— Je demandais à votre mère si elle disposait d'une liste d'invités, reprit la policière. Pourriez-vous aller me la chercher ?

— Oh ! je doute que mère ait été si organisée, rétorqua Jasper, qui s'obstinait à rester assis.

Millie fit alors un geste agacé de la main, comme si elle percevait que le comportement de son fils risquait de lui valoir des ennuis.

— Je crains qu'il ne dise vrai, vous savez – je ne suis pas très organisée. Mais je crois pouvoir me souvenir de la plupart des présents. Il y a les voisins immédiats, bien sûr, et les femmes de mon club de bridge, et puis la bande habituelle. Oh ! et Katherine Morton. C'était un sacré coup de réussir à la faire venir, ajouta Millie, laissant fugacement transparaître sa fierté d'être une hôtesse de la haute société.

Trudy sentait bien qu'elle était censée savoir qui était cette Katherine Morton, mais elle n'en avait aucune idée.

— Si vous me laissez un peu de temps, je suis sûre de pouvoir établir une liste, promit Millie. Jasper va m'y aider, n'est-ce pas, mon chéri ?

Elle adressa à son fils un regard implorant. Toutefois, la conversation silencieuse qui sembla se dérouler entre eux rendit Trudy mal à l'aise. Même si, en apparence, Millie semblait solliciter de l'aide, quelque chose dans son ton et son regard paraissait beaucoup plus dur et intraitable. Presque comme si elle lui donnait un ordre.

Cette femme était-elle réellement aussi désemparée qu'elle en avait l'air ?

— Bien sûr, répondit Jasper laconiquement.

Trudy trouva très intéressant qu'il n'ajoute rien, car il ne semblait pas du genre à suivre les consignes de maman sans mot dire. Elle poursuivit son interrogatoire :

— Mr Parker était-il de la région ? Était-il issu d'une famille d'Oxford ?

— Oh non, répondit aussitôt Millie. Je crois qu'il est arrivé pour ses études… non, je me trompe. Je suis sûre qu'il m'a dit un jour avoir étudié à Cambridge, mais il aimait tellement vivre dans une ville étudiante qu'il a décidé de s'installer à Oxford une fois diplômé. Il me semble qu'il était originaire de Birmingham.

— Bizarre, il n'avait pas un accent de là-bas, commenta Jasper. Mais bon, il s'est sans doute donné beaucoup de mal pour le perdre, ajouta-t-il d'un ton narquois.

Trudy se demanda pourquoi la victime n'était pas tout simplement restée à Cambridge, si elle avait fait ses études là-bas et aimait tant la vie étudiante. Elle adressa un regard interrogateur à l'homme de la maison. Jasper n'avait rien fait pour dissimuler son dédain à l'encontre du défunt, et sa mère lui décocha un regard dévasté.

— Oh ! Jasper, pas maintenant ! Je n'arrête pas de te le dire ! Tu trouves peut-être ça drôle et très moderne d'être méchant avec tout le monde, mais c'est surtout la preuve d'une mauvaise éducation.

Il écarta les mains en signe de reddition.

— Qu'as-tu encore fait pour contrarier notre charmante mère, Jasp ? s'éleva une voix traînante derrière lui.

Tous quatre se retournèrent vers la porte pour voir la dernière arrivante faire son entrée.

Il n'était pas difficile de reconnaître la fille de la maison. Aussi menue que sa mère, elle possédait les mêmes yeux verts si séduisants ; ses cheveux, en revanche, étaient du même noir que ceux de son frère. Elle était d'une beauté saisissante et vêtue d'une longue chemise de nuit blanche, couverte d'un peignoir. Trudy, toujours parée de ses bottes en caoutchouc et de son uniforme d'hiver, se sentit aussi fine et élégante qu'un éléphant.

— Oh ! Juliet, c'est terrible. Terry est mort, gémit Millie.

Elle s'était empressée d'annoncer la nouvelle, comme pour alerter sa fille de la situation avant que celle-ci eût pu dire quelque chose d'inconvenant.

Juliet ne se tourna pourtant pas vers sa mère, mais directement vers son frère. Cette fois encore, Trudy fut incapable de décrypter son expression. Accusatrice ? Interrogatrice ? Amusée ?

Trudy commençait à s'agacer de son incapacité à comprendre ces gens. Ils semblaient posséder un langage qui leur était propre. Elle allait devoir veiller à ne pas déraper.

Elle coula un regard vers Clement, calme et attentif, qui observait le spectacle silencieusement.

Jasper haussa légèrement les épaules en réponse à la question muette de sa sœur, puis il arqua les sourcils et s'affala paresseusement sur le canapé. Il n'avait pourtant pas l'air particulièrement détendu, estima Trudy avec satisfaction.

— Mort ? répéta Juliet d'un ton inexpressif. Vraiment ?

— Il a eu un accident en rentrant cette nuit sous la neige, expliqua Millie d'une voix à présent tremblante.

— Finis ton thé, lança sèchement Jasper, qui semblait déterminé à éviter une scène.

Une fois de plus, une étrange conversation silencieuse sembla se dérouler en un éclair entre le fils et la mère, puis celle-ci leva obligeamment sa tasse pour boire une gorgée.

— Nous essayons d'en apprendre plus sur Mr Parker, s'obstina Trudy. Qui était son plus proche parent, par exemple ? Savez-vous s'il y a des membres de sa famille qu'il nous faudrait contacter ?

— Je ne crois pas que ses parents soient encore en vie, répondit Millie d'un air triste. Il n'a jamais non plus évoqué de frères et sœurs, maintenant que j'y pense. Il se peut qu'il ait été élevé par une tante, mais elle doit être morte, à présent.

— Le pauvre orphelin, commenta Jasper d'une voix traînante.

— Tais-toi, lança Juliet à son frère sans la moindre trace d'emportement. Pardonnez-nous, mais, comme vous pouvez le constater, nous ne pouvons pas grand-chose pour vous aider, précisa-t-elle à l'intention de Trudy.

Juliet la jaugea de ses yeux verts, comme si elle venait de remarquer qu'elle n'était pas la seule jeune femme dans cette pièce. Elle s'attarda sur les cheveux bruns et brillants retenus par une barrette, avant de se tourner vers Clement. Celui-ci sembla l'impressionner davantage, ce qui provoqua chez Trudy un mélange d'humiliation et de colère.

— Connaissez-vous quelqu'un qui pourrait nous renseigner ? demanda-t-elle sans desserrer les dents.

— Oh… Bien sûr, comme je suis bête. Geoffrey Thorpe ! Son associé, spécifia Millie. Terry dirigeait une affaire de voitures de sport haut de gamme.

— D'occasion, précisa Juliet. J'ai toujours trouvé ça assez sordide. Vendre de ridicules petites autos à des hommes d'âge mûr qui ne peuvent pas vraiment se les offrir et n'en ont certainement pas l'usage…

— Et ne savent pas les conduire, renchérit Jasper dans un éclat de rire.

Millie rougit du mépris évident de ses enfants, mais ne pipa mot. Ses lèvres ne formaient plus qu'une ligne obstinément fine.

Trudy griffonna sur son calepin le nom et l'adresse du garage que Jasper lui dicta consciencieusement. Elle nota aussi de contacter ses homologues de Birmingham pour leur demander d'essayer de localiser un parent de la victime. Toutefois, inutile d'attendre un miracle : le pays entier était paralysé par la neige, et elle doutait que sa requête fasse figure de priorité.

— Merci, monsieur. Votre sœur pourrait peut-être vous aider à dresser cette liste d'invités ? suggéra-t-elle.

— Bien sûr, mais nous n'allons pas nous y atteler dans l'instant, rétorqua Jasper sans prendre de gants. Vous allez devoir repasser dans quelques heures. Notre mère a besoin de se reposer et de se remettre de ses émotions. Je vais te faire couler un bain, d'accord ?

Millie hocha la tête avec gratitude.

— Sa fille devrait peut-être rester avec elle dans la salle de bains, s'empressa de suggérer Clement.

Il ne voulait pas laisser Millie sans surveillance dans une baignoire remplie d'eau.

— Oui, elle pourrait se rendre utile, pour une fois, persifla Jasper en adressant un regard sardonique à sa sœur, qui lui tira la langue.

— Ah, les jumeaux, dit Millie à Clement avec un sourire triste, manifestement gênée par leur comportement. Ils ont toujours été comme ça. Ils ne pensent pas à mal.

— Je vais vous raccompagner, d'accord ? proposa Jasper en se levant, nullement décontenancé.

Trudy n'était pas en position de discuter cet ordre déguisé. Du moins, pas encore, songea-t-elle, amère.

Une fois sur le seuil, en revanche, elle posa ses dernières questions :

— S'est-il produit quoi que ce soit d'inhabituel au cours de la soirée, monsieur ? Mr Parker était-il, disons, sous l'empire de l'alcool ?

— C'est souvent le cas dans les soirées, madame la policière, vous ne croyez pas ?

— Il était donc ivre ? insista-t-elle.

— Pas à ma connaissance. D'un autre côté, je ne faisais pas vraiment attention à lui, riposta Jasper avant de leur claquer sèchement la porte au nez.

9

— Eh bien, voilà qui était fort instructif, commenta Clement alors que l'écho de la porte claquée résonnait encore à leurs oreilles.

Il considérait Trudy avec un sourire en coin. À l'évidence, le beau et impudent jeune homme avait agacé son amie, qui lâcha un soupir exaspéré.

— N'avez-vous pas eu l'impression que notre hôtesse nourrissait, comment dirais-je… une affection particulière pour le défunt ? dit-elle.

— Oh ! si, c'était clair comme de l'eau de roche. Comme le fait que les deux enfants le détestaient au moins autant !

— Ils craignaient sans doute qu'il bouleverse leurs petites vies bien établies, commenta Trudy avec amertume. Je veux bien être pendue si l'un de ces gosses pourris gâtés travaille un jour dans sa vie !

D'après les informations fournies par Jasper, Regal Cars – l'entreprise de Terry Parker – accueillait ses clients près d'Osney Mead, mais Trudy était certaine que la boutique resterait fermée pour le nouvel an. D'ailleurs, vu les conditions météorologiques, elle n'ouvrirait sans doute pas non plus le lendemain, surtout s'il continuait de neiger et que les chasse-neige ne passaient pas.

Par chance, il ne lui fallut pas longtemps pour obtenir l'adresse du domicile d'un certain Mr Geoffrey Thorpe, qui vivait à moins d'un demi-kilomètre du centre-ville. Il habitait une maison mitoyenne plus vaste que celle de la victime, plus adaptée à une vie de famille, avec un jardin plus grand.

La matinée étant désormais relativement avancée, ils croisaient de plus en plus de monde sur la route, mais, quand Clement fut une nouvelle fois contraint d'abandonner la Rover au milieu de la chaussée cernée de piles de neige, nul n'était là pour le lui reprocher.

Alors qu'ils remontaient avec difficulté un chemin encore encombré, ils entendaient des voix d'enfants excitées s'élever de la résidence Thorpe. Trudy ne fut donc pas étonnée qu'une femme entre deux âges et un peu tendue leur ouvre la porte.

En avisant son uniforme, elle eut d'abord la mine surprise, puis inquiète.

— Bonjour, madame, sommes-nous bien chez les Thorpe ? demanda la policière, regrettant que sa visite soit systématiquement source d'effroi.

Même si elle en comprenait la raison, cela lui donnait l'impression d'être un vrai paria.

— Oui. Est-ce que tout va bien ? s'enquit aussitôt la femme, sans doute Mrs Thorpe.

Une dame charnue, à la beauté un peu fanée, mais aux jolis yeux bleus.

— Nous aimerions nous entretenir avec Mr Geoffrey Thorpe d'une affaire urgente, éluda prudemment Trudy.

— Oh ! je vous en prie, entrez. Vous devez mourir de froid.

La femme adressa un regard d'excuses à Clement, qui avait commencé à taper des pieds pour ne pas laisser ses orteils s'engourdir. Ils la suivirent volontiers dans un petit vestibule.

— Par ici, je vous prie.

Elle leur fit franchir une porte sur la droite. Il devait s'agir de leur plus belle pièce, car elle semblait réservée à de rares occasions. On n'y trouvait ni sapin de Noël ni jouets d'enfants éparpillés, seulement des napperons de dentelle pour protéger le dossier et les bras des fauteuils, ainsi qu'un magnifique tapis oriental qui cachait le linoléum devant le canapé en acrylique. Ce salon n'était par ailleurs pas chauffé.

— Pardon, je vais allumer le feu.

La femme alla s'accroupir près de la cheminée, où un réchaud électrique à trois résistances était installé. Elle brancha la prise et l'actionna, avant de retourner hâtivement vers la porte.

— Je vais chercher Geoff, annonça-t-elle en leur lançant un dernier regard inquiet.

Elle referma la porte derrière elle.

Le feu électrique cliqueta quelques instants avant de diffuser une lumière rouge annonciatrice de chaleur. La pièce se retrouva bientôt imprégnée de cette désagréable odeur de métal fondu. Clement s'en approcha néanmoins, retira ses gants et tendit les mains devant les résistances.

Les enfants se turent subitement, et Trudy imagina que leur mère – à moins qu'il s'agît de leur grand-mère ? – leur avait demandé de baisser d'un ton.

Quelques instants plus tard, la porte s'ouvrit, et un homme entra. Clement lui donna environ cinquante ans et estima sa taille à un mètre soixante-dix-huit. Ses cheveux et ses yeux étaient gris ; il commençait à bedonner et portait un pantalon en tweed chaud ainsi qu'un blazer assorti et un pull-over à col en V tricoté.

— Bonjour, je ne m'attendais pas à pareille visite, déclara-t-il en tendant la main d'abord à Clement, puis à Trudy. Geoffrey Thorpe. Ma femme m'a dit que vous vouliez me voir ?

— Oui, monsieur, je crains d'avoir de mauvaises nouvelles, répondit Trudy.

Elle vit l'homme se crisper en soutenant son regard.

— Ah ?

— C'est au sujet de votre associé. Vous possédez une affaire de voitures d'occasion avec Mr Terrence Parker ?

Trudy leva la voix en fin de phrase pour en faire une question. Une expression prudente, peut-être teintée de panique imminente, anima le visage de son interlocuteur avant qu'il reprenne contenance.

— Terry ? Oui ? Pourquoi, qu'est-ce qu'il a fait ?

Perplexe, il se tourna vers Clement.

Trudy trouva la formulation intéressante. Quel méfait s'attendait-il à voir commettre le défunt ?

— Je suis désolée, j'aurais dû commencer par les présentations. Je suis l'agent Loveday, et voici le Dr Clement Ryder, coroner municipal.

— Coroner ? répéta Geoffrey, surpris. Ça veut dire que Terry est mort ?

— C'est ce que nous craignons, monsieur, confirma Trudy. Un homme a été retrouvé ce matin au volant de son véhicule accidenté. Les papiers retrouvés dans son portefeuille portent à croire qu'il s'agissait de Mr Parker. Naturellement, nous devons encore l'identifier formellement, mais nous n'avons jusqu'à présent pas retrouvé la trace d'un seul membre de sa famille. Je me demandais si vous verriez un inconvénient à nous accompagner à la morgue de Floyds Row pour l'identification ?

Soucieuse d'obéir aux ordres du capitaine en obtenant autant d'informations préliminaires que possible, elle fut soulagée de voir Geoffrey cligner des yeux, puis opiner en marmonnant un peu à contrecœur :

— Oui, bien sûr que oui. Oui… euh…

Il regarda autour de lui, ne sachant pas quoi ajouter.

Trudy voulut le rassurer.

— Il n'y a pas d'urgence immédiate, Mr Thorpe. Mais si vous pouviez avoir la gentillesse de le faire aujourd'hui, à n'importe quel moment, cela nous serait très utile. Mieux vaudrait toutefois s'en occuper avant la nuit, à mon avis. Nous pourrions demander qu'une personne de la morgue vous y retrouve et vous accompagne pendant tout le processus. Cela n'a rien d'effrayant. Même si cela risque d'être perturbant, se sentit-elle contrainte d'ajouter.

— Oh ! oui, oui, j'en suis sûr, répondit-il d'un ton vague en observant alentour d'un air désespéré.

Repérant un siège, il s'en approcha, les jambes raides, et se laissa tomber lourdement dessus.

— Je n'arrive pas à croire… Terry était tellement bon conducteur… Il n'a pas pris la Sprite, si ? s'empressa-t-il d'ajouter, son timbre gagnant une octave sous l'effet de la panique.

Trudy le dévisagea sans comprendre.

— Pardon, monsieur ?

— La Sprite aux yeux de grenouille ! s'exclama Geoffrey. Terry adorait conduire nos voitures. Il disait que cela nous faisait de la bonne publicité de les faire rouler. Il en choisissait toujours une dans notre salle d'exposition, et sa préférée du moment était la Sprite.

— Oh non, monsieur. Je crois que c'était une Riley. Mais elle était couverte de neige, ajouta-t-elle d'un ton contrit.

— Ah oui, ça paraît logique, à bien y réfléchir, admit Geoffrey avec un soupir de soulagement. Avec ce temps…

Il agita la main vers la fenêtre et la neige qui tombait sans discontinuer.

— Nous-mêmes ne sommes pas allés plus loin que chez nos voisins pour boire un verre hier soir, ajouta-t-il en indiquant la maison sur la gauche. Ils nous ont invités, avec d'autres habitants du coin. Pour éviter à tout le monde de conduire, vous comprenez. Mais Terry semblait déterminé à se rendre à cette soirée en particulier, et ça ne le gênait pas de prendre le volant dans ces conditions. Il était plus jeune et moins vieux jeu que moi, ajouta-t-il avec une moue d'autodérision. Surtout s'il avait décidé de prendre la Riley. Elle se conduit comme un tank, mais son poids est rassurant.

Il se frotta les mains sur les genoux et prit une inspiration tremblante.

— Vous saviez donc qu'il était invité chez Mrs Vander ? s'enquit Trudy avec désinvolture.

Geoffrey soupira, arbora un sourire las, puis acquiesça.

— Oh ! oui. Terry ne se laissait pas étouffer par la modestie. Et le fait d'être convié à une sauterie aussi en vue faisait sa fierté.

— Je vois. Buvait-il beaucoup ?

— Je ne dirais pas ça, non. Enfin, en temps normal, non. Mais en soirée… (Il haussa les épaules.) J'imagine qu'il a bien dû prendre un verre ou deux. Pauvre Terry. (Il secoua la tête.) Je n'arrive pas à y croire. Vous êtes sûrs qu'il est vraiment mort ?

— Oui, monsieur. En tout cas, s'il était bien le conducteur de cette voiture.

Elle sortit une nouvelle fois son carnet pour retrouver le numéro d'immatriculation du véhicule accidenté.

Geoffrey hocha la tête.

— Oui, je suis presque sûr que c'est l'une des nôtres. Il faudrait que je vérifie dans nos papiers pour m'en assurer. (Il eut une moue indistincte.) La plupart de nos modèles sont des sportives, vous comprenez, mais il nous arrive aussi d'acheter des véhicules plus ordinaires. Surtout pour rendre service à des amis ou...

Il s'interrompit brusquement, semblant se rendre compte que leurs pratiques commerciales n'avaient guère d'importance pour les enquêteurs.

— Vous disiez donc que votre associé ne buvait pas avec excès, mais qu'il ne se retenait pas forcément en soirée, reprit Trudy avec tact. Avez-vous des raisons de penser qu'il ait pu ingérer autre chose que de l'alcool ?

— Comment cela ? s'enquit Geoffrey, qui semblait sincèrement perplexe.

— Eh bien, lui arrivait-il de consommer des produits, disons plus... exotiques pour faire la fête ? Autre chose que de l'alcool ?

L'homme la dévisagea d'un air absent, puis le rouge lui monta subitement aux joues.

— Bon sang, vous parlez de drogues ? Non, clairement pas. (Cette idée semblait réellement le scandaliser.) Terry était parfois un peu tapageur, mais jamais dans ce sens-là. Il était assez malin pour ne pas tomber là-dedans !

— Je suis désolée, monsieur, mais nous nous devions de poser la question. Nous n'avons pas pu identifier de cause manifeste pour l'accident, vous comprenez ?

— Vous ne trouvez pas que la neige et le verglas sont suffisants ? rétorqua Geoffrey.

— Si, sans doute, admit Trudy.

Elle s'était endurcie depuis son entrée dans les forces de police et ne s'offusquait plus personnellement quand un témoin s'en prenait à elle.

— Je présume que vous ne possédez pas les coordonnées de son parent le plus proche, monsieur ? demanda-t-elle alors.

Elle ne fut guère surprise de voir Geoffrey s'enfoncer dans son fauteuil en secouant la tête, son accès de colère et d'indignation déjà oublié.

— Je ne sais même pas s'il avait de la famille, admit-il d'un ton las. En tout cas, il ne parlait jamais d'éventuels frères et sœurs, par exemple. Et j'avais l'impression que ses parents étaient tous les deux morts.

Clement jugea bon d'intervenir à cet instant. En tant que coroner, il avait l'habitude de gérer les aspects les plus protocolaires des décès. S'il préférait la plupart du temps laisser l'initiative à Trudy, sachant combien elle avait besoin d'apprendre son métier et de gagner en expérience, certaines choses relevaient parfois plutôt de son domaine de compétences.

— Quelqu'un va devoir prendre les dispositions nécessaires, je le crains, glissa-t-il doucement. Organiser les funérailles, remplir les papiers, recevoir la lecture du testament…

— Oh oui, je vais m'en occuper, assura aussitôt Geoffrey.

— Merci, monsieur, répondit Trudy avec gratitude. Je suis navrée de vous apporter d'aussi mauvaises nouvelles, surtout à cette période de l'année. Nous aurons peut-être à vous recontacter, après que vous aurez procédé à l'identification du corps, le prévint-elle.

L'associé du défunt se contenta d'opiner du chef avec fatalité, puis se contraignit à se lever pour les raccompagner.

Une fois sur le pas de la porte, il s'excusa de n'avoir pas encore déblayé le chemin, et les regarda gagner le portillon et tourner dans la rue avant de refermer la porte sur le froid mordant.

Quand ils furent de retour dans la Rover, Clement mit rapidement le contact, et ils restèrent assis un long moment, en attendant que le chauffage se mette en route.

— Avez-vous eu l'impression qu'il était attristé que son ami et associé soit mort ? demanda Trudy.

De légers nuages de condensation se formaient devant sa bouche avant de disparaître dans l'habitacle glacial. Elle-même n'en était pas certaine. Elle était convaincue que la nouvelle l'avait réellement surpris, mais quelque chose dans son attitude manquait de naturel, étant donné les circonstances. Quelque chose clochait.

Clement parvint aussitôt à mettre le doigt dessus.

— Il m'a semblé qu'il était plus inquiet qu'attristé.

Trudy hocha la tête en soupirant. Parfois – pas souvent, mais parfois –, la perspicacité apparemment infaillible de son mentor la faisait se sentir incapable. Maintenant qu'il l'avait dit, elle savait qu'il avait raison. C'était précisément ce qu'elle avait ressenti. Geoffrey Thorpe s'était comporté en homme inquiet durant toute la durée de leur visite. Pas en homme accablé par le chagrin.

Ce qui était certes intéressant, mais guère pertinent.

Après tout, songea-t-elle, l'autopsie démontrerait sans doute que Terrence Parker avait simplement succombé à un accident de la circulation.

10

Trudy, consciente qu'elle ne pouvait attendre du Dr Ryder qu'il passe tout son temps à l'aider dans son travail, le remercia pour son assistance et expliqua qu'elle devait rentrer au poste pour se charger des formalités administratives. Il la déposa donc devant le commissariat, et elle ne put s'empêcher de se sentir soulagée quand il lui affirma qu'il la reverrait le lendemain – à moins que le capitaine Jennings ait entretemps dégotté un officier plus aguerri pour prendre le relais.

Elle était certaine que son mentor voulait tout autant qu'elle avoir le fin mot de cette histoire, mais elle s'inquiétait que la présence de son fils à la maison le détournât de sa curiosité habituelle.

Ainsi, elle accepta avec un sourire rayonnant de lui téléphoner dès que possible pour le tenir informé et lui proposer un lieu et une heure de rendez-vous.

Sans grande surprise, le bureau partagé était presque désert. Entre le mauvais temps et la maladie qui décimait les troupes, les rares membres présents avaient dû être aussitôt envoyés sur le terrain. Ce qui lui laissait de bonnes raisons de croire qu'elle pourrait continuer de s'occuper de l'affaire Parker.

Elle se rendit droit à sa table de travail, sortit son calepin et passa en revue sa liste de choses à faire. En rentrant de chez Geoffrey Thorpe, Clement avait convenu que, en tant que coroner, il était le mieux placé pour organiser l'identification du corps avec les services de la morgue, et il avait promis de s'en charger avant de regagner son domicile.

Elle raya donc ce point, décrocha son téléphone et contacta un collègue de Birmingham pour lui expliquer sa situation et lui demander s'il pouvait fouiller dans les archives pour découvrir si sa victime avait oui ou non vécu sur place et si elle conservait de la famille là-bas. C'était une grosse requête, dont la nécessité ne parut pas convaincre l'autre policier. Trudy raccrocha avec la conviction que son dossier se retrouverait enfoui en bas d'une pile, sur le bureau du pauvre agent surchargé de travail. Elle ne se faisait guère d'illusions.

Elle alla ensuite consulter l'identité judiciaire pour savoir s'ils avaient quoi que ce soit contre Regal Cars. Apparemment, leurs impôts étaient en règle et aucune agence dont le travail consistait à surveiller de telles entreprises n'avait rien signalé. Les concessionnaires automobiles étaient parfois peu regardants sur la sécurité de leurs véhicules, mais Regal Cars n'avait apparemment jamais reçu de reproches majeurs en cinq années d'exercice, et aucune victime potentielle n'avait déposé l'ombre d'une plainte. Terry Parker n'avait même jamais écopé de la moindre contravention.

Elle retourna à son bureau en soupirant et s'attela à remplir son rapport pour le capitaine Jennings, ainsi que tous les documents requis dans un cas d'un accident de la route mortel.

Elle avait accompli environ la moitié de son dur labeur quand elle se rendit compte qu'elle n'avait pas pris le temps de se préparer des sandwichs avant de partir en hâte ce matin-là (ni d'avaler de petit déjeuner). Les boutiques étant fermées, elle ne pouvait pas non plus espérer sortir pour s'acheter une tourte au porc ou un roulé à la saucisse.

Elle se résigna donc à ignorer les grondements de son estomac en restant concentrée sur sa Remington. À cette époque de l'année, la nuit tombait autour de 15 heures, et elle espérait avoir bouclé le plus gros d'ici là.

Il lui fallait encore retourner chez les Vander pour récupérer la liste d'invités. Elle n'était pas certaine que ce soit tout à fait nécessaire, mais tenait à s'acquitter de sa tâche du mieux possible. Il ne fallait surtout pas que le capitaine Jennings lui fasse remarquer la moindre omission, ni qu'elle lui laisse la plus petite occasion de critiquer son laxisme !

Avec un peu de chance, quelqu'un repasserait par le bureau avant le service du soir et lui offrirait de la raccompagner en Land Rover. Ignorant si les routes avaient été déblayées, elle préférait ne pas enfourcher de nuit l'une des bicyclettes de fonction.

Clement s'arrêta à la morgue, où sa présence causa un bref pic d'activité chez les deux personnes d'astreinte. Il leur parla de l'accident, remplit les documents attestant l'heure de la mort et leur dit de s'attendre à la venue de Mr Geoffrey Thorpe, qui devait se charger d'identifier l'un de leurs résidants (temporaires) avant la fin de la journée.

Après quoi, il reprit la route de chez lui et dérapa sur une plaque de verglas qui faillit l'envoyer dans un lampadaire au dernier virage, faisant s'emballer son cœur.

Vincent, installé dans un fauteuil du salon, leva les yeux en entendant rentrer son père et posa l'ouvrage qu'il lisait près du feu.

— Je ne savais pas si tu rentrerais à temps pour le déjeuner, dit-il sans la moindre trace de reproche dans son ton. Alors je me suis servi. Tu veux que je te fasse réchauffer de la soupe ?

Clement grommela. Pourquoi cette question lui donna-t-elle l'impression d'avoir un siècle ? D'un autre côté, c'était la première fois depuis bien longtemps que quelqu'un s'inquiétait de savoir s'il mangeait correctement, ce qui lui fut plutôt agréable.

— Pourquoi pas ? J'ai juste un coup de téléphone à passer d'abord.

Il alla s'enfermer dans son bureau, sortit son calepin et trouva le numéro de l'un des pathologistes qui travaillait pour son vieil ami, le Dr Robbins. L'appareil sonna à de nombreuses reprises avant qu'il entende la voix bourrue d'une autre de ses anciennes connaissances, le Dr Douglas Carey.

— Allô ? Qui est-ce, encore ?

— Doug, c'est Clement.

— Tu sais quel jour nous sommes ?

— Oui, mais, contrairement à toi, je n'ai pas passé ma journée à boire du whisky bien au chaud dans ma maison, ni à profiter de mes petits-enfants tout en me gavant de rosbif ! répondit joyeusement Clement. J'étais debout avant le soleil, à superviser la scène d'un accident de la route mortel pour rendre service à un certain département dont je tairai le nom.

En entendant le soupir à l'autre bout du fil, il sourit à pleines dents.

— Bon, qu'est-ce que tu veux ? grogna son vieil ami. Une médaille ?

— Rien d'aussi inutile, s'esclaffa Clement. Je ne t'appelle même pas pour te demander de lever le petit doigt demain en mettant mon client au sommet de ta liste d'autopsies à réaliser. Robbins m'a déjà dit combien vous étiez submergés et en retard.

— C'est trop aimable.

— En réalité, vous pouvez même prendre tout votre temps avant de vous en charger, ajouta Clement avec ruse. Mais…

— Je savais qu'il y aurait un, mais !

— Mais, répéta patiemment le coroner, je te serais très reconnaissant, jeune homme, de bien vouloir réaliser un test de dépistage sur Mr Terrence James Parker dès la première heure et de l'envoyer au labo. Commencez peut-être par chercher dans les barbituriques, suggéra-t-il.

Douglas, cinquante-deux ans au compteur, et ravi de s'être fait traiter de jeune homme, marmotta avec méfiance.

— Qu'est-ce que tu mijotes encore, vieux renard ? J'ai entendu les rumeurs qui circulent sur ton compte et celui de cette jolie policière.

Clement se redressa sur son siège.

— Tu as quoi ? s'écria-t-il, indigné.

Après un silence surpris de son ami, il entendit celui-ci s'esclaffer.

— Non, pas dans ce sens-là, reprit Douglas. Je voulais juste dire que tu commences à avoir la réputation de te mêler d'affaires qui devraient être gérées par des policiers traditionnels.

— L'agent Loveday *est* un policier traditionnel, fit remarquer Clement avec une logique implacable. (Il se détendit contre son dossier.) D'ailleurs, c'est justement elle qui a été chargée de s'occuper de cet accident de la route.

— Je vois, commenta le Dr Carey avec scepticisme. Et donc, pourquoi veux-tu un dépistage rapide pour une simple victime de la circulation ? Et pourquoi es-tu si peu pressé de recevoir le rapport d'autopsie ?

Clement souffla. Le problème, quand on sollicitait un service auprès d'un vieil ami, était qu'il risquait de se montrer particulièrement suspicieux ! Bien sûr, si Clement n'était pas pressé de voir s'accomplir l'autopsie, c'était parce qu'il avait l'intuition que ses résultats ne seraient pas aussi simples que les circonstances le supposaient. Or, si tel était le cas, le capitaine Jennings s'empresserait de retirer l'affaire à Trudy. Ce qu'il ne voulait pas voir se produire de sitôt.

Il s'amusait beaucoup trop ! Par ailleurs, même si son instinct le trahissait et que les causes de la mort étaient bel et bien conformes aux circonstances, Trudy aurait au moins eu le loisir de mener elle-même une enquête jusqu'à son terme. Et si Jennings était déterminé à la ralentir dans sa carrière, Clement l'était tout autant à empêcher le capitaine d'y parvenir.

— Je voulais seulement te simplifier la vie, répondit-il. Je parie que ton emploi du temps est aussi rempli que celui dont Robbins se plaint.

Le Dr Carey se fendit d'un soupir las, se sachant vaincu.

— Tu as raison, bien sûr. J'ai des cadavres par-dessus la tête.

— Charmante image, commenta Clement, pince-sans-rire. Alors, tu veux bien lancer tout de suite les tests toxicologiques, puis l'enterrer en bas de ta pile ? Et me prévenir dès que tu auras reçu les résultats ?

— Qu'est-ce que j'y gagne ? s'enquit Douglas.

— Je t'offre une occasion de me battre au golf.

— Ah ! Disons plutôt une bouteille de whisky.

— Marché conclu.

— Une bonne bouteille, hein ! Pas un de ces mélanges immondes !

— Entendu, gloussa Clement avant de raccrocher, fier de lui.

Avec un peu de chance, Trudy et lui pourraient résoudre l'affaire pour le capitaine Jennings avant que celui-ci comprenne ce qui lui arrivait !

Bien sûr, si les pupilles dilatées de leur victime étaient uniquement dues à un coup à la tête et si les examens toxicologiques ne révélaient rien d'intéressant, cela ne leur prendrait pas longtemps.

En revanche…

Se frottant mentalement les mains à la perspective de mener une nouvelle enquête avec sa jeune amie, Clement se rendit à la cuisine où, l'espace d'une petite seconde, il fut surpris de découvrir son fils debout devant la cuisinière, à remuer une casserole bouillonnante.

Il avait oublié que Vincent était là.

Mais seulement pour une fraction de seconde, et seulement, se rassura-t-il, parce qu'il s'était laissé distraire par l'idée de travailler de nouveau avec Trudy. C'était compréhensible, n'est-ce pas ? Ce n'était certainement pas un signe de détérioration de ses facultés cognitives…

— Tout va bien, papa ? fit Vincent, inquiet.

Clement reporta son attention sur son fils. Tout en tirant une chaise, il lui adressa un sourire fugace.

— Bien sûr, pourquoi ? lui demanda-t-il sèchement.

Vincent se retourna.

— Oh ! pour rien, répondit-il nonchalamment.

Et Clement ne put qu'espérer que son fils n'ait pas remarqué l'absence dont il avait été victime.

Jasper Vander se tenait sur le palier, prudemment hors de vue mais attentif à la conversation de sa mère dans le vestibule. Elle était allée ouvrir la porte d'entrée, et Jasper, qui était sorti de sa chambre dans le même but, avait aussitôt reconnu la voix de la visiteuse et s'était immobilisé. Il s'agissait de cette policière plutôt mignonne, sans doute revenue chercher la liste des invités qu'ils lui avaient promise un peu plus tôt.

La voir repasser si vite le contrariait. Au moins sa mère avait-elle eu la jugeote de lui remettre le document et de lui dire au revoir sans lui laisser le temps de l'interroger plus avant.

Morose, il alla frapper impatiemment à la chambre de sa sœur. La porte s'ouvrit brusquement un instant plus tard, et sa jumelle le toisa d'un air sombre.

— Quoi ? On ne peut plus écouter Cliff Richard en paix ? lança-t-elle, agacée, en s'effaçant pour le laisser entrer.

Elle alla soulever l'aiguille du tourne-disque installé dans la pièce. Le 45 tours de *Bachelor Boy* allait devoir attendre, même si Cliff Richard lui paraissait d'une beauté idyllique.

— Cette fliquette est revenue, l'informa son frère avec humeur.

— Pour récupérer la liste ?

— Oui. Plutôt têtue, non ? ricana Jasper en se vautrant sans élégance dans le fauteuil imitation reine Anne qui grinça sous son poids. Je n'aime pas les savoir fouiner partout, Juju.

— Pourquoi s'inquiéter ? Il est mort, n'est-ce pas ? répondit Juliet avec désinvolture.

Elle s'assit avec beaucoup plus de grâce devant sa coiffeuse et contempla pensivement son reflet.

— On ne risque donc rien.

Mais son frère secouait déjà la tête.

— Je n'en suis pas si sûr, répliqua-t-il, maussade. Et il faut *vraiment* qu'on fasse quelque chose au sujet de Patsy.

Juliet cessa de se mirer et contempla son jumeau d'un air inquiet. Elle avait depuis longtemps appris à respecter l'intelligence de Jasper, ainsi que sa faculté à toujours obtenir ce qu'il désirait. N'étant pas elle-même empotée dans ces deux domaines, une forme de respect mutuel s'était établie entre eux au fil des années.

Mais même si elle adorait son frère, quoique avec détachement, elle était encore plus éprise d'elle-même. Ainsi, après un moment de réflexion, elle dut reconnaître qu'il n'avait pas tort.

— Je suis d'accord, concéda-t-elle froidement. Nous allons devoir nous servir d'elle avec beaucoup de prudence. Elle est tellement sotte… On se retrouverait dans de beaux draps si elle jasait.

— Oh ! elle ne jasera pas, assura Jasper avec un sourire carnassier. Elle est certes un peu crétine, mais tout de même pas à ce point, si ? Elle la bouclera, au moins pour ne pas mettre sa propre tête sur le billot. Non ? Tu la connais mieux que moi.

Juliet s'interrogea longuement sur Patsy Arles.

— Eh bien, elle n'est pas particulièrement brillante, admit-elle.

Il s'agissait d'un fait objectif, vu la facilité avec laquelle ils l'avaient manipulée pour lui faire exécuter leur sale besogne. Son manque d'intelligence était flagrant.

— Toutefois, elle a vraiment besoin d'attention, grâce au ciel, et elle m'idolâtre complètement. D'ailleurs, elle pourrait t'idolâtrer aussi, si tu y mettais un peu du tien, ajouta-t-elle d'un ton lourd de sens.

— Oh ! non, je n'ai aucune envie de la voir pendue à mon cou comme une amoureuse transie, protesta Jasper.

— Ça pourrait être une bonne idée, pourtant. Au moins le temps que la pression retombe. Une femme amoureuse ne dénoncera jamais son homme, et toutes ces sornettes, conclut Juliet en bâillant bruyamment.

Jasper se rembrunit et donna un coup de pied dans l'une des chaussures de sa sœur, abandonnée par terre vers son fauteuil. Le soulier roula jusqu'à s'arrêter près du lit.

— Ça m'inquiète qu'elle n'ait pas appelé, déclara-t-il. Je m'attendais à ce qu'elle téléphone dans tous ses états, pas toi ?

Juliet y réfléchit un moment avant de soupirer.

— Oui, sans doute. Cette petite imbécile a dû piquer une crise après coup.

— C'est exactement ce que je pense. Je supposais donc que sa première réaction serait de débouler ici pour vider son sac et implorer ton aide. Alors pourquoi ne l'a-t-elle pas fait ?

Juliet inclina son joli minois de côté et se fendit d'un sourire empreint d'ironie.

— Eh bien, c'est le nouvel an, fit-elle remarquer. Et son horrible famille a dû déferler chez elle. Difficile de s'éclipser aujourd'hui dans ces conditions. Surtout avec ce temps, ajouta-t-elle en désignant la neige qui tombait encore. Sa chère maman ne l'aurait pas laissée faire.

— Elle aurait quand même pu téléphoner, insista Jasper.

— Je ne suis même pas sûre qu'elle ait le téléphone, répliqua Juliet.

Cela surprit son frère, qui n'avait même pas songé au fait que tout le monde n'était pas assez riche et privilégié pour disposer d'une ligne à domicile.

— Même si elle l'avait, elle aurait sans doute trop peur de l'utiliser, de crainte que quelqu'un surprenne sa conversation. Après ce qui a dû se passer hier soir… (Elle s'interrompit, sourcils froncés.) Je me demande ce qui a cloché, au juste. Le plan semblait pourtant parfait.

Jasper haussa les épaules.

— En tout cas, espérons que cette dinde n'ait pas laissé d'indices à notre jolie policière.

Juliet considéra son frère avec un sourire mauvais.

— Elle te plaît, hein ? Notre charmante femme en uniforme ?

— Lâche-moi un peu, je ne suis pas désespéré à ce point, rétorqua Jasper, en prenant toutefois soin d'éviter le regard entendu de sa sœur. Et puis, ce n'est pas tellement elle qui m'inquiète, plutôt l'homme qui l'accompagnait. Je n'ai pas du tout aimé son allure.

— Ah, oui, le délicieux Dr Ryder, commenta Juliet.

— Il pourrait être ton père, objecta Jasper.

— Et alors ? demanda sa jumelle avec malice.

Jasper la dévisagea un instant, puis haussa les épaules.

— Ton immonde vie amoureuse n'est pas mon souci pour le moment. Regardons la vérité en face : nous risquons de vivre une sale période, ma très chère sœur, et nous allons devoir trouver le moyen d'empêcher notre douce Patsy de paniquer. Plutôt la carotte ou le bâton, à ton avis ? Ou les deux ? Allez, sœurette, c'est l'heure de se creuser les méninges.

11

Le lendemain matin, Trudy apportait la touche finale à son rapport quand le capitaine Jennings arriva. Après lui avoir laissé le temps de s'installer, elle alla frapper à sa porte et attendit qu'il l'invite à entrer.

Sans l'interrompre, il l'écouta passer en revue les éléments pertinents de son enquête et énumérer les actions entreprises jusque-là. Elle tenta de se convaincre que les doutes du Dr Ryder quant aux pupilles dilatées de la victime ne l'intéresseraient pas, au vu des nombreuses fois où il lui avait affirmé préférer les faits tangibles aux théories farfelues. Elle lui épargna donc ce détail. Quand elle eut terminé, il prit un instant pour digérer cette somme d'informations et se racla la gorge.

— Je n'aime pas cette histoire de traces dans la neige autour de la voiture, qui pourraient être des empreintes de pas ou de pattes, grommela-t-il.

Trudy acquiesça.

— Moi non plus, chef. Mais elles étaient vraiment trop indistinctes pour pouvoir tirer la moindre conclusion. Et avec les fortes chutes de neige de cette nuit-là et du matin suivant…

Elle haussa les épaules pour ponctuer sa phrase de façon éloquente.

— Oui. Eh bien, il ne nous reste plus qu'à attendre les résultats de l'autopsie. À ce stade, il semble plus que vraisemblable que la mort soit due à des blessures consécutives à l'accident ou à l'hypothermie – peut-être même les deux. Auquel cas, l'affaire serait classée. Bien, continuez comme ça.

Trudy dissimula son sourire satisfait et sortit en vitesse. L'enquête ne lui serait donc pas retirée tout de suite !

Elle retourna à son bureau, mais sa bonne humeur s'envola quand elle aperçut l'homme qui l'y attendait. Âgé d'une trentaine d'années, grand, séduisant avec ses cheveux noirs et ses yeux verts si particuliers, il se fendit d'un large sourire en la voyant.

— Ne serait-ce pas ma policière préférée ? s'exclama Duncan Gillingham, journaliste à l'*Oxford Tribune*. Que pouvez-vous me dire sur ces rumeurs concernant un homme retrouvé mort dans sa voiture, dans le nord d'Oxford ?

Trudy soupira.

— J'aurais dû m'en douter, marmonna-t-elle.

Comment les reporters faisaient-ils pour se mettre au parfum si rapidement ? Ne pouvaient-ils pas rester bien au chaud chez eux comme n'importe quelle personne sensée et laisser chacun s'occuper de ses propres affaires ?

Surtout ce spécimen-ci !

Elle jeta un coup d'œil angoissé en direction de la porte du capitaine Jennings, dans l'espoir qu'il n'ait pas été informé que la presse venait fouiner. Surprenant son regard, Duncan se dirigea à grands pas vers le bureau de son supérieur.

— Je vous interdis d'y aller ! s'écria Trudy en s'élançant devant le journaliste pour lui bloquer le passage. Et qui vous a laissé entrer, d'abord ?

— Un vieux type à l'accueil. Vous ne pouvez pas bâillonner la presse libre, vous savez ? la rabroua-t-il d'un ton taquin. Et voyons la réalité en face : il n'y a personne pour me jeter dehors.

Il considéra les environs désertés d'un air moqueur.

— Ça ne vous autorise pas à débouler ici…, rétorquait Trudy avec ferveur quand elle sentit, plutôt qu'elle ne l'entendit, la porte s'ouvrir derrière elle.

— Qu'est-ce qui se passe, encore ? tempêta le capitaine Jennings en remarquant d'abord l'air furieux de son agent, puis les prunelles amusées de l'homme qui l'accompagnait. Et vous êtes ?

— C'est un reporter, chef, s'empressa de répondre Trudy. Il voulait des renseignements sur cet accident de voiture. Je lui ai dit…

— … de déguerpir, compléta cordialement Duncan, lui rapportant (sans doute malgré lui) de bons points auprès de son patron, qui n'avait pas non plus de temps à perdre avec la presse. Mais, comme je le lui rappelais, le public a le droit de savoir. Un commentaire, inspecteur ?

Jennings poussa un profond soupir.

— Bon, entrez. Mais juste les grandes lignes, hein. Vous pourrez peut-être vous rendre utile, pour une fois. J'aimerais publier un appel à témoin, pour que quiconque s'étant trouvé à proximité de l'accident dans les premières heures de la matinée d'hier nous contacte. Nous aimerions aussi obtenir des informations sur la victime, et notamment les coordonnées de sa famille proche.

Duncan décocha à Trudy un clin d'œil victorieux tandis que le capitaine refermait la porte derrière eux. La policière, vaincue, retourna à son bureau.

Elle savait qu'elle ne devait pas se laisser désarçonner, mais c'était le cas. Duncan Gillingham et les ennuis allaient souvent de pair, et elle tenait à son affaire. Ce n'était sans doute pas l'enquête la plus passionnante du monde, mais c'était la sienne – au moins pour le moment –, et elle ne voulait pas voir Duncan s'en mêler.

Elle broya du noir tout le temps que le reporter passa dans le bureau de son supérieur ; quand il en sortit enfin, elle veilla à ne surtout pas le regarder. Si elle l'avait fait, elle aurait vu l'œillade inquisitrice et admirative qu'il lui adressait et n'aurait pas été surprise quand, au lieu de se diriger droit vers la sortie, il s'approcha de sa table de travail.

— Alors, comment ça se passe ? s'enquit-il en appuyant nonchalamment une hanche contre son bureau.

Il tendit le cou pour tenter de lire la feuille glissée dans la machine à écrire, et elle l'en arracha si furieusement qu'un angle se déchira. Ce qui signifiait qu'elle allait devoir tout recommencer.

Elle le maudit – mais seulement à mi-voix.

— Tout va bien, merci, répliqua-t-elle laconiquement.

— Ça vous dirait de sortir boire un verre avec moi ?

— Non.

— Oh ! allez ! Vous savez que je vous plais. Et, avec tout ce que nous avons vécu après la mort de cette reine de mai l'année dernière, je pensais que nous pourrions au moins devenir amis.

Trudy soupira et se pencha plus près de sa machine, sachant d'avance qu'il ne lâcherait pas prise si facilement.

Elle avait raison : il ne lâcha pas.

— Pourquoi me battre froid, agent Loveday ? demanda-t-il avec un rire contenu. L'hiver est déjà suffisamment glacial, vous ne trouvez pas ?

— Allez-vous-en, répondit Trudy avec lassitude.

— Pas avant que vous ayez accepté de boire un verre avec moi.

— Buvez-le avec votre fiancée, suggéra-t-elle d'un ton plein de sous-entendus.

Duncan grimaça à cette attaque frontale.

— Un jour, vous savez…, commença-t-il fougueusement.

Il ne se donna cependant pas la peine d'aller au bout. Il observa plutôt le téléphone posé sur son bureau et tira nonchalamment un carnet de sa poche pour y noter le numéro.

Sachant qu'il devait rendre son article avant l'heure du déjeuner s'il voulait le voir paraître dans la prochaine édition, il capitula et lui adressa un salut enjoué avant de quitter les lieux.

Cependant qu'il regagnait son bureau, se frayant un chemin parmi la neige et les autres piétons, il réfléchit à un moyen de la convaincre de l'accompagner boire ce verre. Après tout, elle lui devait bien ça. Ne lui avait-il pas sauvé la vie, quelques mois auparavant ?

Dans son article paru dans le journal du soir, les lecteurs du *Tribune* furent ainsi priés de contacter directement l'agent Trudy Loveday s'ils disposaient de la moindre information relative à l'enquête ; Duncan avait pris soin d'ajouter le numéro de ligne directe de la policière. Habituellement, il aurait plutôt fourni celui du commissariat, et un agent d'accueil aurait été chargé de faire le tri parmi les nuisibles. De cette manière, au moins, elle se retrouverait harcelée par des curieux pendant un temps certain et, s'il ne se trompait pas sur la nature humaine (et il se targuait de se tromper rarement), l'immense majorité des appelants n'auraient rien d'intéressant à lui apprendre. Ils chercheraient au contraire à lui arracher les détails les plus croustillants, l'exaspérant jusqu'à l'insupportable.

Cela lui apprendrait à faire sa coquette ! Avec un peu de chance, cela la pousserait aussi à le contacter, ne serait-ce que pour déverser sa bile. Ce qui lui offrirait l'occasion rêvée de l'amadouer et de la persuader de sortir boire ce verre.

Et qui sait jusqu'où cela pourrait les mener ?

Il s'avéra cependant que l'un des premiers coups de téléphone que reçut Trudy cet après-midi-là n'émanait pas d'un lecteur du journal, mais de son collègue de Birmingham. Il la surprit en annonçant qu'il avait mis les bouchées doubles pour traiter au plus vite sa demande d'informations au sujet de Terrence James Parker.

Assez vite, elle comprit cependant que l'agent qui s'était vu confier cette tâche s'en était acquitté en priorité parce qu'elle impliquait de se rendre au bureau chauffé des archives et lui épargnait d'enquêter sur une effraction dans une usine d'équarrissage pleine de courants d'air !

Néanmoins, malgré cette coopération inattendue, les nouvelles venues du nord ne donnèrent rien : sa victime n'avait vraisemblablement pas grandi dans les environs de Birmingham.

Découragée par cette nouvelle impasse, elle remercia chaleureusement son collègue avant de raccrocher. Le téléphone se remit aussitôt à sonner.

Il s'agissait d'une vieille dame voulant savoir si l'homme retrouvé mort dans sa voiture avait les cheveux roux. Elle venait de rassurer la grand-mère à ce sujet quand une autre personne appela, exigeant de savoir exactement où l'accident avait eu lieu.

Après avoir interrogé les appelants sur la raison de leur coup de fil, elle ne mit pas longtemps à comprendre ce que Duncan Gillingham avait fait.

Qu'il aille au diable !

Quand son téléphone sonna peut-être pour la dixième fois en autant de minutes, elle se retint de grogner son nom dans l'émetteur.

— Vous êtes l'agent Loveday ? s'enquit poliment une voix d'homme savamment maîtrisée.

Trudy reprit contenance et soupira.

— Oui, monsieur, confirma-t-elle en s'attendant à l'habituelle demande d'informations qu'elle ne pouvait pas livrer.

— Je viens de lire l'article concernant Terrence Parker.

— Oui, monsieur, répéta-t-elle en s'efforçant de rester calme. Elle ne devait pas laisser les méfaits de Duncan la mettre en boule de la sorte – d'autant que son propre patron avait encouragé le journaliste à les commettre.

— Mais j'ai bien peur de ne pouvoir vous donner plus d'informations que celles déjà parues dans la presse.

S'ensuivit un silence étonné, puis la voix reprit d'un ton amusé :

— Oui, je n'en doute pas. Justement, j'appelle pour vous en fournir d'autres. L'article demandait bien à quiconque connaissait Mr Terrence Parker de vous contacter ?

Trudy se redressa légèrement sur son siège. Elle ouvrit son carnet à une page vierge.

— Vous connaissiez Mr Parker, monsieur ?

— Oui. Mais c'est plutôt… eh bien, disons que j'aimerais autant rester discret à ce sujet. Je préférerais ne pas vous faire ces révélations sur une ligne ouverte. Pourriez-vous venir jusqu'à moi ? En temps normal, je me rendrais volontiers au commissariat mais, vu l'état des routes, je crains fort d'aboutir dans une congère.

Trudy se demanda brièvement s'il pouvait s'agir d'un nouveau canular, peut-être d'un appelant plus hardi que les autres, mais quelque chose dans son ton lui laissait croire que non.

— Ce n'est pas grave, monsieur, je comprends tout à fait. Où habitez-vous ?

— Je suis actuellement au bureau, sur Aldates.

Encore mieux, songea-t-elle. Elle n'aurait même pas besoin de trouver un chauffeur : elle pouvait s'y rendre à pied. Elle prit note de l'adresse, écouta ses indications et lui promit de venir aussi vite que possible.

Elle était en train d'enfiler son manteau quand elle se rappela s'être engagée à joindre le Dr Ryder dans la journée.

Elle composa rapidement son numéro de domicile, où son fils l'accueillit assez froidement en lui expliquant que son père s'était rendu à son travail pour compulser quelques dossiers. Elle le remercia et raccrocha.

Elle appela dans la foulée le bureau du coroner, et entendit avec soulagement sa secrétaire lui répondre que celui-ci était libre. À cause du temps, les audiences avaient été suspendues, témoins et officiers étant aussi difficiles à déplacer que le reste de la population.

Quand Clement prit l'appel, Trudy lui demanda s'il voulait la rejoindre devant Christ Church afin de s'entretenir avec un mystérieux inconnu affirmant posséder des informations très sensibles sur leur victime. Il n'aurait pu accepter plus promptement.

— Brrr, il fait un froid de gueux, fit remarquer Trudy en guise de salutation dès qu'elle vit le coroner s'approcher d'elle sur le trottoir.

Un passage avait été déblayé à travers les congères, trop étroit pour leur permettre d'avancer à deux de front.

— Avec un peu de chance, nous n'aurons pas à marcher trop longtemps. Ça devrait être à deux pas d'ici.

Ils descendirent la colline prudemment, glissant par endroits, là où la neige damée s'était presque transformée en glace. Trudy chercha les numéros de rue au-dessus des boutiques et des entrées de bureaux. Les instructions données par son interlocuteur étaient très claires, et elle trouva les lieux en quelques minutes à peine.

Elle s'immobilisa, le temps de lire les lettres dorées sur le panneau de verre de la porte.

— Prescott, Watts et Cummings.

— Des notaires ? suggéra Clement en lisant par-dessus son épaule.

— Presque. Je les ai cherchés dans l'annuaire avant de partir. Ce sont des comptables.

Clement haussa un sourcil.

— Et qui dit comptables dit presque toujours histoires d'argent.

Trudy opina joyeusement.

— Intéressant, non ? « Suivre l'argent » était la maxime préférée de l'un de mes sergents instructeurs ! Allons voir ce qu'il a à nous dire.

12

Philip Prescott était un homme petit sur tous les plans. Rendant plusieurs centimètres à Trudy, il était en outre doté de petits pieds, de petites mains et d'un petit visage fin. Il pouvait avoir entre quarante et soixante ans car, si son visage n'était pas ridé, il ne paraissait pas non plus particulièrement jeune. Ses cheveux étaient d'un marron ordinaire, comme ses yeux.

Il était vêtu d'un élégant costume trois-pièces anthracite, porté avec une chemise blanche unie et une cravate noire. Son bureau était petit, à la mesure de son propriétaire, mais la vue depuis sa fenêtre était impressionnante : on y distinguait l'intégralité de Christ Church et de ses immenses jardins, couverts d'un manteau de neige désormais familier.

— Je dois dire qu'il me tarde de voir disparaître tout ce blanc, commenta le comptable en guise d'introduction, après que Trudy et Clement se furent dûment présentés et installés en face de lui.

— Oui, je crois que nous en avons tous assez, convint le coroner en esquissant un sourire.

Une fois les civilités d'usage accomplies, Prescott hocha la tête et se pencha en avant, les deux coudes sur la table. Il joignit les mains devant lui, paume contre paume, formant une flèche avec ses doigts. Durant toute la durée de l'entretien, il se donnerait de petits coups réguliers au menton avec ses doigts en pointe. Sans doute une habitude inconsciente, songea Clement. Il se demanda distraitement comment il l'avait acquise et s'il avait seulement conscience de ce tic.

Trudy, d'abord un peu surprise par cette excentricité, s'y habitua rapidement.

— Merci de nous avoir contactés si vite, monsieur. Vous connaissiez donc Mr Parker ? demanda-t-elle.

— Oui, mais uniquement dans le cadre professionnel. Nous n'étions pas amis, je tiens à ce que ce soit parfaitement clair.

Le comptable avait une élocution précise qui correspondait à son allure générale et sans doute à son métier. Après tout, nul ne ferait confiance à un comptable désordonné.

— Je vois. Dois-je en déduire que vous nous avez contactés parce que vous vous occupez de la comptabilité de son affaire ? poursuivit Trudy, le stylo sur le carnet.

— De Regal Cars, oui, confirma Philip Prescott. Il en était associé.

— Oui, nous nous sommes déjà entretenus avec Mr Geoffrey Thorpe, dit prudemment Trudy. J'ai eu l'impression qu'ils n'étaient que deux à s'occuper de l'entreprise. En tout cas, qu'ils n'avaient de comptes à rendre à personne.

— C'est exact. C'était une entreprise privée, pas publique.

Le comptable remua dans son fauteuil, les doigts cognant contre son menton pendant quelques instants, puis il soupira.

Trudy percevait en lui tous les signes d'un homme d'un naturel très prudent, respectueux des lois et bon citoyen. Il essayait de déterminer ce qu'il était de son devoir de révéler, sans pour autant courir le risque de compromettre son éthique professionnelle.

Dans l'espoir de l'aider – et de faire avancer l'interrogatoire –, elle reprit la parole d'un ton hésitant.

— J'ai trouvé que Mr Thorpe était un homme très agréable. Très franc, aussi, ajouta-t-elle pour lui tendre une perche.

— Oui, je suis d'accord, répondit aussitôt Philip Prescott.

— Aviez-vous plus souvent affaire à Mr Thorpe ou à Mr Parker ?

— Oh ! peut-être un peu plus souvent à Mr Parker.

Le comptable prit le temps d'analyser ses mots, mais il dut les trouver inadaptés, car il ajouta :

— En tout cas, Mr Parker apportait plus souvent les livres de comptes que son associé.

— Je vois. J'en déduis qu'ils s'intéressaient tous les deux aux finances ?

— Oui, en effet. Je n'ai jamais bien compris leur mode de fonctionnement : je crois qu'ils notaient l'un et l'autre des choses, quand ils trouvaient le temps, sans doute entre deux ventes.

Il secoua la tête, confondu par tant d'extravagance.

— Je vois, enchaîna Trudy en tâchant de paraître aussi scandalisée que lui. Et à quel rythme venaient-ils vous faire valider leurs comptes ?

— Oh ! tous les trimestres.

— Et vous disiez que c'était le plus souvent Mr Parker qui s'en chargeait ? persista Trudy, sans comprendre elle-même pourquoi elle se montrait si pointilleuse – à moins que la personnalité du comptable fût contagieuse !

Ou peut-être commençait-elle simplement à sentir que cet homme allait être difficile à interroger. À l'évidence, il n'aimait pas faire de déclarations trop hardies, elle allait donc devoir veiller à ne laisser échapper aucun sous-entendu. Ou, pis encore, à ne pas en interpréter de travers.

Clement, qui regardait avec bienveillance la technique d'interrogatoire de Trudy progresser à pas de géant, réprima un léger sourire de satisfaction et se contenta d'écouter. Il savait qu'il pourrait toujours intervenir s'il percevait une occasion qu'elle semblait laisser échapper.

— Oui. Et Mr Parker était indubitablement plus à l'aise pour répondre aux questions que je pouvais avoir à leur soumettre.

Il y avait dans cette phrase quelque chose de pompeux qui attisa la curiosité de Trudy – ce qui était bien sûr volontaire.

Elle saisit donc obligeamment la perche tendue.

— Et aviez-vous souvent des questions relatives à leurs comptes ?

Cette interrogation trop directe fit une nouvelle fois remuer Philip Prescott sur son siège. Il ouvrit la bouche, la referma, réfléchit un moment, puis soupira. Ses doigts, durant cette longue hésitation, tapotèrent à maintes reprises le dessous de son menton.

— Je ne dirais pas… (Il s'interrompit, puis soupira derechef.) Il n'y avait rien de… (Conscient que ses visiteurs commençaient à nourrir une certaine impatience, il se résigna à sauter le pas.) D'accord, permettez-moi de formuler les choses ainsi : depuis trois ans que je travaille avec Regal Cars, je n'ai jamais craint qu'une éventuelle enquête diligentée par l'administration fiscale révèle quoi que ce soit de… répréhensible. Du point de vue de la loi.

Prescott soutint longuement le regard de Trudy, avant de se tourner vers l'homme silencieux assis près d'elle. Constatant que le coroner ne semblait pas enclin à formuler le moindre commentaire, il reporta son attention sur la jeune femme, qui le scrutait avec intensité.

— Je vois, déclara-t-elle posément tout en réfléchissant. Mais, sans tenir compte de l'avis des percepteurs, vous diriez qu'en certaines occasions…

Cette fois, ce fut elle qui marqua une pause pour chercher le mot juste : un terme assez inoffensif pour ne pas le pousser à se retrancher dans le silence, mais assez explicite pour le convaincre de cracher le morceau.

— Disons que, parfois, est-ce que certaines entrées de leurs comptes vous… surprenaient ou vous paraissaient peut-être… étranges ?

— Eh bien, oui, sans l'ombre d'un doute, s'empressa de reconnaître Philip Prescott avec un soulagement non dissimulé.

En réalité, il se fendit même d'un demi-sourire. Il semblait ravi de l'intelligence de son interlocutrice, et agréablement surpris par sa façon d'aborder chaque sujet de façon suffisamment détournée.

Trudy, qui prenait rapidement la mesure des précautions à prendre avec ce témoin particulier, espérait désormais accomplir de vrais progrès.

— Et les… écritures de Mr Parker vous intriguaient davantage que celles de Mr Thorpe ? conjectura-t-elle.

Elle épia sa réaction pour savoir si elle faisait fausse route ou mettait dans le mille.

— Oh ! oui, indubitablement. Nous autres comptables apprenons très vite à « lire » les travaux de nos clients, vous comprenez ? Et je dois dire que Mr Thorpe avait une façon très claire et ordonnée de procéder. Il est parfois presque trop méticuleux, si bien qu'il ne trouve pas toujours le moyen le plus efficace de fonctionner, mais ses inscriptions ont au moins le mérite d'être… sans équivoque.

Clement, à la fois distrait et fasciné par le petit homme assis devant lui, prit quelques secondes pour jauger avec soin cette dernière offrande.

— Sans équivoque, répéta Trudy en savourant pensivement cette formulation. Alors que les écritures de Mr Parker, par comparaison, tendaient à être, disons… plus floues ?

Les doigts du comptable pilonnèrent compulsivement son menton et, cette fois, ses lèvres impeccables s'ourlèrent en un sourire.

— Ce serait une façon généreuse de voir les choses, oui.

Trudy hocha la tête.

— Je vois. Diriez-vous que Regal Cars est, dans l'ensemble, une entreprise florissante, Mr Prescott ?

Une fois encore, l'homme réfléchit attentivement avant de répondre, cherchant la moindre embûche.

— Je dirais, finit par déclarer Philip Prescott avec la précision qui le caractérisait, qu'elle est solvable. Que son chiffre d'affaires est appréciable et que ses revenus semblent adéquats pour les deux personnes concernées. Mais plus, selon moi, pour Mr Parker que pour Mr Thorpe.

Pour la première fois, Trudy ne fut pas certaine d'avoir bien lu entre les lignes. Sachant qu'une question directe ne serait pas bien acceptée par son témoin, elle réfléchit à un moyen de lui faire clarifier son propos.

— Regal Cars est-il un partenariat équilibré, Mr Prescott ? Je veux dire par-là, les deux copropriétaires possèdent-ils l'entreprise à parts égales ?

— Oui, confirma Mr Prescott, une lueur d'approbation dans le regard. Ils possèdent la société à parts égales et ne calculent pas leurs salaires respectifs sur la base de celui qui vend le plus de véhicules. C'est-à-dire qu'il n'y a pas de bonus.

Trudy, se sentant en terrain plus sûr, hocha la tête.

— Cela importait donc peu si l'un vendait plus de voitures que son associé sur une semaine. Dans les deux cas, les bénéfices étaient répartis équitablement.

— Oui.

— Dans l'ensemble, diriez-vous que Mr Parker était meilleur vendeur que Mr Thorpe ?

— Non, je dirais qu'ils étaient plus ou moins de niveau égal. J'ai pu constater que les ventes de Mr Thorpe avaient tendance à être plus régulières et – disons, pas exactement prévisibles, mais qu'elles suivaient un rythme assez constant. Mr Parker m'a confié que son associé avait tendance à vendre des automobiles moins haut de gamme, surtout à des hommes plus jeunes. Alors que lui en vendait moins, mais de plus chères, souvent à des hommes plus âgés.

Trudy acquiesça. Elle comprenait la logique. Elle commençait à mieux cerner la victime de l'accident, à présent. Un beau jeune homme plaisant aux riches veuves était sans doute le genre de personne à trouver plus facile de vendre des voitures sportives tape-à-l'œil et onéreuses à des hommes d'âge mûr qui auraient probablement dû y réfléchir à deux fois.

— Du point de vue des bénéfices, cela me semble pertinent, admit Trudy, consciente qu'elle avait affaire à un comptable. Deux associés visant chacun une clientèle différente devaient permettre d'augmenter considérablement les ventes.

Cette fois, Philip Prescott ne retint plus du tout son sourire, trouvant décidément cette jeune policière fort intelligente et arrangeante.

— Pour être très clairs, les deux hommes touchaient donc exactement le même salaire chaque mois ? reformula-t-elle prudemment.

Sur ce, Philip Prescott cessa brusquement de s'enfoncer les doigts sous le menton.

Elle s'était si bien habituée à ce mouvement que son arrêt brutal la surprit.

— Ah. Voilà. (Mr Prescott se redressa sur son siège.) C'est en tout cas ce que montraient les comptes de Regal Cars. Du moins ce que montraient les livres de comptes que Mr Parker m'apportait.

Bingo ! Trudy, soudain crispée, s'efforça de se détendre. Elle ne devait surtout pas perdre la confiance de son témoin à cet instant.

— Et lorsque c'était Mr Thorpe qui les apportait ? demanda-t-elle d'un ton très naturel.

Philip Prescott finit par séparer les mains pour les poser à plat sur son bureau avant de se renverser contre son dossier.

— Aussi. Cependant, Mr Thorpe m'a apporté l'ensemble de leurs livres de comptes en novembre dernier – c'est-à-dire toutes leurs années d'exercice, jusqu'à environ un mois avant la fin du dernier trimestre. Il m'a demandé de les vérifier scrupuleusement. Je dois reconnaître que j'ai eu l'impression – rien de plus qu'une impression, notez – que Mr Thorpe l'avait fait sans prévenir son associé.

— Et qu'avez-vous… ?

Trudy se retint juste à temps de poser une question directe. Elle s'empressa de se corriger :

— Et les livres que vous avez pu consulter à l'époque vous ont-ils montré que Mr Thorpe recevait toujours sa juste part des bénéfices chaque trimestre ?

Le comptable lui adressa un sourire de félicitations. Trudy l'imagina lui tapoter la tête, comme un fier propriétaire de chien ravi des prouesses de son labrador préféré.

— Non, madame l'agent, pas du tout, admit Prescott avec une immense satisfaction.

— Ainsi, notre victime traficotait les comptes, commenta Clement dès l'instant où ils se retrouvèrent sur le trottoir.

La nuit était presque tombée durant le temps passé chez le comptable, et les éclairages de Noël, qui n'avaient pas encore été ôtés, jetaient un joyeux halo sur les façades. Trudy frissonna, tant le froid intense de l'après-midi contrastait avec la douceur ambiante du bureau du comptable.

— Il piochait dans la caisse, confirma Trudy. Ce qui est sans doute moins dangereux que de voler de l'argent au fisc !

Traînant machinalement les pieds pour remonter la colline, elle se demanda à haute voix où tout cela allait les mener.

— On peut imaginer qu'il chapardait un peu plus que sa part depuis qu'ils avaient monté leur affaire. J'ai l'impression que c'était le genre d'homme à aimer étaler sa fortune.

Clement hocha la tête avant de se rappeler que Trudy ne pouvait pas le voir, puisqu'ils étaient contraints de marcher l'un derrière l'autre à cause des congères amoncelées des deux côtés.

— Oui, je suis d'accord, précisa-t-il alors. Malheureusement pour notre victime, son associé a fini par s'en rendre compte et par le prendre la main dans le sac.

— Ce qui explique pourquoi Geoffrey Thorpe paraissait surtout inquiet quand nous nous sommes entretenus avec lui, et pas particulièrement triste. Il devait espérer garder leurs problèmes secrets, afin de ne pas nuire à leur entreprise. Il ne devait plus nourrir de sentiments très amicaux pour Terry depuis quelque temps – en tout cas, pas au point d'être profondément affecté par son trépas. Je suis juste surprise qu'ils n'aient pas fermé boutique ! Mr Thorpe a bien dû lui demander une explication dès qu'il a découvert le pot aux roses et exiger que Terry le rembourse jusqu'au moindre penny, non ?

— Ça me semble effectivement assez probable, convint Clement non sans ironie.

13

Le fait que la victime de l'accident semblât avoir eu des pieds d'argile ne plut guère au capitaine Jennings. Au sommet de la colline, Trudy et Clement s'étaient séparés pour regagner leurs bureaux respectifs et, dès son arrivée au commissariat, la policière était allée faire son rapport à son supérieur.

— Ce n'était donc pas un brave type, grommela le capitaine quand elle eut terminé de parler. Mais je ne vois pas quel lien cela peut avoir avec les circonstances.

Si l'accident était purement accidentel, ajouta-t-il par-devers lui. Mais dans le cas contraire ?

La barbe, il n'avait pas le personnel pour gérer ce genre de complications ! Les effectifs étaient déjà si réduits qu'il ne pouvait pas mettre un deuxième officier sur cette affaire, qui se révélerait sans doute n'être qu'un banal accident de la route.

Si d'autres que l'agent Loveday et ce satané fouineur de coroner avaient été responsables de l'enquête, il aurait estimé que les chances étaient en sa faveur et tout laissé tomber. Toutefois, ces deux-là avaient le don de transformer de discrètes taupinières en véritables montagnes. De quoi lui donner des aigreurs d'estomac.

Il lui fallait d'autres faits. Mais, avec les retards accumulés, ceux-ci ne risquaient pas d'atterrir sur son bureau par enchantement. Si quelque chose de douteux se tapissait bel et bien sous l'affaire Parker, ses supérieurs lui tomberaient sur le râble pour avoir laissé tant de temps s'écouler avant de mettre le doigt dessus !

— Pardieu, vous allez donc devoir continuer de creuser, capitula-t-il en faisant mine de ne pas remarquer l'expression de ravissement qui éclaira le visage de Trudy. Seulement jusqu'à l'obtention du rapport d'autopsie, hein, ajouta-t-il en se rembrunissant. Ou celui de l'expert automobile. Nous verrons bien si le véhicule a été trafiqué. Vous avez bien lancé les analyses, n'est-ce pas ?

— Oui, chef, confirma-t-elle, sachant à quel point il aurait été ravi de la prendre en défaut sur une démarche si évidente. Mais ils m'ont dit que cela allait prendre du temps. Ils n'ont même pas pu trouver de dépanneuse avant…

— Oui, oui, l'interrompit Jennings avec impatience. Bon alors, qu'est-ce que vous attendez ? N'est-ce pas la fin de votre service ? la pressa-t-il d'un ton irrité.

— Si, chef, confirma Trudy.

Elle eut la sagesse de décamper avant qu'il ait pu ajouter quoi que ce soit.

Une fois dehors, elle se rendit compte qu'elle avait omis de lui demander si elle pouvait continuer de solliciter le Dr Ryder. Ce qui signifiait qu'il ne le lui avait pas interdit, non ?

À cause de ces fichues chutes de neige, la première édition de l'*Oxford Tribune* ne fut livrée que dans l'après-midi au Raven's Rest, bed & breakfast de Summertown.

La femme qui occupait alors la chambre 4, dans l'angle de l'étage supérieur, découvrit l'article consacré à la mort de

Terry Parker, victime d'un accident de la route, assise sur le bord de son lit.

Elle eut envie de pleurer. Ou d'éclater de rire. Car quand la vie vous joue de sales tours, il faut bien avoir le sens de l'humour, n'est-ce pas ? En l'espèce, elle avait surtout envie de laisser libre cours à sa rage. De trépigner et de casser des objets, de frapper du pied en déchirant quelque chose – n'importe quoi – en petits morceaux.

Naturellement, elle ne fit rien de tout cela. Au contraire, elle se força à lire l'article une seconde fois, méticuleusement, avant de fermer les paupières un moment et de prendre de profondes inspirations.

Âgée de vingt-huit ans, elle était convaincue – et à raison – d'en paraître beaucoup moins. Ses épais cheveux châtain foncé étaient coupés de façon jeune et moderne ; elle portait des habits qu'elle avait confectionnés elle-même, en s'inspirant des plus récents magazines de mode. Comme elle était bonne couturière, on l'admirait souvent pour ses tenues. Elle marchait et se tenait élégamment, veillait à toujours s'exprimer d'une voix claire et posée.

En conséquence, rares étaient ceux qui l'imaginaient être la fille d'un conducteur de camion de livraison de charbon à Tunbridge Wells. Une jeune femme issue d'une morne HLM, ayant quitté l'école à quatorze ans avant de tomber enceinte à dix-huit, victime de sa trop grande naïveté et de sa confiance en autrui.

Phyllis Raynor avait travaillé très dur et consciencieusement pour gommer ces deux traits de caractère au fil des années. Elle avait par ailleurs suivi de nombreux cours par correspondance afin de se préparer à une carrière de secrétaire, et avait lu quantité d'ouvrages pour découvrir les usages du monde.

Elle avait veillé à se faire des amis qui ignoraient tout de ses origines modestes, apprenant à leurs côtés les règles et astuces de la classe moyenne qui leur venaient si naturellement. Elle avait aussi écouté les patrons des maintes entreprises pour lesquelles elle avait travaillé, découvrant que la politique de bureau pouvait être aussi impitoyable que celle de Whitehall. L'une des nombreuses choses qu'elle avait apprises de ses professeurs involontaires était que ceux qui réussissaient dans la vie ne faisaient pas de cinéma et ne laissaient aucun obstacle les détourner de l'objectif qu'ils s'étaient fixé.

Ainsi, elle refusait de s'apitoyer sur son sort comme elle aurait pu le faire plus jeune. Elle possédait désormais une assez bonne maîtrise d'elle-même pour ne pas céder à la colère. Elle resta donc assise sur son lit, froide et calme, et s'efforça de réfléchir. Où la menait ce dernier rebondissement du destin ? Et comment pouvait-elle en tirer profit ?

En se présentant à Oxford la veille du nouvel an, elle avait en tête un plan bien établi. Un plan simple, dont elle était objectivement convaincue qu'il se révélerait efficace. Ce n'était pas comme si elle avait bousculé le cours les choses ou s'était précipitée, mal préparée. Il lui avait fallu un long moment pour repérer sa proie, et elle ne comptait pas gâcher ce dur labeur en se laissant gagner par l'impatience. Non, elle avait observé, patienté, s'assurant de la configuration du terrain avant de passer à l'action. Pour couronner le tout, elle avait déterminé à quel instant frapper pour bénéficier du meilleur avantage psychologique.

Mais on avait parfois beau couvrir tous les angles et tout élaborer à la perfection, prendre en considération toutes les permutations envisageables, on ne pouvait pas lutter contre la poisse.

Cette satanée poisse. Elle semblait l'avoir subie toute son existence.

Allait-elle donc rentrer chez elle la queue entre les jambes, guère plus avancée qu'à son arrivée ? Tout ça à cause de ce fichu Terrence Parker ?

Non, se jura-t-elle. Cela n'arriverait pas.

Très bien, songea-t-elle alors. Où et comment pourrait-elle donc trouver l'argent qu'elle était déterminée à obtenir ? Elle avait investi trop de temps, d'énergie et d'émotions pour laisser ce dernier tour du destin s'interposer entre elle et le butin qu'elle convoitait. Il lui fallait ce nouveau départ, nom de nom. Elle s'imaginait déjà dépenser cette fortune, peut-être même vivre à l'étranger. S'offrir du parfum français hors de prix, se prélasser sur une plage de la Méditerranée, sans plus avoir à se soucier d'économiser sur tout.

Elle se leva pour faire les cent pas, balayant impatiemment la pièce de ses yeux marron. Elle avait payé d'avance pour trois jours de séjour supplémentaires, et sa mère gardait volontiers Vicky pendant les vacances, elle n'était donc pas pressée de rentrer.

Peut-être aurait-elle donc le temps d'élaborer un plan B.

D'un autre côté, elle devait tenir compte de tous les risques éventuels. C'était une chose de viser la timbale sans se mettre en danger quand on savait ce qu'on faisait, c'en était une autre d'improviser et de s'en remettre au hasard.

Allait-elle décamper ?

Ou tenir bon et chercher un autre angle d'attaque ?

Elle lut pour la troisième fois l'article du journal, mais les faits étaient toujours aussi sommaires. Ce qui signifiait qu'elle n'était probablement pas en danger pour le moment. Terry n'avait sans doute parlé d'elle à personne. En tout cas, pas à cette dinde imbécile qu'il s'était imaginé épouser.

Subitement, Phyllis Raynor s'arrêta de marcher et pensa à Millicent Vander. Elle ne l'avait pas revue depuis le réveillon du nouvel an organisé par Millie ; une soirée à laquelle elle s'était volontiers invitée, fougueuse et pleine d'espoirs.

Millie Vander, si fière de sa chevelure rousse et de son charme de « Vénus de poche ». L'hôtesse par excellence, si bien élevée et dorlotée pendant toute son existence.

Oh oui, Phyllis en savait un bout sur Millie. Veuve d'un riche mari qui lui offrait tout ce qu'elle désirait. Et, avant cela, née de parents nantis et très respectables ayant toujours cédé à tous ses caprices.

Les femmes comme elle finissaient par vieillir sans jamais savoir ce que c'était de se battre pour obtenir quoi que ce soit. Les femmes comme elle s'attendaient à ce que leurs moindres désirs leur soient servis sur un plateau d'argent. Un beau jeune homme, par exemple.

Ah là là, Terry n'avait-il pas tiré le gros lot avec cette généreuse bienfaitrice ?

La tête qu'il avait faite quand il l'avait aperçue, elle, Phyllis, à cette soirée, valait son pesant d'or !

Phyllis sentit un rictus poindre sur ses lèvres et s'empressa de recouvrer son habituel air placide et légèrement blasé. Elle ne devait jamais laisser tomber le masque, elle l'avait appris à ses dépens. L'image qu'elle présentait au monde était son armure, et une jolie jeune « dame » pouvait toujours espérer certaines choses des hommes, et de la société en général, qu'une gamine issue de la classe ouvrière ne se verrait jamais proposer. *Ne révèle jamais la harpie qui est en toi*, se morigéna-t-elle.

Elle se dirigea vers la fenêtre et contempla le jardinet enneigé de la maison d'hôtes.

Fichue neige ! Quand cesserait-elle enfin ? se demanda-t-elle avec aigreur. Ce temps-là commençait réellement à lui taper sur le système ! Chaque fois qu'elle sortait, elle avait le nez gelé et les extrémités du corps transformées en glaçons !

Elle soupira et se détourna de la croisée. Elle pensait encore à Millie Vander – sauf que son sourire était désormais très différent.

Le plan concernant Terry avait certes viré au fiasco, mais tout n'était peut-être pas perdu pour autant.

Une femme incapable d'interroger une intruse à sa propre soirée pour ne surtout pas faire d'histoires ni causer de situation embarrassante devait être de celles qui seraient prêtes à payer une somme rondelette pour ne pas voir leur linge sale déballé en public, non ?

Et une femme sans courage, mais avec beaucoup d'argent, était précisément ce dont Phyllis avait besoin en ce moment. En réalité, l'ironie de la chose était presque poétique, quand on y réfléchissait bien. Dire que Terry avait prévu de se marier pour l'argent, et que cet argent allait finalement trouver son chemin jusqu'à elle…

Elle n'avait plus qu'à imaginer la meilleure façon de procéder, voilà tout. Une séduisante veuve d'âge moyen et aux poches pleines pouvait passer pour une cible évidente, mais parfois… Bref, on n'était jamais trop prudent.

Par ailleurs, elle avait surpris le regard dans l'œil de Millicent Vander lorsque Phyllis et Terry avaient eu leur petite « conversation » dans le couloir déserté, juste avant minuit. Bien sûr, il était alors furieux contre elle et lui tenait le bras de façon tout sauf amoureuse, mais Millicent n'en avait pas eu conscience.

Et elle ne se trouvait pas assez près pour entendre que les mots qu'il lui avait glissés à l'oreille étaient des menaces, pas des douceurs !

Non, leur hôtesse avait simplement vu deux personnes rougies par l'émotion, prises dans une étreinte électrique, et en avait tiré la conclusion la plus vraisemblable. Le genre de conclusion que la plupart des femmes soucieuses de leur beauté déclinante et de leur âge certain auraient tirée en voyant « leur » homme aux bras d'une rivale plus jeune.

Et l'œil de cette matrone avait alors été furieux, brûlant et venimeux.

Phyllis ne commettrait pas l'erreur de la sous-estimer. Elle savait mieux que quiconque qu'une femme méprisée était aussi dangereuse qu'une bête blessée.

Elle allait devoir faire preuve de prudence. Une chose était cependant certaine : quoi qu'il advienne, elle ne quitterait pas Oxford sans avoir empoché une somme d'argent considérable.

14

Cependant que Phyllis Raynor tournait en rond dans sa chambre en songeant à Millie Vander, les jumeaux de celle-ci vaquaient à leurs propres occupations.

Ils avaient patiemment attendu que la nuit fût tombée pour sortir. Celle-ci survenant aux alentours de 17 heures, ils n'eurent pas à faire preuve d'une trop grande patience. Et tant mieux, car cette qualité n'était l'apanage ni de l'un ni de l'autre.

Tous deux avaient revêtu leurs vêtements de ski, qu'ils portaient généralement à Gstaad en saison, ce qui leur assurait une protection certaine. Cependant, ils furent soulagés de bifurquer sur une rue latérale non loin de Hythe Bridge Street, pour gagner l'adresse qu'ils recherchaient.

— La maison de Patsy est juste là, annonça Juliet, la voix étouffée par la doublure de vison autour de sa cagoule. Tu ferais mieux d'attendre ici, ajouta-t-elle en atteignant le portillon. Sa mère est du genre protecteur et, si elle te voit, elle risque de nous inviter à entrer pour s'assurer que nous ne nous isolions pas dans la chambre de Patsy pour une petite conversation privée. Si je suis toute seule, je parviendrai bien à trouver une excuse pour faire sortir Patsy sans elle.

Jasper poussa un lourd soupir.

— D'accord, mais dépêche-toi, si tu peux. Je n'ai pas envie de mourir gelé.

Juliet se précipita vers la porte et frappa énergiquement. Pour une fois, la chance semblait de leur côté, car Patsy vint lui ouvrir en personne. Vive comme l'éclair, elle jeta un coup d'œil derrière elle pour s'assurer que la voie était libre, puis décrocha un manteau de la patère du couloir et sortit.

Elle referma la porte tout doucement derrière elle.

— Viens, longeons le sentier tout en restant derrière la haie, au cas où ! siffla Patsy en enfilant son pardessus. (Elle grelottait déjà.) Je ne pense pas que maman m'ait entendue sortir. Grand-père et elle tournent au sherry depuis ce matin, ajouta-t-elle avec un petit rire nerveux.

Ce ne fut qu'en arrivant au portillon et en avisant Jasper dans la lumière du réverbère de l'autre côté de la rue que Patsy ralentit.

— Tout va bien, dit Juliet d'un ton encourageant, en voyant la jeune fille sur le point de se dérober. Il ne va pas te mordre.

Dans le halo du même réverbère, les cheveux roux et bouclés de Patsy prirent une teinte orange vif qui la fit ressortir sur le décor monochrome. Par un accord tacite, ils se réfugièrent aussi bien qu'ils le purent dans l'ombre d'une haute haie, qui, en plus de les abriter du vent glacial, les protégeait d'éventuels regards curieux en provenance des fenêtres du quartier.

— Je suis tellement heureuse que tu sois venue, Juliet, dit Patsy en étreignant de ses mains nues et glaciales la manche du manteau luxueux de son amie. J'étais tellement inquiète, tu n'imagines même pas ! J'ai cru mourir !

Juliet ne critiqua pas la théâtralité du discours, estimant que, pour une fois, Patsy méritait bien de faire son cinéma.

— Mais qu'est-ce qui s'est passé ? siffla-t-elle plutôt en épiant nerveusement les rues désertes alentour. Tu étais dans sa voiture au moment de l'accident ?

— Bien sûr que j'étais dans sa voiture, glapit Patsy d'un ton contrarié. C'était le plan, n'est-ce pas ? Traîner dehors jusqu'à ce qu'il sorte, puis l'implorer de me déposer chez ma tante à Wolvercote ? Et ensuite… tu sais…

Juliet hocha la tête avec impatience.

— Oui, oui, c'était le plan. Donc tu étais avec lui au moment de l'impact ? insista-t-elle.

— Oui. Et je n'ai jamais eu aussi peur de toute ma vie, affirma Patsy en posant sa main libre sur sa poitrine pour la tapoter d'un geste réconfortant.

Elle était sans doute sincère, songea Juliet, mais elle s'exprimait avec tant d'emphase qu'elle ressemblait à une actrice de troisième zone dans un banal film policier, ce qui suffisait à éliminer la compassion sincère à laquelle elle aurait dû avoir droit.

Quoique Juliet ne fût pas particulièrement réputée pour sa nature compatissante.

— Explique-nous ce qui s'est passé, s'impatienta Jasper d'un ton sec, lassé de ces bavardages de petite fille.

Son ton recelait une pointe de menace qui poussa Patsy à resserrer la main qui tenait toujours la manche de Juliet.

— Jasper, ne sois pas vache, le rabroua sa sœur. (Même si elle partageait son emportement, elle savait que le meilleur moyen de pousser Patsy à parler était de la laisser savourer son plaisir.) Tu ne vois pas que la pauvre est encore sous le choc ?

Elle lança à son frère un regard appuyé, et il leva les mains en signe de reddition.

— Pat, reprit Juliet d'une voix doucereuse. Tu as réussi à l'alpaguer dans l'allée, comme on l'avait espéré, et tu lui as dit que tu devais passer la nuit à Wolvercote. C'est bien ça ?

— Oui. Il m'a répondu qu'il habitait tout près et qu'il pourrait me déposer, comme vous l'aviez prévu. C'était vraiment malin de votre part !

Elle parlait pour se calmer, tout en continuant d'observer les jumeaux avec angoisse.

Cette flatterie éhontée fit soupirer Jasper, mais Juliet reprit aussitôt la parole.

— Oui, enfin, c'est juste parce que c'est un coureur de jupons. On le connaît très bien, tu sais – enfin, plutôt, on le *connaissait* très bien, corrigea-t-elle d'un ton amer. Il n'a jamais pu résister à un joli minois.

Patsy rougit. Que la seule et unique *Juliet Vander* la trouve jolie, elle ! Alors que tout le monde savait que Juliet était la fille la plus belle et la plus séduisante de tout Oxford !

— Personne ne le regrette, je peux te le garantir, alors tu n'as pas à te sentir mal, affirma Juliet avec aigreur.

— Et donc, tu es montée dans la voiture, intervint Jasper dans l'espoir de canaliser les deux jeunes femmes. Est-ce que quelqu'un t'a vue ?

C'était l'un des détails les plus cruciaux qu'ils tenaient à éclaircir, et ils étaient convenus, avant de partir, qu'il était capital de découvrir dans quelle mesure ils étaient en danger. Il constata que sa jumelle aussi retenait son souffle dans l'attente du verdict.

— Oh non, je ne crois pas, répondit Patsy avec une imprécision insupportable.

— Tu ne *crois* pas ? répéta Jasper d'un ton féroce qui la fit sursauter.

— Non, je ne vois pas qui aurait pu nous surprendre, se récria-t-elle brusquement. Il n'y avait personne dans l'allée à ce moment-là. Et il s'est arrêté loin des lumières de la maison, sous les gros buissons qu'il y a dans votre jardin, précisa Patsy, au bord des larmes.

Percevant sa détresse, Juliet s'empressa de reprendre le flambeau. Il ne fallait surtout pas que cette petite imbécile se mette à sangloter, toute contrariée. Pas alors qu'ils devaient se comporter le plus naturellement possible.

La mère de Patsy se mêlerait de leurs affaires en un clin d'œil si sa petite chérie se mettait à se morfondre.

— Tu as été sensas, Patsy, vraiment. Je n'aurais pas fait mieux, la félicita Juliet en adressant un regard de menace à son frère. Bon alors, tu es montée dans la voiture, et il a pris la route. La chaussée était-elle alors praticable ?

— Sur l'axe principal, oui, répondit Patsy, flattée par les dernières louanges de son idole. Ça restait glissant, et les roues patinaient parfois, mais il était bon conducteur. En tout cas au début, mais plus on s'éloignait de la maison, plus il… je ne sais pas trop. C'était comme s'il s'avachissait un peu sur le volant.

— Il était ivre, c'est ça ? ricana Jasper.

— Oui. Sans doute, convint Patsy d'un ton hésitant.

— Que s'est-il passé, exactement ? Au moment de l'accident, précisa Juliet d'une voix toujours aussi calme et patiente.

— Eh bien, c'est quand on a emprunté la route secondaire. Les chasse-neige n'étaient pas passés depuis un moment, et l'arrière de la voiture est parti de travers dans le virage. J'ai cru qu'il allait corriger la trajectoire, comme toujours jusque-là, mais non. Il avait le menton sur la poitrine, et je crois qu'il ne tenait même plus le volant, parce que je l'ai vu glisser entre ses doigts.

Puis on a dérapé jusqu'à ce tas de neige et l'arbre juste derrière. J'ai eu tellement peur que je n'ai même pas réussi à crier !

Tant mieux, songea Jasper avec cynisme. Si elle avait hurlé, quelqu'un aurait certainement accouru. Et ils se seraient tous retrouvés dans la panade. Ils n'auraient pas pu compter sur cette andouille pour rester lucide en cas d'urgence.

— Tu as bien réagi en ne disant rien, assura Juliet avec un sourire admiratif. Tu as su garder la tête froide. Ça a dû être très difficile, mais tu as été assez maligne pour ne pas appeler au secours.

Cette fois, Patsy rayonnait carrément, oubliant fort à propos que c'étaient la terreur et la stupeur qui l'avaient maintenue paralysée sur son siège plusieurs secondes après la collision.

Juliet fit mine de s'inquiéter.

— Tu n'as pas été blessée ? Tu es sortie de la voiture et tu es partie tout de suite, n'est-ce pas ?

— Oui. (La gorge de Patsy se serra.) Honnêtement, le choc n'a pas été si violent. Il avait déjà ralenti avant de tourner et, comme j'ai eu le temps de comprendre ce qui allait se passer, j'ai pu anticiper en me retenant au tableau de bord. C'était une secousse plus qu'autre chose. Mais je n'ai pas pu ouvrir la portière en grand. Je ne sais pas si elle était cabossée ou si c'était à cause de la neige, mais j'ai quand même réussi à m'extirper. Puis j'ai couru jusque chez ma tante. C'était à peine à deux ou trois cents mètres, mais il faisait nuit noire, et mes oreilles bourdonnaient, et il faisait tellement froid que j'ai cru que j'allais mourir ! Vraiment.

Elle les considéra tour à tour, pleine d'espoir, mais son courage ne lui valut cette fois aucun commentaire élogieux.

— Mais tu n'as rien laissé paraître devant ta tante, hein ? demanda plutôt Jasper. Elle n'a rien remarqué d'anormal ?

Une fois de plus, les jumeaux retinrent leur souffle en attendant la réponse capitale.

— Oh non, je lui avais dit de ne pas m'attendre avant de me rendre chez vous. Elle était si contente de me savoir invitée, et que maman m'ait autorisée à passer la nuit ailleurs qu'à la maison. Elle a toujours été plus sympa que ma mère ! Elle m'avait même laissé la clé de chez elle pour que je n'aie pas à la réveiller. Maman m'aurait attendue en comptant les minutes, ajouta Patsy avec amertume. Je suis rentrée discrètement et je lui ai piqué un peu de gin.

Juliet ne put s'empêcher de sourire à cette démonstration de pragmatisme.

— Tu as bien fait, répondit-elle.

— Et ensuite ? insista Jasper.

— Rien, affirma Patsy, perplexe. Mon père est venu me chercher chez ma tante autour de 11 heures le lendemain, et il m'a ramenée à la maison. Je ne suis plus sortie ensuite. Puis j'ai lu dans le journal d'aujourd'hui qu'il était mort !

Elle prit une grande inspiration tremblante.

— Je pensais que quelqu'un viendrait ! Que quelqu'un le trouverait. Je ne pensais pas qu'il était mort… Je ne l'aurais pas laissé, sinon.

Sa voix recommençait à friser l'hystérie, et Juliet s'empressa de lui saisir le bras et de serrer.

— Tu n'as rien fait de mal ! Et tu n'as pas à te sentir coupable. Écoute-moi bien, dit-elle avec force. Rien de tout ça n'était ta faute. C'est lui qui conduisait. L'accident n'avait rien à voir avec toi.

Patsy renifla.

— Oui, c'est vrai, admit-elle, se sentant déjà un peu mieux.

— Et tu ne pouvais tout de même pas te permettre d'être retrouvée seule avec un homme dans sa voiture, si ? Pas avec sa réputation, ajouta Juliet avec tout le dédain nécessaire. Ton père t'aurait scalpée.

— Oui, tu as raison, reconnut Patsy.

Et il le ferait encore s'il le découvrait, se dit-elle.

— Donc tu étais obligée de t'enfuir. Et n'importe qui aurait pensé la même chose que toi – que quelqu'un aurait entendu du bruit et serait venu voir. Ce n'est pas ta faute si personne n'est sorti. Si la collision a été aussi légère que tu le prétends, la neige a dû étouffer le bruit… Comment pouvais-tu le savoir ? Tu as fait ce qu'il fallait, répéta Juliet avec fermeté. Ne l'oublie pas, d'accord ? Tu as pensé à te préserver. Nous, les filles, n'avons pas d'autre choix dans ce monde pourri. Tu comprends ?

Elle savait que ce dernier accès de bravoure trouverait écho auprès de cette comédienne qu'était Patsy, et elle vit sans surprise la jeune femme redresser la tête.

— C'est tellement vrai, répondit celle-ci si solennellement que Jasper dut se détourner pour ravaler l'éclat de rire qui menaçait de jaillir de sa gorge.

Patsy hocha la tête en reniflant.

— D'accord, Juliet, je n'y penserai plus, promit-elle docilement.

— Tu as bien raison ! En fait, nous étions juste venus t'expliquer que tu n'avais rien à craindre. Tu ne diras rien, à personne, jamais, d'accord ? Et si un jour tu dois parler – si la pression est trop forte, disons, et que la police se met à te poser des questions –, contente-toi de dire que tu as quitté la soirée et que Jasper t'a déposée devant chez ta tante.

Patsy lorgna Jasper d'un air inquiet.

— D'accord, accepta-t-elle à contrecœur. Mais la police ne viendra pas m'interroger, si ?

— Je ne vois pas pourquoi elle le ferait, répliqua sèchement Juliet. Hein, pourquoi ? C'était juste un accident de la route. C'est triste, tragique et tout ce qu'on veut, mais ça n'a rien de suspect. Alors, contente-toi de faire profil bas, ne livre aucune information de toi-même et n'en parle à personne. Ni à ta mère, ni à ton grand-père, ni à qui que ce soit, d'accord ?

Jasper, comprenant le signal, plongea la main dans son blouson et en tira son portefeuille. Il en sortit tout l'argent liquide et le tendit à Patsy.

— Pour quoi faire ? s'étonna celle-ci en reculant tel un cheval rétif.

— C'est juste un dédommagement, répondit Juliet d'un ton apaisant. On a conscience que les choses ne se sont pas déroulées comme prévu, tu ne dois pas y perdre pour autant. Et nous te sommes reconnaissants d'avoir accepté de nous aider. Et puis, on s'en veut un peu que tu aies eu à subir tout ça. Prends-le et achète-toi quelque chose de joli – mais ne laisse pas ta mère tomber dessus ! Elle se demandera où tu as trouvé une telle somme.

Patsy tendit sa main à moitié gelée pour empocher la liasse avec étonnement. Il y avait là de quoi renouveler toute sa garde-robe ! Et acheter du maquillage, du parfum, ainsi que ce nouveau sac à main qu'elle avait remarqué…

— Ne dépense pas tout d'un coup, lança Jasper d'un ton hargneux.

Elle cilla, puis hocha sagement la tête.

— Bien sûr que non, répondit-elle. Je ne suis pas idiote, tu sais !

— Évidemment, confirma Juliet en lui tapotant le dos. Prends soin de toi. Et n'oublie pas : pas un mot de tout ça ni de ce qu'on avait prévu de faire à qui que ce soit.

— C'est promis.

Patsy tourna les talons et remonta en hâte l'allée de chez elle. Une fois à la porte, elle se retourna une dernière fois et fut soulagée de constater qu'ils avaient déjà disparu dans l'obscurité.

Elle enfonça prudemment l'argent dans le fond de sa poche de manteau et se glissa à l'intérieur. Elle grimpa alors en vitesse dans sa chambre et dissimula son magot dans sa cachette secrète, avant de s'asseoir sur son lit et de se balancer d'avant en arrière.

— Non, je ne suis pas idiote, se marmonna-t-elle, pleine de ressentiment. Quoi que les autres puissent en penser.

Elle jeta un coup d'œil par la fenêtre, ne voyant que le reflet de son visage malheureux et pincé.

Elle garderait le secret et ne révélerait à personne qu'elle se trouvait dans la voiture ce soir-là. Mais seulement parce qu'elle savait que Jasper Vander avait dû commettre quelque chose de grave. De très grave. Terry Parker n'était pas dans son état normal avant de perdre la maîtrise de son véhicule, elle en était certaine. Il avait peut-être bu quelques verres, mais il n'était pas ivre au point de ne plus pouvoir conduire.

En repensant au défunt, elle eut de la peine pour lui, mais pas suffisamment pour agir en sa mémoire.

Juliet et Jasper le détestaient. Et maintenant, Terry Parker était mort.

Elle ne voulait surtout pas faire quoi que ce soit qui puisse mettre les jumeaux en colère.

Sinon, elle risquait fort de finir comme lui.

15

Le lendemain, Trudy se leva avant le soleil et descendit sans allumer. Son père, chauffeur de bus, était exceptionnellement resté au lit parce que ses patrons peinaient à faire dégager les itinéraires habituels. Chaque nouvelle tombée de neige ou gelée transformait en patinoire des routes encore praticables la veille. Et personne ne voulait voir un autobus à impériale sur une patinoire. Et encore moins monter dedans.

Elle se prépara un œuf dur et mangea un toast tout en prenant soin de ne pas réveiller ses parents, puis elle sortit sans bruit. Le Land Rover qui servait à convoyer les policiers de leur domicile au commissariat patientait. Elle salua le conducteur – un agent d'Headington à l'air lugubre – d'un sourire las.

Ils discutèrent de la neige qui semblait avoir mis le pays en pause, et de la petite fille de son collègue, ravie de la pâte à modeler colorée qu'elle avait reçue à Noël, mais qui n'aimait pas du tout sa poupée.

Une fois au poste, elle fut soulagée de découvrir que le capitaine Jennings n'était pas encore arrivé. Comme il ne lui avait pas laissé d'autre consigne, elle décréta que l'affaire Terry Parker demeurait sa priorité, et reprit directement la route de la maison du coroner. Et tant pis si cela la rendait difficile à joindre pendant les heures à venir.

Cette fois encore, Vincent vint lui ouvrir ; elle se demanda un instant s'il allait la laisser entrer. Il hésita sur le seuil, l'étudiant des pieds à la tête, au point de la mettre mal à l'aise. Il finit cependant par s'effacer.

— Papa, c'est encore ta policière, lança-t-il par-dessus son épaule alors que Trudy le contournait.

Il était vêtu d'un pantalon en laine noire bien chaud, d'une chemise assortie et d'un pull en points de torsade gris pierre. Ses cheveux châtain clair paraissaient presque blonds à la lumière dorée du couloir, et elle discernait l'odeur de son après-rasage. À l'évidence, il était levé depuis peu.

Elle n'était pas insensible à son charme, ce qui ne faisait que renforcer sa gêne. Elle se demanda pourquoi il ne l'appréciait pas, même si elle avait conscience de prendre la chose trop personnellement. C'était ridicule. Dès qu'il pourrait rentrer chez lui, elle ne le reverrait plus jamais.

— Bonjour, Trudy, entrez, je suis dans la cuisine, cria Clement.

Souriant de soulagement au son de la voix de son mentor, elle s'empressa d'aller le rejoindre.

Sa réaction ravie n'échappa pas à Vincent, qui pinça les lèvres. Il lui emboîta le pas jusqu'à la pièce voisine.

— Je ne savais pas si vous seriez libre aujourd'hui, dit-elle d'un ton aimable en accrochant sa sacoche sur la chaise tirée de la cuisine avant d'ôter son couvre-chef.

Vincent écarquilla les yeux en avisant la masse de cheveux sombres, bouclés et lustrés, attachés en dessous, et ne put s'empêcher de se demander à quoi ils ressembleraient si elle les laissait cascader sur ses épaules et autour de son visage. Il se tourna brusquement vers la bouilloire pour l'allumer.

— Tu veux une autre tasse de thé, papa ? demanda-t-il, impassible.

— S'il te plaît. Et une pour Trudy. Elle doit avoir besoin de se réchauffer un peu !

Clement sourit. L'assiette posée devant lui était maculée de miettes de pain et d'une traînée orange de marmelade.

— Vous êtes venue à pied depuis le poste de police ? s'enquit-il en levant les yeux vers elle.

Vincent, qui observait l'échange, fut soulagé de constater que son père paraissait amical, mais pas expansif. Il ne semblait pas démesurément euphorique et ne suivit pas non plus la fille des yeux quand elle retira son manteau et s'assit. Au contraire, il replia son journal et repoussa son assiette d'un air tout à fait détendu.

En somme, il ne montrait aucun des signes caractéristiques d'un homme d'un certain âge entiché d'une jolie jeune femme, et Vincent s'efforça de se décontracter. Il avait laissé son imagination lui jouer des tours, ce qui ne lui ressemblait pas.

— Alors, quel est le programme du jour ? demanda Clement.

— Je pensais retourner voir Geoffrey Thorpe, répondit Trudy. Pour entendre sa version de l'histoire.

— Mmm, fit Clement en opinant. Je suis d'accord. C'est assez délicat d'avancer sans savoir exactement à quoi on a affaire, vous ne trouvez pas ? Tant que nous ne connaîtrons pas la cause de la mort, nous progresserons à l'aveuglette – et peut-être dans la mauvaise direction.

— De quoi s'agit-il ? (Vincent, curieux, tira une chaise pour les rejoindre à table.) Cette histoire a l'air bien alambiquée.

Clement décocha à son fils un sourire amusé.

— Je croyais que mon travail ne t'intéressait pas ? le taquina-t-il.

— C'est vrai, confirma Vincent en souriant à son tour. Mais ça semble intrigant. En quoi est-ce « délicat » ? Et de quoi parlez-vous, au juste ?

Clement interrogea Trudy d'un regard, pour savoir si elle s'opposait à ce que Vincent soit informé des détails de l'enquête. Elle se contenta de hausser les épaules, lui laissant la responsabilité de cette décision. Leur complicité silencieuse agaça une fois de plus le fils. C'était comme s'ils employaient une langue connue d'eux seuls.

— Un homme a été retrouvé mort au volant de sa voiture le soir du nouvel an. Il revenait de soirée. Il a sans doute succombé à ses blessures, ou à une hypothermie, énonça Clement d'un ton clinique. Mais nous avons remarqué un certain nombre d'incohérences.

— Par exemple ?

Vincent sirota une gorgée de thé, promenant ses yeux noisette tachetés d'or entre son père et la jolie jeune femme assise en face de lui.

— De possibles empreintes suggérant la présence d'une deuxième personne sur les lieux, un témoin potentiel ayant choisi de ne prévenir personne, par exemple – ou pas. Le problème est que, entre le vent et la neige, il n'est pas évident de déterminer avec certitude la nature de ces traces. La victime avait les pupilles dilatées, ce qui pourrait être dû à une commotion cérébrale – ou pas. Il y a aussi un certain nombre d'irrégularités dans les affaires de la victime, qui pourraient être pertinentes – ou…

— Ou pas, compléta Vincent en hochant la tête. Je comprends. Mais c'est sans doute un accident lié à l'abus d'alcool, non ? Il s'est assommé à l'impact et a fini par mourir de froid ?

— C'est l'hypothèse la plus vraisemblable, oui, confirma Clement avec un sourire. Mais Trudy et moi aimerions tous deux nous en assurer.

Vincent grommela, imitant inconsciemment l'une des habitudes de son père.

— Eh bien, tu sembles beaucoup t'amuser à jouer au détective. Je devrais lire davantage de romans policiers. Agatha Christie, me voilà.

Trudy lui sourit, soulagée de le voir enfin se détendre à son égard.

Clement considéra son fils d'un air pensif.

Geoffrey Thorpe n'était pas tranquille. Cela leur sauta aux yeux dès l'instant où il les fit pénétrer dans une petite alcôve confortable, dans un recoin du salon de la maison.

Un rapide coup de téléphone de Clement avait confirmé que la boutique de voitures d'occasion serait fermée pour la journée. Rien d'étonnant : qui irait affronter des routes dangereuses, presque impraticables, dans le but d'aller voir une voiture qu'il ne pourrait même pas essayer ?

— J'aimerais bien que le ciel se dégage, se plaignit Geoffrey avec un sourire forcé cependant que Trudy et Clement s'installaient sur des fauteuils assortis en face d'une petite cheminée. Le mois de janvier n'est jamais très propice à la vente de voitures, mais avec ce temps…

Il désigna la poudre blanche devant la fenêtre et secoua la tête d'un air abattu. Il se tenait devant l'âtre éteint, un coude sur le haut manteau en marbre, mais sa posture n'avait rien de désinvolte. Il n'arrêtait pas d'observer tour à tour l'extérieur et ses hôtes.

— Nous tenions à vous remercier d'avoir officiellement identifié le corps de Mr Parker, dit Trudy. Ça n'a pas dû être facile.

— Non, confirma-t-il platement.

— Vous avez peut-être vu l'article dans le journal demandant à quiconque disposant d'informations sur Mr Parker ou sur l'accident de nous contacter ? reprit-elle.

Elle en voulait toujours à Duncan Gillingham d'avoir publié son numéro de ligne directe. Par chance, les appels anonymes commençaient déjà à se tarir.

— Euh, oui, je suis tombé dessus, admit Geoffrey, qui décida subitement de s'installer sur le canapé deux places disposé en angle droit par rapport aux fauteuils.

Il entreprit alors de lisser un pli inexistant sur son pantalon, se dérobant ainsi au regard de la policière.

— Nous avons grâce à cela reçu un coup de téléphone de Mr Philip Prescott.

Trudy le vit grimacer.

— Oh ?

— Oui. Il s'agit bien de votre comptable ?

— Oui.

— Y a-t-il une chose dont vous aimeriez nous faire part et que vous auriez omis de nous indiquer précédemment ? l'encouragea-t-elle avec douceur.

Elle retint son souffle, consciente que, faute d'éléments tangibles pour enquêter sur les causes de la mort de Terrence Parker, ce témoin pourrait tout à fait se braquer et exiger de connaître la raison de cet interrogatoire. En quoi l'état des finances de leur entreprise les concernait-il ?

Par chance, l'immense majorité des Britanniques étaient prompts à coopérer avec la police, et cet homme ne faisait pas exception. Ses épaules s'avachirent légèrement et il soupira, portant les yeux sur l'âtre éteint.

— Je suppose que vous faites allusion à… l'emprunt… que Terry avait contracté auprès de la société ?

— Un emprunt ? répéta Trudy avec tact.

— Oui. Du moins... (Le sourire de Geoffrey disparut quand il accepta enfin de croiser son regard.) C'est comme ça qu'il me l'a décrit quand je lui en ai parlé.

— Je vois. Une façon pour le moins... alambiquée de souscrire un prêt, n'est-ce pas ? dit-elle en veillant à conserver un ton neutre.

L'homme se releva en soufflant et alla se poster devant la fenêtre, le dos tourné à ses visiteurs.

— Écoutez, il était évident qu'il piquait dans la caisse, déclara-t-il sans les regarder. Il le savait, je le savais. Mais cela aurait provoqué de sacrées complications si j'en avais fait toute une histoire. J'aurais pu, bien sûr, mais imaginez le scandale ! Par ailleurs, en dehors de cette... question d'argent, notre collaboration fonctionnait à merveille. Et les affaires florissaient. Terry est... *était* un super représentant, et je savais que, si je le mettais à la porte, les ventes en pâtiraient. Alors nous en avons discuté pour trouver une solution.

— En d'autres termes, il vous remboursait, intervint Clement.

— Oui. Et je le tenais à l'œil pour m'en assurer, ajouta-t-il avec amertume, sans se détourner du paysage neigeux qui s'étendait derrière chez lui. Et, bien sûr, nous avions aussi convenu que, dorénavant, je m'occuperais seul de la comptabilité, des paiements et ainsi de suite.

— Combien d'argent vous devait-il encore ? s'enquit Trudy.

— Un peu plus de la moitié de ce qu'il avait pris – ou emprunté, comme il disait.

Un argent dont Geoffrey ne verrait désormais plus la couleur, songea Trudy. À moins que...

— Savez-vous ce que vont devenir ses parts de l'affaire, maintenant qu'il n'est plus ?

— Oui, elles me reviennent toutes, répliqua Geoffrey Thorpe sans sourciller.

Soit il n'avait pas encore pris la mesure de ce que cela impliquait, soit il était excellent acteur, se dit Trudy en se tournant vers Clement. N'avait-il vraiment pas conscience que cela lui fournissait un excellent mobile pour se débarrasser d'un associé peu fiable et malhonnête ?

— Pour quelle raison pensez-vous qu'il ait « emprunté » cet argent, monsieur ? reprit alors Trudy.

Geoffrey Thorpe partit d'un rire empreint d'ironie et revint s'avachir sur son canapé.

— Oh ! c'était du Terry tout craché, expliqua-t-il avec lassitude en se passant la main sur le visage. Il vivait toujours au-dessus de ses moyens. Il aimait à croire qu'il était le genre d'homme à *posséder* et à *conduire* des voitures de sport, pas seulement à les vendre, vous voyez ce que je veux dire ? Il fallait toujours qu'il achète les meilleurs vins et spiritueux. Qu'il commande le plat le plus cher au restaurant. Qu'il achète des costumes sur mesure et pas du prêt-à-porter. Il aimait aussi divertir ces dames, jouer au riche célibataire.

— Je vois, dit Trudy en se demandant ce que Millicent Vander aurait pensé de cette description de Terry – curieusement, elle était sûre que cela ne lui aurait pas plu. Nous avons toujours du mal à retrouver sa famille immédiate ; nous pensions qu'il était né à Birmingham, mais…

— Birmingham ? l'interrompit Geoffrey en fronçant les sourcils. Pourquoi Birmingham ? Il me semblait que… comment c'était, déjà ? Il m'a dit quelque chose un jour. Oh ! juste une remarque en passant sur… Pourquoi est-ce que cela m'évoque des tuiles ?

Cette question incongrue laissa Trudy perplexe.

— Des tuiles, monsieur ?

— Oui, des tuiles… (L'homme se frotta vigoureusement le front.) Satanée mémoire qui flanche. Je sais que Terry m'a un jour glissé un truc m'ayant fait penser que… Oh ! je sais, ça me revient. Pas des tuiles, les Pantiles !

Trudy n'étant guère plus avancée, Clement vint à son secours.

— Comme le joli quartier commerçant de Tunbridge Wells ? demanda-t-il.

— Oui, exactement, confirma Geoffrey avec un léger sourire. Je m'en souviens, maintenant. C'était l'été dernier, ou celui d'avant. Nous avions organisé une garden-party ici, à la maison. Bien sûr, Terry était là, et il a entendu ma femme dire qu'elle avait eu beaucoup de mal à trouver une chose bien spécifique dont elle avait besoin. Je ne sais plus de quoi il s'agissait, un article issu du continent, il me semble… Bref, Terry a répondu qu'elle s'en serait facilement procuré si les Pantiles avaient été plus près. Comme nous y étions passés peu après notre lune de miel, alors que nous étions en vacances dans la région, nous avons compris tous deux à quoi il faisait allusion.

— Vous pensez donc qu'il serait né à Tunbridge Wells ? s'enquit Trudy tout en consignant l'information dans son carnet.

— Possible, répondit Geoffrey en haussant les épaules. Ça semble étrange, maintenant que j'y pense. Après avoir dit ça, Terry s'est tout de suite énervé – enfin, pas vraiment énervé, mais il a fait un geste d'agacement, comme s'il s'en voulait d'avoir parlé sans réfléchir, puis il s'est empressé de changer de sujet.

— Il s'est comporté comme s'il avait commis une bourde, clarifia Clement d'un ton posé.

— Oui. Avec le recul, c'est exactement ce que je crois, affirma Geoffrey d'un air songeur, le regard dans le vague. D'ailleurs, Terry n'aimait pas parler de lui ou de son passé. Chaque fois que la conversation prenait un tour personnel, évoquant la famille ou les souvenirs d'enfance, par exemple, il devenait plus évasif. Je me demande si…

Trudy se posait la même question. Pourquoi quelqu'un refuserait-il de parler de lui, de sa famille, de son passé ? Le plus souvent, c'était plutôt un sujet de prédilection – les gens adoraient parler d'eux, en règle générale. Alors pour quelle raison Terry Parker était-il si réticent à le faire ?

Il n'avait pourtant pas de casier judiciaire, c'était la première chose qu'elle avait vérifiée.

Le reste de la conversation ne fit resurgir aucun autre élément nouveau, et les deux enquêteurs quittèrent les lieux dix minutes plus tard.

Dès qu'ils se furent éloignés de la résidence Thorpe, Trudy demanda à Clement de s'arrêter devant la première cabine téléphonique et dépensa quelques pennies pour contacter le commissariat de Royal Tunbridge Wells. Un agent administratif lui répondit. Étant donné les conditions climatiques catastrophiques, il voulait bien transmettre sa demande pour chercher des traces de sa victime dans les archives, mais il précisa que cela risquait de prendre du temps. Cela ne la surprit pas : elle ne s'attendait pas à ce que sa requête soit considérée comme une priorité. Si Clement et elle voulaient avancer sur l'enquête avant que Jennings la lui retire, il allait leur falloir un véritable miracle de Noël !

Trudy remercia néanmoins son interlocuteur et raccrocha, déçue.

Elle retourna dans la voiture, soulagée de retrouver l'habitacle chauffé, et se frictionna les mains.

— Alors, où voulez-vous aller ensuite ? demanda-t-elle d'un ton déterminé.

Elle ne comptait pas laisser une succession d'échecs avoir raison de sa motivation.

Clement réfléchit un instant et se tourna vers elle.

— Vous avez récupéré la liste des invités de Millicent Vander ?

Trudy acquiesça et la sortit de sa sacoche.

— Avec les coordonnées téléphoniques et postales. Au moins, elle n'a pas fait les choses à moitié.

Clement contemplait le ciel blanc, morne et pesant, annonciateur de nouvelles chutes de neige.

— Est-ce que l'un d'eux habite dans les environs ? Je n'ai pas envie de parcourir la ville de long en large si on peut l'éviter. Je ne sais pas trop où les chasse-neige sont passés.

Trudy consulta la liste, parcourant chaque ligne de cette belle écriture manuscrite.

— Ah, voilà quelqu'un que je n'ai pas encore contacté.

Elle avait profité de chaque instant de répit au bureau pour téléphoner aux invités de la liste.

— Il vit juste au coin de la rue, un peu plus loin sur la gauche.

— Parfait, dit Clement avec un sourire.

L'accident survint alors qu'ils remontaient l'allée tout juste déneigée menant au n° 11 de Cleeves Road.

Clement sentit sa jambe gauche traîner derrière lui, le faisant légèrement basculer vers l'avant. Incapable de se redresser, il trébucha et s'étala de tout son long. Par chance, son lourd pardessus lui épargna toute blessure sérieuse, et ses gants épais protégèrent ses mains, qui encaissèrent le gros de la chute.

— Docteur Ryder ! (Trudy, qui se trouvait devant lui, rebroussa chemin en courant.) Est-ce que tout va bien ? Le sol est vraiment gelé !

Clement, qui savait que les conditions climatiques n'avaient rien à voir avec sa culbute, se redressa sur les genoux et lui adressa un sourire penaud.

— Je n'ai jamais été très doué pour le patinage, confia-t-il d'un ton bourru.

Il se releva avec précaution, gêné de devoir s'appuyer – ne serait-ce qu'un instant – sur le bras que Trudy avait glissé sous son aisselle.

Il fit un pas hésitant, soulagé de sentir ses jambes le soutenir.

— Rien de cassé, à part ma fierté en morceaux ! s'exclama-t-il joyeusement en époussetant l'avant de son manteau et de son pantalon.

— Vous en êtes sûr ? demanda Trudy, inquiète.

— Certain. Mes os ne sont pas encore fragiles, jeune dame, répliqua-t-il en soutenant son regard.

Il espérait qu'elle comprendrait le message. Comme la plupart des hommes, il n'aimait pas faire d'histoires.

Il se sentait malgré tout encore secoué quand elle sonna à la porte. Non pas à cause de la chute, qui ne lui vaudrait sans doute guère plus que quelques ecchymoses – mais à cause de ce qui l'avait provoquée.

Car, il ne pouvait plus s'en cacher, il n'était plus très stable.

Plongé dans ses pensées, il prit soudain conscience, en entendant les voix, que la porte s'était ouverte. Il s'efforça alors de se concentrer sur l'affaire en cours.

Toutefois, dans un avenir pas si lointain, il savait qu'il aurait des comptes à rendre et des décisions difficiles à prendre.

16

David O'Connor sembla surpris, mais pas mécontent, de découvrir une policière accompagnée d'un bel inconnu sur son perron, et il les fit entrer immédiatement. Il commença toutefois à s'agiter lorsqu'ils évoquèrent le réveillon du nouvel an auquel il avait assisté, et l'accident de voiture mortel qui s'en était suivi.

Âgé d'environ cinquante-cinq ans, empâté, la calvitie naissante et les yeux bleu foncé et caves, il était méticuleusement vêtu d'un pantalon et d'un gilet en soie, ainsi que d'une veste d'intérieur rouge sombre. Il admettait volontiers être un éternel célibataire, ce qui lui permettait d'être invité à de nombreuses soirées où les hommes manquaient.

Il les introduisit dans une alcôve chaude et confortable de sa petite maison bien décorée, et les fit asseoir avant de leur offrir du vin chaud et des tartelettes de Noël qu'il leur jura avoir préparées lui-même.

Trudy mit un moment pour interrompre ses bavardages et orienter la conversation vers un sujet plus intéressant.

— Mrs Vander et vous êtes donc amis de longue date ? s'enquit-elle en guise d'ouverture.

— Ça, oui ! Enfin, j'étais d'abord ami avec son défunt mari, bien sûr, mais Millie est tellement adorable. Quel malheur que George soit parti si soudainement. C'était un vrai gentleman.

Nous ne sommes plus très nombreux de nos jours, je peux vous le dire. Désirez-vous un peu de beurre au cognac pour agrémenter vos tartelettes ? J'en ai au cellier.

— Non merci, elles sont délicieuses telles quelles, lui assura Trudy en croquant une nouvelle fois dans une pâtisserie, réellement succulente.

Clement, installé près du feu, mâchonnait déjà sa deuxième distraitement, et Trudy lui trouva un air un peu absent.

Même s'il prenait parfois la direction des opérations lorsque leur témoin était un homme de son âge – ceux-là réagissaient souvent mieux aux questions du coroner qu'à celles de la policière –, il semblait cette fois se contenter volontiers de laisser la main à Trudy. Peut-être n'appréciait-il simplement pas les manières trop expansives de leur hôte.

— Vers quelle heure êtes-vous arrivé à la soirée ? demanda-t-elle, la bouche encore à moitié pleine.

Elle se dit alors que sa mère la rabrouerait sans doute si elle la voyait faire, mais réprima aussitôt cette pensée. Établir un lien avec un témoin était infiniment plus important que ses bonnes manières.

— Oh ! pas trop tôt, bien sûr, lui assura évasivement David O'Connor. Les invités doivent sentir quand arriver et quand repartir, vous ne croyez pas ? Il devait donc être aux alentours de 21 heures. En tout cas, j'étais présent pour assister à l'arrivée du *golden boy* – notre cher défunt, Terrence. Cette pauvre Millie pensait avoir l'air impassible, mais je peux vous dire qu'elle ne doit pas être très douée au poker !

Trudy interpréta rapidement ces propos et hocha la tête.

— Oui, il m'a bien semblé détecter de l'affection dans la voix de Mrs Vander lorsqu'elle a évoqué Mr Parker, répondit-elle avec sobriété.

— De l'affection ? Ma pauvre enfant, tout le monde en ville ne parle que de ça ! En tout cas dans notre cercle, se sentit-il contraint de préciser. Elle était complètement éprise de lui. (Le vieux garçon au visage angélique hocha la tête solennellement.) On peut comprendre pourquoi, bien sûr. Il était plutôt bel homme. Mais, quand même, on ne peut pas négliger la différence d'âge, n'est-ce pas ? En tout cas, je trouve ça négligent de la part de ses amis ne pas l'avoir détournée du désastre imminent, pas vous ?

— Du désastre ? répéta Trudy. Les choses étaient donc si sérieuses entre eux ?

— Oh là là, oui ! (David lui saisit la main d'un geste théâtral.) Ce n'était pas qu'un petit flirt sans lendemain, croyez-moi. Tout le monde s'attendait à une grande annonce. Nous étions tous dans l'expectative.

— Attendez, vous voulez dire que Mrs Vander et Mr Parker étaient fiancés ? précisa Trudy pour s'assurer d'avoir bien compris.

Elle vit du coin de l'œil Clement redresser légèrement la tête avec un intérêt renouvelé.

— Eh bien, c'était tout comme, confirma David d'un ton plus hésitant. Nous savions tous que le garçon n'attendait qu'un signe pour mettre un genou à terre. Quant à Millie, petite espiègle, elle n'était pas encore complètement sûre, mais elle faisait bien comprendre, à ceux d'entre nous qui étaient dans la confidence, qu'elle rassemblait le courage nécessaire pour lui dire oui. D'ailleurs, je m'attendais un peu à ce que la fête s'achève par une demande officielle.

David dodelina une nouvelle fois du chef avec emphase, ses joues rebondies tressautant de jubilation.

— En tout cas, Millie semblait vrombir d'excitation en début de soirée. Vous savez, comme quand on est seul à connaître un secret. J'en ai déduit qu'elle s'apprêtait à tout envoyer balader pour rendre la chose officielle.

Il s'interrompit le temps d'une gorgée de vin chaud.

— Je n'étais d'ailleurs pas le seul à me dire ça, vous pouvez me croire ! Ses horribles gamins faisaient des têtes de six pieds de long, tout droit sorties d'une tragédie shakespearienne.

Il rit sottement à ce souvenir, puis tenta d'adopter un air contrit.

En vain.

— Je vois, dit pensivement Trudy.

Elle ne pouvait s'empêcher de se demander à quel point ce témoin volubile était fiable, et coula un regard vers Clement. Celui-ci fronçait les sourcils, réfléchissant aux implications possibles de ces révélations. Étaient-ils pour autant plus avancés ?

Trudy pouvait comprendre pourquoi Millicent Vander ne s'était pas empressée de révéler qu'elle était en réalité très proche de la victime. L'inquiétude, le chagrin, le choc, le besoin de sauver la face ou un mélange de tout cela avait pu contribuer à son silence. Elle était trop intelligente – et trop soucieuse de son image – pour ignorer que ses prétendus amis devaient se répandre en commérages et se moquer d'elle derrière son dos. Défier les préjugés de ses pairs n'avait pas dû être chose facile pour une femme comme elle. Les allégations de cet individu indiscret et cancanier étaient-elles vraiment crédibles ?

— Elle devait être très attachée à lui pour envisager d'épouser cet homme bien plus jeune qu'elle, commenta-t-elle avec prudence. Et, si elle était amoureuse de lui, sa mort a dû être pour elle une véritable tragédie.

À sa décharge, David O'Connor parut, cette fois, franchement contrarié.

— Oh ! oui, je pense qu'elle l'aimait sincèrement, la pauvre. Et vous avez raison – c'est tellement triste. Et ce malheureux Terry, parti si tôt ! Un si bel homme. Quel dommage. Cela dit…

La compassion disparut de ses traits à une allure stupéfiante, et une expression plus pensive, narquoise, voire légèrement malveillante, anima ses prunelles.

— J'avais tout de même l'impression que tout n'était pas parfaitement rose.

— Oh ? Qu'est-ce qui vous faire dire cela ?

Clement, qui venait de finir les délicieuses tartelettes, poussait désormais leur témoin dans ses retranchements.

— Eh bien, répondit l'autre homme en tournant volontiers son regard pétillant vers le coroner, je crois qu'il y a eu un léger incident au cours de cette soirée, impliquant une fort jolie jeune femme – qui, soit dit en passant, ne semblait connaître personne d'autre que le jeune don Juan – et notre hôtesse.

Trudy eut une fois encore besoin d'une poignée de secondes pour décrypter ce message sibyllin.

— Pardon, êtes-vous en train de nous expliquer qu'il flirtait avec quelqu'un d'autre ? À la soirée donnée par Mrs Vander ?

Malgré tous ses efforts pour ne pas paraître choquée, elle ne put s'empêcher de s'offusquer pour le compte de la malheureuse organisatrice.

— Oh ! non, bien au contraire, s'empressa de la détromper David.

Il pivota avidement vers elle. La lumière du jour abondant par les fenêtres faisait scintiller la doublure de soie de sa veste d'intérieur.

— Malgré leurs sourires faux et leurs voix étouffées, je dirais que Terry et cette mystérieuse femme, loin de s'acoquiner, se prenaient discrètement le bec.

— Vous dites que Mr Parker a été vu en train de se disputer avec une autre invitée lors de cette soirée ?

Une fois de plus, ce fut Clement qui posa cette question volontairement directe. À l'instar de Trudy, il trouvait tous ces épanchements assez épuisants.

— C'est en tout cas l'impression que cela m'a donnée, précisa David. J'étais trop loin pour véritablement entendre quoi que ce soit, remarquez, fit-il avec un mélange de regret et de chagrin si manifeste que Trudy dut se retenir de sourire. Mais il m'a semblé que leur langage corporel hurlait leur hostilité. Des deux côtés.

Il opina du chef avec emphase en ouvrant de grands yeux graves.

— Alors, qui était cette femme ? voulut savoir Trudy.

— Ma chère, je vous l'ai dit, je l'ignore ! (David écarta ses mains roses et bien manucurées en un geste d'impuissance.) Je pense que personne ne la connaissait ! En tout cas, je ne l'avais jamais rencontrée ! Ce qui, en soi, est plutôt étrange, car cette chère Millie a tendance à ne courir aucun risque lors de ses petites soirées et invite toujours les mêmes personnes. Remarquez, elle a cette fois réussi un gros coup en attirant notre célébrité locale, ajouta-t-il, rayonnant d'admiration.

— Qui ? Pardonnez-moi, de qui parlez-vous ? demanda Trudy, à court de patience.

— Oh ! ma chère, notre divine Katherine Morton, notre Dame au Chevalet, rien de moins. Qui expose à l'Académie royale avec une régularité insolente, ajouta David avec un soupçon de sarcasme.

Trudy opina, se rappelant soudain que quelqu'un l'avait déjà évoquée plus tôt. Elle était toutefois plus intéressée par des convives moins prestigieux pour le moment.

— Pour en revenir à cette femme que vous avez vue en conversation animée avec Mr Parker, reprit-elle d'un ton appuyé, je présume que Mrs Vander savait qui elle était puisqu'elle l'avait invitée…

— Jamais de la vie ! répliqua David avec ferveur. Je connais très bien cette chère Millie et, même si elle n'est pas sortie de son rôle d'hôtesse parfaite en demeurant très polie, j'ai bien remarqué qu'elle ne la connaissait pas non plus !

— Oh ! une intruse ? s'étonna Trudy, sans bien savoir pourquoi ce revirement la surprenait tant.

— Je ne vois pas d'autre hypothèse, confirma joyeusement David. J'en ai glissé un mot discret à quelques membres de notre groupe, et personne n'a dit la connaître ! Bien sûr, Millie n'a pas voulu se laisser démonter et s'est comportée comme si tout allait bien, mais j'ai vu qu'elle était contrariée. Surtout quand cette mystérieuse dame a monopolisé le *golden boy*.

— Vous disiez qu'ils s'étaient par la suite disputés, mais Mr Parker a-t-il d'abord semblé heureux de voir cette femme mystère ? s'enquit alors Clement.

— Jamais ! s'exclama David gaiement. Il a tout de suite fait une tête d'enterrement ! Elle n'est pas restée très longtemps, il faut le reconnaître. Elle n'a pas eu ce culot. Elle s'est contentée de boire et de grignoter un peu. Puis ils se sont tournés autour un moment jusqu'à ce qu'elle l'approche et, comme je le disais, qu'ils aient cette espèce de dispute à mots couverts dans le couloir. J'aurais bien aimé entendre ce qu'ils avaient à se dire ! ajouta-t-il d'un air sombre. (Il claqua alors des doigts.) Remarquez, vous pourriez demander à notre Dame au Chevalet : elle disposait d'un point de vue bien plus intéressant que votre serviteur. Elle était assise sur le canapé à siroter du champagne à tire-larigot, et ils se disputaient juste derrière elle. Si quelqu'un a pu surprendre leur conversation, c'est bien Katherine.

Trudy hocha la tête et en prit bonne note.

— Et que s'est-il passé après la… dispute ?

— Oh ! ils se sont séparés et se sont mêlés aux autres comme si rien n'avait eu lieu, mais je les ai vus s'éclipser dans le couloir peu après. Je me suis alors laissé distraire par ce ravissant jeune homme qui étudie l'anglais à Wadham et, quand je me suis retourné de nouveau, la jeune femme semblait avoir disparu. Terry se trouvait toujours là, en revanche. Il n'est pas parti avant les chants du nouvel an.

— Avez-vous vu Mr Parker prendre congé ensuite ? demanda Trudy sans grand espoir.

Elle fut cependant ravie de voir cet intarissable puits de connaissance s'animer à nouveau.

— Eh bien, oui ! s'exclama David O'Connor dans un cri de triomphe. Je buvais un dernier verre près de la fenêtre quand je l'ai vu descendre l'allée où étaient garées les voitures.

— Vous a-t-il paru ivre ? le pressa Trudy.

Son témoin la dévisagea, lorgna son uniforme, puis se fendit d'un sourire de pure espièglerie.

— Oh ! non, madame, je ne peux pas dire ça. Il avait bien dû boire quelques verres, mais il ne titubait pas ! Parole de scout ! Il était tout aussi apte à conduire que je l'étais moi-même.

— Vous n'avez donc rien remarqué d'inhabituel chez lui ?

— Non. Oh ! attendez une minute… Mais ce n'était sans doute rien. Je ne suis pas certain…

À l'évidence, il voulait la taquiner un peu avant de cracher le morceau. Trudy, réprimant un soupir agacé, entra dans son jeu.

— Je serais vraiment heureuse d'entendre tout ce que vous pourriez avoir remarqué, monsieur. Nous enquêtons sur une mort malheureuse. Et vous êtes peut-être la dernière personne à avoir vu Mr Parker en vie, ajouta-t-elle solennellement pour flatter son ego.

Les lèvres replètes de David O'Connor formèrent un *o* parfait ; il hocha alors la tête en blêmissant un peu.

— Bonté divine ! Oui… Eh bien, encore une fois, je ne suis pas très sûr de moi. N'oubliez pas qu'il faisait nuit, et je n'ai aperçu qu'un éclat quand il a passé la marche arrière pour se mettre dans le bon sens… Mais il m'a semblé apercevoir une lumière près de lui dans la voiture.

Trudy et Clement s'étaient attendus à tout, sauf à ça.

— Une lumière ? répéta Trudy d'un ton neutre. Comme si… quelqu'un avait allumé une lampe à l'intérieur ?

— Oh ! non, pardonnez-moi. Je ne suis pas très clair, n'est-ce pas ? Pauvre de moi ! Non, je voulais dire qu'il me semble avoir aperçu un court instant une couleur plus pâle dans la voiture près de lui, alors qu'il n'aurait rien dû y avoir de tel. Comme si une personne aux cheveux clairs était assise près de lui – une femme blonde, ou peut-être une dame âgée. Notre jeune don Juan avait les cheveux sombres, vous comprenez, ajouta-t-il obligeamment en les regardant tour à tour, à l'évidence ravi de l'impact que cette dernière révélation avait eu sur ses visiteurs.

— Il y avait quelqu'un avec lui ? hoqueta Trudy.

David se déroba une fois de plus.

— Comme je vous l'ai dit, je n'en suis pas certain. Mais, si j'étais joueur, je dirais qu'il n'est pas reparti seul ce soir-là.

17

— Quel genre de choses peint-elle ? demanda Trudy avec méfiance lorsque, une vingtaine de minutes plus tard, ils se garèrent devant le domicile de la prestigieuse Katherine Amy Morton.

Elle ne comprenait rien à l'« art », mais en savait le coroner amateur, puisqu'il achetait régulièrement de nouvelles toiles pour son intérieur.

Ils avaient discuté en chemin du témoignage du loquace David, sans parvenir à se forger un avis tranché sur sa fiabilité. Toutefois, tous deux étaient convenus que *si* Terrence Parker avait effectivement quitté la soirée avec quelqu'un, alors ce passager devait être retrouvé et interrogé. Comme l'avait souligné Clement, il était tout à fait possible que Terry l'ait déposé à son domicile et se soit retrouvé seul au moment de l'accident. Mais, dans ce cas, pourquoi n'avoir pas répondu à l'appel à témoins paru dans le journal ?

Trudy avait aussitôt répliqué que, quoi qu'en pense l'impudent Duncan Gillingham, tout le monde ne lisait pas l'*Oxford Tribune*, et que ceux qui le faisaient ne buvaient pas nécessairement ses paroles ! Le mystérieux passager n'avait peut-être simplement pas eu connaissance de cette information ?

À présent qu'ils étaient garés dans une rue bordée d'élégantes maisons mitoyennes géorgiennes, depuis longtemps transformées en luxueux appartements, elle écoutait le coroner lui dresser un bref historique des références artistiques de leur prochain témoin.

— Ses premiers travaux étaient influencés par Laura Knight, mais elle s'est ensuite tournée vers le surréalisme, commença-t-il.

Guère avancée, Trudy opina cependant avec gravité.

— Elle s'est rapidement fait un nom et est devenue une « noceuse » londonienne entre vingt et trente ans. Elle a aussi frayé avec des révolutionnaires au Mexique et ce genre de choses, ajouta-t-il d'un ton détaché.

Alors que l'habitacle se refroidissait rapidement dans cette rue calme d'Oxford, Trudy fut assaillie d'images de rebelles au sang chaud, de tequila et de déserts aux températures insoutenables.

— Oh ! lâcha-t-elle.

— Puis elle a épousé un dénommé Fairweather, un crétin de la haute au menton fuyant, mais au compte en banque bien rempli, dont elle a divorcé après avoir eu un enfant. Elle a bien sûr toujours conservé son nom de jeune fille pour sa carrière et reste seulement connue comme Katherine Morton. Après avoir largué son époux, elle a emménagé ici et s'est mise à créer des œuvres plus « intellectuelles ».

Trudy poussa un profond soupir. Elle savait ce que cela signifiait.

— Je ne vais donc rien y comprendre, prédit-elle avec lassitude.

Elle aimait bien quand un arbre ressemblait à un arbre.

— Le contraire la décevrait sans doute. Elle a une cote folle aux États-Unis actuellement, ses toiles s'arrachent à des prix démentiels, pourtant elle a été enregistrée disant qu'aucun Américain n'avait jamais eu le moindre goût artistique.

— Ça a l'air d'être un sacré personnage, admit Trudy sans enthousiasme.

Néanmoins, elle voyait bien que le coroner avait hâte de la rencontrer, et ne pouvait qu'espérer que cette dame se montrerait à la hauteur de ses attentes.

Clement ouvrit sa portière en émettant un « Mmm » mystérieux.

— Espérons surtout qu'elle fasse un bon témoin, ajouta-t-il plus prosaïquement. Les artistes sont censés être observateurs, voyons si c'est bien le cas.

Il ne paraissait toutefois pas très optimiste.

Ils s'avancèrent prudemment sur les marches de pierre claire verglacées du bâtiment, constatèrent que « Miss Morton » occupait un appartement au dernier étage, et sonnèrent.

Rien ne se produisit.

Clement appuya une nouvelle fois sur le bouton.

Toujours rien.

— Elle a dû sortir, conclut Trudy.

Nerveuse, elle se dit qu'elle ferait peut-être mieux de rentrer tout de suite au commissariat pour rapporter ses dernières découvertes au capitaine Jennings, avant que celui-ci ne s'agace de son absence prolongée.

Clement eut un sourire amer.

— Possible. Ou peut-être qu'elle est toujours au lit et rechigne à se lever.

Il sonna derechef, laissant cette fois son doigt sur le bouton pendant près d'une minute. La porte du hall d'entrée finit par s'ouvrir avec un déclic, et ils pénétrèrent à l'intérieur.

Trudy fut surprise de découvrir des parties communes relativement bien chauffées – habituellement, ce genre d'endroit était gelé. Elle s'en ouvrit au coroner, qui commençait à gravir l'escalier en se tenant fermement à la rampe.

— Ah, vous oubliez que nous sommes dans un immeuble haut de gamme, lui rappela-t-il avec douceur. Aucun concierge n'oserait laisser les radiateurs éteints avec une température pareille, sous peine de voir une dizaine d'aristos lui tirer les oreilles.

Trudy souriait encore à cette image quand la porte du n° 8 s'ouvrit avant même qu'ils l'atteignent.

La femme dans l'embrasure les toisa avec la férocité d'une Valkyrie s'étant vu retirer un steak juteux juste sous son nez. Elle devait avoir environ quarante-cinq ans, peut-être cinquante si elle était bien conservée. Elle était dotée de quelques rondeurs, d'une tignasse brune désordonnée et d'yeux noisette étroits, mais brillants. L'absence de maquillage faisait paraître son visage étrangement nu.

Elle avait enfilé un pantalon de soie grise largement évasé autour de ses pieds nus, ainsi qu'un énorme tricot en maille blanche, dont le col roulé lui remontait presque aux oreilles.

— C'est vous qui vous êtes endormis sur ma sonnette ? lança-t-elle de sa voix rocailleuse de fumeuse.

Ses yeux s'écarquillèrent un peu lorsqu'elle avisa l'uniforme de Trudy, mais son regard s'attarda ensuite sur Clement.

— Coupable, annonça celui-ci avec une légère révérence.

Trudy ne l'avait jamais trouvé si impérieux, et elle vit l'artiste changer rapidement d'attitude. Son allure belliqueuse se mua en une sorte d'amusement réticent. Son visage était pâle et pincé, de forme triangulaire, ce qui contrastait curieusement avec sa silhouette tout en courbes. Elle évoqua à Trudy une espèce de félin – avec le corps duveteux et agréable d'un chat tigré bien dodu, mais la tête saisissante d'un siamois.

— Vous avez intérêt à avoir une bonne raison de venir me déranger, même si vous ressemblez comme deux gouttes d'eau à James Mason, l'avertit-elle en s'effaçant pour les laisser entrer.

Clement accepta le compliment sans se laisser décontenancer, et Trudy se demanda si le coroner savait seulement qui était James Mason. Lui arrivait-il de regarder des films ? Était-il flatté d'être comparé à une star de cinéma ?

— La mort, la tragédie, le mystère et une rumeur sulfureuse font-ils d'assez bonnes raisons ? répliqua-t-il d'un ton doucereux.

L'artiste lui retourna un nouveau regard approbateur.

Comprenant qu'il s'agirait de l'un de ces entretiens « sophistiqués » auxquels elle ne saisissait jamais rien, Trudy accepta volontiers de jouer les seconds couteaux pour cette fois. Que Clement use de son charme et s'amuse un peu – elle ne lui gâcherait pas la fête !

— Grumpf, lâcha leur hôte avec un sourire récalcitrant. Vous m'intriguez. Eh bien, autant vous asseoir.

Elle leur désigna sans grâce les fauteuils dispersés au hasard dans le vaste séjour blanc dans lequel elle les avait fait entrer. Une fenêtre, donnant sur la rue et sur un imposant bouleau pleureur argenté qui poussait dans le jardin d'en face, offrait une vue « artistique » sur la ville et certains des « clochers rêveurs[1] » qui l'occupaient.

Katherine Morton se jeta presque littéralement dans un fauteuil club miteux en cuir noir, qui grinça sous cet assaut. La table basse posée devant croulait sous le désordre : un poinsettia (rouge vif, mais déjà flétri à cause du manque d'eau), des magazines, des tasses de café vides ainsi qu'un gros sac à main

1. Oxford a été surnommée la « ville aux clochers rêveurs » (« *the city of dreaming spires* ») par le poète victorien Matthew Arnold.

débordant de fatras ; on y trouvait également trois paquets de cigarettes, tous ouverts, un gros briquet de table en forme d'aigle et un énorme cendrier en onyx disparaissant sous les mégots ; il y avait en outre un chausson en satin au bout éraflé, quelques casse-noix et un bol rempli de ces fruits secs, couverts de divers stylos sans capuchon. Trudy remarqua même avec une grimace un exemplaire de l'*Oxford Tribune*, ouvert à la page des mots croisés.

— Alors… par où commence-t-on ? demanda Katherine Morton en ramassant l'un des paquets de cigarettes. (Elle le leur proposa nonchalamment, haussa les épaules quand ils déclinèrent, et alluma la sienne.) Par la mort, le mystère, la rumeur ou le quatrième que j'ai oublié ?

Elle dressa légèrement le menton pour souffler sa fumée vers le plafond. Le bout de ses doigts était jauni par la nicotine ; elle tapotait vigoureusement le sol de son pied nu, sans sembler s'en rendre compte.

Clement remarqua que les murs étaient ostensiblement dépourvus de toiles – de quelque artiste que ce soit. Apparemment, la peintre préférait ne pas s'encombrer d'œuvres quand elle se détendait dans son propre salon.

— Permettez-moi d'abord de nous présenter : je suis le Dr Clement Ryder, coroner municipal, et voici l'agent Loveday.

Trudy constata qu'il prenait grand plaisir à cette introduction. Il aimait les défis, et quelque chose dans la manière dont cette artiste, célèbre pour son esprit libre, le contemplait lui indiquait que Katherine Morton était du même bois.

— Dr Mort, rien de moins ? Voilà qui est impressionnant, commenta Katherine d'une voix traînante.

— Commençons donc par la rumeur, voulez-vous ? reprit Clement en ignorant superbement sa raillerie. Vous avez récemment assisté au réveillon du nouvel an organisé au domicile de Millicent Vander.

— En effet, mais ne le retenez pas contre moi, feignit d'implorer l'artiste avant de tirer férocement sur sa cigarette.

Trudy remarqua qu'elle aspirait si fort que ses joues se creusaient. À l'évidence, cette femme vivait de tabac et de stress. Peut-être aussi d'alcool, à en juger par l'odeur de spiritueux qui flottait dans l'air.

Trudy laissa son regard vagabonder dans la pièce, surprise de la découvrir dépouillée de toute touche personnelle. Pas de livres, pas de peintures, seulement la photo d'une femme ravissante de vingt ans environ, trônant sur le buffet. Elle ressemblait un peu à Katherine, mais Trudy ne pensait pas qu'il s'agissait d'un cliché de l'artiste plus jeune. Sa fille, sans doute, ou une jeune sœur, voire une nièce.

— J'en déduis que vous ne comptez pas parmi les admirateurs de Millicent ? suggéra Clement avec une étincelle dans le regard.

Trudy s'empressa de se reconcentrer sur la conversation.

Katherine frissonna.

— Ne soyez pas vilain, le réprimanda-t-elle.

— Alors pourquoi êtes-vous allée chez elle ? Je me suis dit, en apprenant que vous figuriez sur la liste des invités, que ce n'était pas le genre de… d'événement… susceptible de vous intéresser, admit Clement.

L'artiste délaissa sa cigarette pour partir d'un grand éclat de rire sincère.

— Sosie de James Mason, mais aussi véritable gentleman. Ah là là, ajouta-t-elle d'un ton admiratif.

Puis elle sortit une nouvelle cigarette du paquet et l'alluma au mégot de la précédente.

Elle considéra d'un air vague l'extrémité incandescente de celle-ci.

— Pourquoi y suis-je allée ? Oui... Pourquoi ? Parce que j'ai des tendances masochistes ? Parce que je me sentais seule ? (Elle semblait vraiment en débattre avec elle-même.) Ou parce que personne d'autre ne m'avait invitée ? Non, ça ne peut pas être ça, les flagorneurs ne renoncent jamais. J'ai donc bien dû être sollicitée ailleurs, mais avec ce temps... Oh ! je sais. Je me suis simplement retrouvée esseulée à 19 heures à Oxford un soir de Saint-Sylvestre, et j'ai paniqué. Oui, c'est ça. De telles circonstances peuvent bien expliquer que l'on se rende à une soirée organisée par Millie Vander, non ? (Elle ouvrit des yeux ronds et arbora un sourire de défi.) Ou alors, je voulais simplement me retrouver en présence de personnes si admiratives de mon talent et de ma célébrité qu'elles se pâmeraient devant moi comme...

Elle tira sur sa cigarette pour trouver une comparaison appropriée, puis se contenta de hausser les épaules. Semblant se lasser de ce petit jeu, elle soupira alors.

— Il se peut également que je me sois retrouvée à court d'alcool, alors que cette bonne vieille Millie avait dû commander quantité de champagne.

Elle inclina la tête de côté pour observer Trudy qui prenait des notes, puis elle se retourna vers le coroner.

— Mais me voilà intriguée. Venons-en au mystère, alors, plaida-t-elle.

— D'accord, dit Clement d'un ton affable. Que pouvez-vous nous dire de la mystérieuse intruse qui s'est invitée à la soirée ?

— Oh ! elle ! s'exclama l'artiste en hochant la tête avec admiration. Voilà un sujet intéressant ! Oui, on peut dire qu'elle ne manquait pas de cran.

Katherine se leva pour se diriger vers le buffet. Elle plongea le bras à l'intérieur et en sortit une carafe remplie d'un liquide clair et doré, tout en poursuivant :

— Elle aurait pu servir de modèle à un artiste, même si elle n'était plus tout à fait de première fraîcheur. Une belle ossature, et du style, vous voyez ? Elle se tenait bien, marchait bien, et avait cet air qui vous pousse à la regarder à deux fois. Je connais bien des hommes qui se seraient damnés pour la peindre. Whisky ?

Elle agita la bouteille de manière tentante, mais Clement sourit en secouant la tête. Sans se démonter, elle s'en servit une grande rasade dans un verre trapu en cristal taillé avant de regagner son fauteuil. Elle se laissa tomber dedans sans – par quelque miracle – renverser la moindre goutte du précieux liquide.

— Bien sûr, ses habits étaient faits maison, mais ils donnaient l'impression d'arriver directement de Paris. Il était clair comme le jour que Millie n'avait pas la moindre idée de qui elle était, pas plus que n'importe quel autre invité, d'ailleurs.

Ainsi, David O'Connor ne s'était-il au moins pas trompé sur ce point, songea Clement. Millie avait bel et bien reçu la visite d'une intruse ce soir-là.

— Lui avez-vous parlé ? s'enquit-il avec curiosité.

— Pas moi, rétorqua aussitôt l'artiste. J'étais trop occupée à faire une razzia sur le champagne et à créer le scandale. C'est l'accord tacite, n'est-ce pas ? (Elle écarquilla les yeux avec une innocence feinte.) Les dames de la haute invitent toujours des personnes scandaleuses à leurs soirées, et celles-ci se montrent à la hauteur de leur réputation. J'ai flirté avec quelques hommes mariés dans le seul but de contrarier leurs épouses, j'ai lancé des propos licencieux aux plus collet monté, puis je me suis vautrée avec une excellente bouteille de Moët et j'ai entrepris de me beurrer dignement. Par ailleurs, je ne figurais pas sur le radar de cette femme mystère. Ce qui semble logique, ajouta-t-elle en buvant une nouvelle lampée de whisky. Dans la jungle, les lions ont tendance à s'éviter. Question de courtoisie.

Trudy tourna la page de son carnet tout en se demandant si l'on trouvait réellement des lions dans la jungle. N'avaient-ils pas plutôt tendance à rôder dans les plaines ? Elle réprima un sourire tout en poursuivant sa prise de notes consciencieuse. Apparemment, la taquinerie était contagieuse.

— Et donc, après qui en avait-elle ? intervint Clement.

— Oh ! le jules de Millie, je dirais, répondit Katherine d'un air las. Je ne m'étais pas rendu compte, avant cette soirée, que c'était le genre de cette bonne vieille Millie ! Un jeune soupirant, rien de moins ! Je peux vous assurer qu'elle est remontée de plusieurs crans dans mon estime quand je l'ai découvert.

— L'un des invités pense que Terrence Parker et cette intruse auraient eu une dispute discrète. Et que vous pourriez l'avoir entendue, ajouta Clement en regardant Katherine bâiller à s'en décrocher la mâchoire.

Il lui sembla même entendre claquer l'os délicat de sa mandibule inférieure.

— Pardon ? Ah, oui, vous avez raison. À un moment de la soirée, ils sifflaient l'un sur l'autre comme un couple de bouilloires, juste derrière moi – j'étais sur le sofa…

Elle plongea soudain la main dans son sac tellement rempli que des objets en dégringolèrent. D'autres stylos, un carnet, un flacon d'aspirine, une brosse à cheveux, une boîte de pastels, un paquet de mouchoirs… Le tout se renversa sur la table déjà encombrée, jusqu'à ce que Katherine pousse un cri triomphant et brandisse son trophée, qui s'avéra être un tube de rouge à lèvres.

— Ah, soupira-t-elle d'un ton satisfait en en faisant pivoter l'extrémité inférieure pour révéler un cylindre coloré d'un rouge sombre.

— Avez-vous saisi l'objet de cette dispute ? demanda Clement, fasciné par la vision de cette femme qui, un verre de whisky à la main, parvenait à se maquiller les lèvres sans l'aide d'un miroir.

— Eh bien, il s'avère que oui. Oh ! il n'y a pas de quoi vous réjouir, je vous assure. C'est assez décevant – très décevant, le prévint-elle. En réalité, c'est tout à fait sordide. Ils se disputaient au sujet d'une autre femme.

18

— L'infidélité ? Vous avez raison, c'est effectivement bien ennuyeux, commenta Clement sans sourciller. Et lequel des deux en était accusé ?

— Oh ! lui, ça ne fait aucun doute, répondit l'artiste en frissonnant de rire autour du verre plaqué contre ses lèvres. Il me semble avoir entendu prononcer le nom Vicky. Et je peux vous assurer que cela n'a pas plu à notre ami. Le don Juan de Millie voulait à tout prix faire évacuer cette femme avant qu'elle crache le morceau devant tout le monde. Il n'arrêtait pas de lui promettre qu'ils en parleraient le lendemain.

— Qu'ils parleraient de quoi ?

— Hélas, je ne peux pas vous en dire plus. Ils ne sont pas entrés dans les détails. C'est-à-dire que notre intruse a multiplié les sous-entendus, tentatives d'intimidation, suggestions et menaces explicites, sans jamais rien spécifier.

— Mais Terry Parker a-t-il saisi la nature de la menace ?

— J'en ai bien l'impression ! répondit Katherine Morton dans un nouveau gargouillis. Si je n'avais pas déjà eu du vent dans les voiles, j'aurais été plus attentive. Je ne m'attendais sûrement pas à m'amuser à une soirée de Millie Vander ! Bon, ensuite ? Vous m'aviez promis… quoi, de la tragédie, de la mort et autre chose dans le genre ? Nous avons déjà traité la rumeur et le mystère, passons donc à la tragédie, suggéra-t-elle avec délectation.

Clement se pencha pour ramasser l'*Oxford Tribune*.

— Avez-vous lu les journaux dernièrement ?

— Ah ! Sûrement pas ! ricana Katherine. Je passe directement aux bandes dessinées, puis aux mots croisés. Les prétendues nouvelles ne le sont jamais vraiment.

— Ah, dans ce cas, vous avez manqué la partie sur la mort. Celle du don Juan de Millie.

L'espace d'un instant, Katherine Morton se figea ; puis elle vida son verre d'une lampée et déclara platement :

— Il est donc mort.

— Vous ne semblez pas surprise, fit remarquer Clement.

Elle haussa les épaules.

— La mort n'est pas très surprenante en soi, si ? Des gens meurent sans arrêt.

Clement eut l'impression que l'étincelle dans son regard d'artiste s'était définitivement éteinte, quand elle se pencha pour allumer une nouvelle cigarette, plus par habitude qu'autre chose.

— Nous avons trouvé son corps dans sa voiture accidentée le jour du nouvel an, l'avisa Clement. Nous pensons qu'il est mort peu après avoir quitté le domicile de Millie ce soir-là. Ou tôt le matin, plutôt.

Trudy, qui guettait sa réaction, vit Katherine observer le buffet avec insistance. Allait-elle se servir une nouvelle triple ration de whisky ? Quelle quantité pouvait-elle boire dans la journée ? Mais peut-être était-elle injuste avec elle, car Katherine se leva sans effort.

— Pauvre vieille Millie, déclara doucement l'artiste. Voir sa grande aventure, son glorieux bras d'honneur à l'existence s'éteindre avant d'avoir véritable commencé… Comme c'est malheureux. Elle ne trouvera sans doute plus jamais le courage de recommencer à « vivre ».

Elle soupira longuement.

— Avez-vous vu Terry quitter la soirée ? s'enquit alors Clement. Non qu'il fût en désaccord avec les sentiments de Katherine, mais, pour l'heure, il avait d'autres priorités en tête que les soucis de Millie Vander.

— Non.

— Il semble y avoir débat sur le fait qu'il ait ou non été accompagné.

— C'est le cas ? répondit Katherine du tac au tac, malgré sa bouche pleine de whisky.

— Nous n'en savons rien, admit Clement. En tout cas, nous n'avons pas retrouvé d'autre corps que le sien dans l'auto. Y a-t-il autre chose que vous pourriez nous apprendre – au sujet de Millie ou de cette mystérieuse femme ? Connaissiez-vous Mr Parker ?

— Je ne l'avais jamais rencontré avant ce soir-là, répliqua Katherine avant de bâiller une nouvelle fois. Millie est bien trop barbante pour qu'on s'y attarde, et la seule chose que je sache de cette femme mystère, c'est qu'elle a les mêmes goûts que moi pour les déshabillés.

Clement s'étrangla, désarçonné pour la première fois depuis qu'il avait mis les pieds dans le repaire de l'artiste.

— Pardon ?

— Oh ! je ne vous l'ai pas dit ? Je l'avais déjà croisée en ville, expliqua Katherine en détournant à contrecœur le regard du buffet vers Clement, le gratifiant d'un sourire félin et paresseux. Chez Beatrice, sur High Street.

Elle venait de mentionner une boutique de vêtements inaccessibles pour le budget de Trudy, mais celle-ci savait où elle se situait.

— Ça devait être la veille de la soirée, poursuivit Katherine. J'étais en train de chercher un foulard Hermès à mon goût quand j'ai remarqué un peignoir en soie abricot avec le négligé assorti. J'allais m'en saisir pour l'observer de plus près, mais elle m'a devancée. Je le lui ai laissé, ajouta-t-elle avec un sourire magnanime. Ce qui ne serait pas arrivé si je l'avais vraiment voulu, cependant. (Elle fronça pensivement les sourcils.) Maintenant que j'y songe, je n'ai jamais trouvé ce foulard.

— Êtes-vous certaine que cette femme était bien celle qui s'est présentée à la fête ? demanda Clement en coulant un regard vers Trudy, qui le considérait avec un éclat d'excitation dans les prunelles.

À l'évidence, tous deux pensaient la même chose : si cette femme avait acheté de la lingerie, elle avait peut-être payé par chèque. Ou mieux encore, demandé à se faire livrer. Dans un cas comme dans l'autre, ils tenaient peut-être une piste susceptible de les conduire à cette mystérieuse intruse !

— Oh oui, aucun doute là-dessus, affirma Katherine, qui parut une nouvelle fois profondément lasse. Je suis une artiste, je n'oublie jamais un portrait. Les noms, les dates, oui. Pas l'allure des gens. Bien, je crois que nous avons abordé tous les sujets, fit-elle remarquer tristement. La mort, la tragédie, le mystère et la rumeur. À présent, j'ai besoin d'un autre verre. Vous êtes sûrs de ne pas en vouloir un ?

— Espérons qu'ils aient déblayé les trottoirs de High Street et que la boutique Beatrice soit ouverte ! s'exclama Trudy avec impatience quand ils eurent regagné la voiture.

Ils étaient en veine, car Clement parvint même à laisser la voiture à un endroit où elle n'entravait pas trop la circulation.

La vendeuse du rayon sous-vêtements fut très amusée par la gêne manifeste du distingué gentleman lorsqu'elle et l'adorable policière se mirent à parler lingerie. D'un accord tacite, elles convinrent de l'épargner en l'ignorant tout à fait. Elles se retrouvèrent bientôt en grande conversation.

Trudy obtint rapidement l'information désirée.

— Oh ! vous vous souvenez donc de cette dame et de l'ensemble qu'elle a acheté ?

Une fois de plus, la chance était de leur côté, car non seulement la vendeuse avait reconnu la célèbre artiste locale dès son arrivée, mais c'était aussi elle qui s'était chargée d'encaisser le montant des achats de l'autre cliente.

— Oh oui, euh, madame, répondit la vendeuse en se demandant s'il aurait mieux valu dire « madame l'agent ». Vous l'avez parfaitement décrit – un peignoir et un négligé en soie abricot orné de dentelle écrue. Très joli, mais pas non plus notre plus belle pièce, vous comprenez ?

En d'autres termes, un ensemble abordable, traduisit Trudy.

— Pourriez-vous nous décrire la femme qui l'a acheté ? poursuivit Trudy.

— Oui, madame, je crois bien. Elle portait un joli tailleur bleu pastel ressemblant presque à un vrai Balmain. Voyons, elle était bien plus petite que madame, et ses cheveux étaient presque de la même couleur que les vôtres, mais plus courts. Elle avait des yeux marron foncé, comme madame également, et je dirais qu'elle avait une petite trentaine d'années, peut-être un peu moins.

Trudy, qui ne se rappelait pas avoir un jour été appelée « madame » avec une telle déférence, hocha joyeusement la tête. Cela correspondait à la description qu'ils avaient obtenue de Katherine Morton avant de la laisser à ses cigarettes et son whisky.

— Vous rappelez-vous comment elle a réglé ? s'enquit alors Trudy.

Malheureusement, leur veine sembla se tarir.

— Madame a payé en liquide, affirma la vendeuse.

— Oh. J'imagine qu'elle n'a pas profité de vos services de livraison ? tenta Trudy d'un air abattu.

— Ce n'est pas impossible, madame. Laissez-moi vérifier.

L'assistante se pencha alors derrière le comptoir vitré (où étaient exposées les dernières chemises culottes à la française, que Clement s'efforçait de ne pas voir) et exhiba un gros livre de comptes à la couverture de velours rouge.

Elle fit courir son doigt parfaitement manucuré sur la liste de noms de la dernière page, puis de la précédente.

— Voyons, ce devait être le 30 décembre… Ah oui ! Il me semblait bien. Les achats ont été expédiés au Raven's Rest plus tard dans la journée.

— Au quoi ? s'étonna Trudy.

— Je crois qu'il s'agit d'une élégante maison d'hôtes du côté de Summertown, madame, expliqua obligeamment la vendeuse.

Trudy la remercia avec gratitude. Clement inclina son chapeau et quitta les lieux avec reconnaissance.

19

Le Raven's Rest, hélas, se trouvait dans une petite rue située entre Banbury et Woodstock, où les chasse-neige n'étaient pas passés depuis plusieurs jours.

Contraints d'abandonner la Rover sur la route principale, Trudy et le coroner furent soulagés de découvrir une espèce de chemin aménagé par les résidents du coin, formant un étroit corridor au milieu des congères d'un mètre. Ils devaient cependant progresser l'un derrière l'autre et, quand ils atteignirent la maison d'hôtes – une jolie demeure victorienne en pierre claire –, tous deux grelottaient.

Pendant plus d'un siècle, l'édifice avait appartenu à un marchand respectable puis à ses descendants ; à présent, il affichait fièrement « chambres à louer » et « salle de télévision », et disposait d'un téléphone dans le vestibule.

La propriétaire ne sembla pas ravie de voir un uniforme de police franchir son seuil et écouta, le visage de marbre, Trudy lui décrire l'hôte qu'elle souhaitait rencontrer. La patronne, quinquagénaire assez ronde et à l'allure d'un pigeon maussade, admit à contrecœur avoir une locataire correspondant à ce portrait. Avec un reniflement hautain, elle leur indiqua un nom – Mrs Phyllis Raynor – et un numéro de chambre.

Après avoir veillé (sous le regard perçant de la maîtresse de maison) à bien taper leurs bottes sur le tapis de sisal devant la réception, ils gravirent les marches moquettées jusqu'à l'étage supérieur et frappèrent au numéro indiqué.

La femme qui leur ouvrit les considéra d'abord d'un air distrait, puis inclina légèrement la tête de côté.

— Oui ? demanda-t-elle sans rien trahir.

— Mrs Raynor ? Phyllis Raynor ? s'enquit Trudy.

Elle regretta le ton si solennel qui lui était venu spontanément, sans doute à cause de la manière dont le visage de son interlocutrice s'était fermé à la vue de l'uniforme. Ou peut-être parce qu'elle avait désormais acquis assez d'expérience pour savoir quand un témoin se montrerait peu coopératif. En tout cas, elle savait que la conversation ne serait ni agréable ni transparente avec ce témoin-ci, ce qui avait fait rejaillir ses réflexes bureaucratiques.

— Oui, confirma Phyllis.

Son timbre n'était ni agressif ni neutre et signalait sans ambages que cette rencontre ne l'intéressait pas.

— J'aimerais vous poser quelques questions en rapport avec une enquête de police, déclara Trudy d'un ton sec.

La femme, qui bloquait résolument le passage, empêchant de voir la chambre derrière elle, pencha doucement la tête de l'autre côté. Elle ne paraissait ni intimidée, ni en colère, ni inquiète.

— Oui ? Que voulez-vous savoir ?

— Avez-vous participé à une fête pour le réveillon du nouvel an ? commença Trudy.

— Non.

La policière cligna des yeux. Une réponse claire, nette, sans équivoque. Elle inspira un grand coup et se prépara à l'affrontement.

— Connaissez-vous une dénommée Millicent Vander ? essaya-t-elle encore.

— Non.

— Êtes-vous certaine de ne pas vous être trouvée chez elle, ici, à Oxford, au soir de la Saint-Sylvestre ?

— Sûre et certaine, répliqua Phyllis Raynor d'un ton toujours aussi neutre.

— Que diriez-vous si des témoins certifiaient pourtant vous y avoir vue ? poursuivit Trudy, plus assurée.

Mrs Vander la reconnaîtrait sans doute, ainsi que plusieurs autres convives, s'ils devaient en arriver là.

— Je dirais qu'ils se trompent, affirma calmement Phyllis. Aviez-vous besoin d'autre chose ?

Trudy voulut répondre que oui. Horripilée, elle était tentée de jeter le nom de Terry Parker à Phyllis, pour voir sa réaction. Toutefois, la prudence la retint. Pour commencer, elle se trouvait en terrain glissant, car ils ignoraient encore si les causes de la mort étaient de nature criminelle ; par ailleurs, ses prérogatives dans cette enquête ne s'étendaient sans doute pas jusqu'à un interrogatoire agressif. Enfin, quelque chose lui disait qu'elle aurait besoin de plus de munitions avant de pouvoir déstabiliser cette femme.

— Je vous remercie, Mrs Raynor, ce sera tout, conclut-elle à contrecœur, avec un sourire pincé.

La porte se referma aussitôt devant eux.

Clement, qui n'avait pas pipé mot, s'écarta pour laisser passer sa jeune amie et la suivit tout aussi silencieusement dans l'escalier. La propriétaire – qui n'avait pas bougé de son bureau – les regarda partir sans faire de commentaire.

Une fois de retour dans l'air glacial, Trudy resserra autour d'elle les pans de son manteau.

— Je n'aime pas cette Mrs Raynor, admit-elle. Elle mentait, non ?

— Oh oui, c'est ce qu'il me semble, s'empressa d'acquiescer Clement.

Trudy soupira.

— Eh bien, je n'étais pas en mesure de l'interroger plus avant, et le capitaine Jennings aurait piqué une crise si elle avait déposé plainte contre moi. À propos de Jennings, je ferais bien de rentrer au commissariat pour lui faire un rapport sur tout ce que nous avons découvert, enchaîna-t-elle sans enthousiasme.

La journée était déjà bien avancée, et il aurait bien sûr nombre d'autres corvées à lui imposer, sans rapport avec l'accident de voiture.

— Oui, et je dois rentrer voir Vincent. Je lui ai promis une raclée aux cartes. Je vais juste passer une tête au bureau pour voir s'il y a des urgences.

Ainsi, Clement la déposa devant le poste de police pour qu'elle y brave la tempête, et s'en alla tranquillement vers son lieu de travail, où sa secrétaire n'avait pas pu se rendre et où les formalités administratives étaient à l'arrêt.

Il rentra donc chez lui en maugréant, impatient de voir la neige se dissiper et la vie reprendre son cours normal. Ce maudit froid polaire ne pouvait tout de même pas durer éternellement…

Jennings écouta le rapport de son agent d'un air renfrogné. Il aurait espéré pouvoir d'ores et déjà classer cette affaire, mais plus la policière en apprenait sur la victime, moins ce cas lui plaisait. Il accepta à contrecœur de lui accorder une journée de plus, avant de l'accabler d'une tonne de paperasse à remplir, en ajoutant que, si elle espérait être payée en heures supplémentaires, elle n'était pas aussi brillante qu'elle l'imaginait.

Trudy regagna son bureau avec un « oui, capitaine » respectueux, tout en se réjouissant de conserver la charge de l'enquête.

Ce soir-là, le Dr Douglas Carey téléphona à Clement pour l'entretenir des analyses toxicologiques que le coroner avait réclamées au sujet de sa victime accidentée.

— Tu avais raison pour les barbituriques ! déclara-t-il jovialement, une fois les salutations liminaires et les qualificatifs peu flatteurs échangés. Rien d'exotique, seulement un mélange de somnifères prescrits par les généralistes et charlatans du pays.

— La dose était-elle mortelle ? demanda Clement en attrapant un stylo pour prendre quelques notes de cette conversation entre spécialistes.

— Je ne pense pas, répondit prudemment Douglas. Tu conviendras que, si notre homme était par ailleurs en bonne santé, la dose n'aurait pas dû lui régler son compte. Ce n'est bien sûr pas une certitude, mais nous n'en saurons pas davantage sans les résultats d'autopsie, que j'ai désormais dû faire passer en priorité, prévint-il d'un ton contrit. Notre cadavre pourrait avoir souffert d'une maladie du cœur non détectée, d'un asthme sous-jacent ou de tas d'autres choses – enfin, tu connais ça aussi bien que moi, les paris sont ouverts.

— Ne t'en fais pas, mon vieux, tu n'as pas à couvrir tes arrières avec moi. Je crois que, dans l'ensemble, il se portait comme un charme, même si on n'est jamais sûr, admit-il. Mais, en tout état de cause, tu ne penses pas que les médicaments aient pu le tuer, même mélangés avec de l'alcool ?

— Je dirais que c'est peu vraisemblable. Mais ils l'auront mis dans les vapes, et il se sera endormi peu après leur ingestion. Disons dans les quinze ou vingt minutes suivantes, selon sa constitution.

— Pas l'idéal, quand on prend le volant après une tempête de neige, commenta Clement d'un ton pince-sans-rire.

Son ami acquiesça.

— Donc, soit il les a ingérés par accident, reprit Douglas, soit cet imbécile les a pris volontairement, soit…

Il laissa sa phrase en suspens pour que le coroner la termine, ce dont il se chargea volontiers.

— Soit on lui en a fait prendre discrètement peu avant qu'il quitte la soirée. Je doute qu'il les ait gobés exprès, puisqu'il savait qu'il allait prendre la route. Quand on prépare son suicide, tu le sais comme moi, on a plutôt tendance à le faire dans son lit ou sur une chaise, avec une bonne dose d'alcool à portée de main. Avaler des somnifères avant de conduire serait une méthode assez aléatoire. Rien ne garantirait la mort, même en s'encastrant dans un mur de briques. Sans compter les risques de percuter quelqu'un d'autre et d'emporter une âme innocente.

Clement se renversa sur sa chaise, en proie à une nervosité certaine. Oh ! pas à cause de la mort d'un homme, mais parce qu'il paraissait de plus en plus vraisemblable qu'un assassin pensait s'en être tiré à bon compte.

Ce qui n'était pas encore le cas.

Mais il ne devait rien précipiter.

— Quelles sont les chances qu'il les ait pris par accident ? demanda-t-il alors. Pourrais-tu déterminer sous quelle forme les barbituriques ont été administrés ? Parce que si c'est par injection…

— Non, pas par injection, répondit aussitôt le Dr Carey. Je dirais sans doute par voie orale – et très probablement sous la forme traditionnelle d'un soporifique. Nous pratiquons des examens complémentaires pour nous en assurer, mais je suis presque sûr que de la poudre a été dissoute dans de l'eau ou un autre liquide. Il est donc possible qu'il ne se soit rendu compte de rien. Quand on en saura plus, je pense qu'on découvrira qu'on a affaire à un somnifère classique. Tu sais, le genre de médicament que des millions d'insomniaques avalent chaque soir avec leur cacao.

— Peut-être même un produit vendu sans ordonnance, soupira Clement.

Auquel cas, ils ne parviendraient pas à attraper leur meurtrier en enquêtant sur l'achat de quelque obscur poison. Ni à partir d'une ordonnance de médecin généraliste.

— Sans doute, confirma gaiement le Dr Carey.

Clement lâcha alors un juron bien distinct, auquel son ami répondit en l'informant encore plus joyeusement que le coroner devait désormais prévenir les forces de police qu'ils se trouvaient avec une mort au bas mot « intéressante » sur les bras.

Clement dut en convenir.

— Envoie-moi directement les rapports, je les transmettrai à l'agent Trudy.

Cela leur permettrait de tenir Jennings hors de la boucle un peu plus longtemps, ce qui pourrait leur suffire pour rassembler des éléments probants. L'enquête leur serait inévitablement retirée tôt ou tard, mais il était sûr que Trudy penserait, comme lui, qu'ils étaient encore les mieux placés pour la résoudre.

— Compte sur moi, mon vieil ami, répondit Douglas. Bonne chasse.

Clement raccrocha en grommelant.

Ce ne fut qu'en redressant la tête qu'il se rendit compte que son fils l'observait depuis la porte de son bureau, un discret sourire aux lèvres.

— Une conversation clandestine très prometteuse, railla Vincent. Tu as l'air content de toi. C'est en lien avec votre affaire ?

Clement considéra son fils avec un sourire en coin.

— Tu as changé de disque, lui fit-il gentiment remarquer. Je croyais que je travaillais trop ?

Vincent haussa les épaules.

— Eh bien, oui, mais depuis que tu m'as parlé de ce Terry Parker, je dois avouer que je suis intrigué.

Clement s'appuya contre son dossier, l'air malicieux.

— Tu aimerais nous donner un coup de main ? proposa-t-il, magnanime.

Il était certain que Trudy ne verrait pas d'inconvénient à ce que Vincent vienne les épauler.

20

Trudy fut surprise d'entendre frapper à sa porte juste avant 8 heures le matin suivant. Le Land Rover censé lui servir de taxi ne devait pas arriver avant une demi-heure, elle espéra donc qu'il ne s'agissait pas d'une urgence. Elle ramassa en hâte son toast à moitié grignoté et trottina jusqu'à la porte d'entrée. Clement Ryder patientait sur son perron.

— Docteur Ryder ! Je vous en prie, entrez, dit-elle en reculant.

Elle entendit un craquement à l'étage et comprit que sa voix avait porté jusqu'à ses parents, qui, elle en était sûre, s'apprêtaient à s'habiller pour faire une rapide apparition. Tous deux appréciaient l'homme et avaient une bonne opinion du professionnel ; ils étaient par ailleurs secrètement fiers qu'il tienne leur fille en si haute estime et insiste pour qu'elle lui serve d'agent de liaison avec la police.

— Désirez-vous une tasse de thé ?

Elle le conduisit jusqu'à la petite cuisine, où les résistances électriques avaient réchauffé l'air glacial.

— Oui, merci, dit-il en s'asseyant à table.

Quand ses parents descendirent l'escalier, il lui avait déjà fait part tant de la bonne que de la mauvaise nouvelle concernant les analyses toxicologiques. La bonne : ils pouvaient désormais être relativement certains que l'accident de Terry Parker n'était pas dû au mauvais temps ou à une conduite en état d'ivresse. La mauvaise : ils comprenaient tous deux que, dès que le capitaine Jennings l'apprendrait, l'affaire leur serait rapidement retirée.

— Le Dr Carey m'a fait envoyer cela ce matin, dit-il en tapotant une fine pochette en kraft.

Lorsque Barbara Loveday puis son mari, Frank, firent leur entrée, Clement se leva avec un sourire pour les saluer en bonne et due forme.

— Mrs Loveday, Mr Loveday, j'espère que vous ne m'en voudrez pas de traîner votre fille au travail un peu en avance. Il y a du nouveau dans l'affaire qui nous préoccupe.

La mère de Trudy voulut savoir s'il avait mangé et, même s'il répondit par l'affirmative, lui proposa des œufs brouillés sur un toast. Frank Loveday lui adressa un sourire entendu tandis qu'il déclinait et se dirigea vers la bouilloire, qu'il remplit et remit à chauffer.

Au bout d'un moment, Trudy finit par s'arracher aux questions compréhensibles, mais insistantes, de ses parents au sujet de leur enquête en cours ; dès qu'ils eurent quitté Botley pour monter en voiture, elle parvint à se détendre un peu.

Elle lut le rapport d'analyses pendant que Clement roulait très doucement et par à-coups pour s'adapter aux autres conducteurs, qui semblaient trouver leurs freins tout à fait inutiles. Sa lecture achevée, elle remisa les documents dans leur pochette avant qu'ils arrivent au commissariat – la Rover patinant plus qu'ils ne l'auraient souhaité.

— Comme vous le disiez, dès que le capitaine lira ce rapport, il confiera l'enquête à quelqu'un d'autre, commenta-t-elle d'un ton maussade. Sans doute au sergent O'Grady, dès qu'il sera rentré de congé maladie.

— Mmm, j'y ai beaucoup réfléchi, avoua Clement en ralentissant très progressivement jusqu'à s'arrêter.

Son pare-chocs avant était légèrement enfoncé dans une congère, mais sans doute pas assez pour l'empêcher de faire une marche arrière.

Il se tourna vers sa jeune amie, sachant qu'il allait devoir ruser. Trudy avait probablement autant envie que lui de continuer à enquêter sur ce qu'ils considéraient l'un et l'autre comme « leur » affaire, mais il était de son devoir de tenir son officier supérieur informé. Il lui faudrait manier avec adresse sa grande loyauté pour lui permettre de s'extirper de cette situation délicate.

— J'ai promis au Dr Carey, mon contact à la morgue, de communiquer sans tarder ses découvertes à la police, dit-il en désignant le dossier qu'elle tenait encore. C'est chose faite. Vous êtes bien de la police, non ?

Trudy esquissa un sourire en comprenant où il voulait en venir. Puis elle soupira et se rembrunit aussi sec.

— Ce n'est pas possible, répondit-elle d'un air sombre. Je dois en parler au capitaine.

— Bien sûr que oui, convint Clement d'un ton ferme, tout en regrettant secrètement que ledit capitaine ne se trouvât pas à un million de kilomètres de là – si possible à un endroit sans transports. Mais il ne doit pas encore être arrivé, si ? Il est sans doute trop tôt pour lui ?

Clement espérait sincèrement que ce serait le cas – c'était, naturellement, la principale raison pour laquelle il était passé la chercher de si bonne heure.

Il fut soulagé qu'elle lui confirme cette supposition d'un hochement de tête hésitant.

— Et vous pouvez toujours laisser le rapport d'analyses sur son bureau, n'est-ce pas ? Vous n'êtes pas obligée de les lui remettre en personne pour lui expliquer de quoi il s'agit ? glissa-t-il en veillant à garder un ton neutre.

— Eh bien… sans doute que non, admit Trudy après une nouvelle hésitation.

Elle voyait ce que le Dr Ryder avait en tête, mais… oserait-elle courir ce risque ?

— Et si vous laissiez ce dossier sur son bureau, disons sous une pile d'autres documents… Il ne le trouverait sans doute pas avant la fin de la journée, voire demain matin, si la chance…

— Il ferait une crise de nerfs ! prédit Trudy d'un air abattu, l'interrompant avant de se laisser tenter davantage. Et il me tomberait dessus en moins de temps qu'il n'en faut pour le dire.

— Vous n'auriez pourtant rien fait de mal, insista Clement, nullement prêt à capituler. Il vous a bien accordé une journée de plus sur l'enquête, non ? Et vous lui avez présenté toutes vos découvertes au fur et à mesure ? Vous pourriez vous défendre en arguant d'en avoir fait autant, non ? Vous êtes arrivée tôt au travail, il n'était pas là, vous avez déposé le dossier sur son bureau. Il ne pourra pas savoir, pas avec certitude, que ce n'est pas lui qui l'a « égaré » au milieu de la pile… Vous m'avez dit, il y a quelque temps, que son bureau croulait sous la paperasse, non ?

Même s'il n'était habituellement pas du genre à s'abaisser à d'aussi viles tactiques, préférant simplement imposer son point de vue, il ne voulait pas non plus risquer de mettre le capitaine en colère. Celui-ci pourrait retirer l'affaire à Trudy en représailles.

— Oui, c'est assez vrai, ce n'est pas l'homme le plus ordonné qui soit, admit Trudy. Et en ce moment, entre le mauvais temps et le manque d'effectifs, il est plus pressé et négligent que jamais.

Elle savait qu'elle se laissait entraîner dans une manigance pour laquelle elle était sûre de se faire réprimander plus tard, mais il lui semblait que le jeu en valait la chandelle.

— D'accord, je vais entrer pour voir s'il est là. Mais si c'est le cas, l'avertit-elle d'un ton sévère qui arracha un sourire de contentement au coroner, je lui remettrai le dossier en lui expliquant ce qu'il contient.

Clement soupira, puis accepta de mauvaise grâce. Après tout, il pouvait difficilement lui en demander plus. Il resta assis dans la voiture pendant de longues minutes d'anxiété tandis que son amie entrait au commissariat, et ne s'autorisa à se détendre qu'en la voyant en émerger, tout sourire.

— Il n'était pas là, annonça-t-elle joyeusement en reprenant sa place. Mais nous avons intérêt à ne pas perdre de temps. Par où commence-t-on ?

— Eh bien, rentrons déjà chez moi pour discuter d'un plan d'action. Nous avons beaucoup à faire et, comme vous l'avez souligné, peu de temps pour tout accomplir. Mais nous sommes en veine, ajouta-t-il en mettant le contact.

Il recula prudemment pour sortir de sa congère.

— Ah bon ? s'étonna Trudy.

— Oui. Vincent a proposé de nous aider !

Le cœur de Trudy se serra un peu. C'était un coup de chance tout relatif.

— Oh ! répondit-elle doucement.

Toutefois, ses craintes de voir Vincent se comporter en rabat-joie furent dissipées dès l'instant où ils se mirent à discuter de l'affaire.

Dans le bureau chaud et confortable du coroner, les fauteuils disposés autour de l'âtre ronflant le temps de leur conseil de guerre, il s'avéra bien vite que le fils Ryder deviendrait un membre enthousiaste de l'équipe.

En chemin, Trudy avait néanmoins insisté pour que les éventuelles contributions de Vincent soient cachées au capitaine Jennings, qui ferait à coup sûr une attaque d'apoplexie s'il apprenait qu'un civil s'était vu remettre des renseignements sur une affaire en cours. Juste ou pas, cela signifiait que Trudy allait devoir s'octroyer tous les lauriers pour les possibles réussites de Vincent. Et si, au fond d'elle-même, elle doutait que le fils de Clement leur soit d'une véritable utilité, elle eut la délicatesse de ne pas s'en ouvrir au Dr Ryder.

À présent qu'ils se retrouvaient assis au coin du feu, Clement fut le premier à prendre la parole.

— Très bien. Alors, que savons-nous au juste ? Nous savons que Terry Parker était un peu coureur de jupons. Qu'il était très réticent à parler de son passé. Qu'il volait sans vergogne à son associé. Nous savons – ou pouvons du moins raisonnablement le présumer – qu'il comptait épouser Millie Vander pour son argent. Qu'il a assisté au réveillon du nouvel an organisé par cette dernière, où il a dû, d'une manière ou d'une autre, ingérer des somnifères ordinaires. J'ai effectué quelques recherches préliminaires sur les barbituriques utilisés, censés faire effet dans le quart d'heure qui suit leur absorption, selon la tolérance de chaque individu à de telles molécules. Certains patients peuvent piquer du nez très vite, alors que cela mettra plus de temps pour d'autres.

— Si la dose lui a été administrée sur place, embraya Trudy, cela nous donne au moins une liste de suspects, ce n'est pas rien.

— En effet, toutes les personnes présentes sur place, déclara Vincent, incapable de dissimuler son excitation.

C'était toujours mieux que l'air maussade que Trudy lui avait vu lors de leurs premières rencontres ! Elle avait bien remarqué qu'il n'était pas séduit par l'idée de voir son père effectuer du travail de police. Toutefois, Clement et elle étaient bien placés pour savoir combien la « fièvre du détective » pouvait être contagieuse, et elle était heureuse de le savoir désormais passionné par l'affaire.

— Ce qui disculpe son associé – comment s'appelle-t-il, déjà ?

— Geoffrey Thorpe, répondit Clement.

— Oui, parce qu'il n'était pas présent. Nous en sommes sûrs, n'est-ce pas ? demanda Vincent.

— En tout cas, il ne figurait pas sur la liste des invités que nous a remise l'hôtesse, précisa Trudy. (Elle avait appris à ses dépens qu'il ne fallait jamais rien tenir pour acquis.) Et, lorsque nous l'avons interrogé, il a prétendu s'être trouvé ailleurs le jour dit – chez des voisins, pour une petite fête. Autant le vérifier, ajouta-t-elle en entamant une nouvelle page de son carnet qu'elle intitula « Choses à faire ».

— Qui, chez les Vander, pouvait avoir une raison de le tuer ? demanda alors Vincent, qui se prenait au jeu.

— Eh bien, son hôtesse, pour commencer, si elle a découvert que son amant n'était pas le *golden boy* espéré, répliqua aussitôt Trudy. Et il y a des chances que Millie en soit venue à le suspecter, étant donné les événements de la soirée.

— Ah oui, l'intruse, répondit Vincent. Elle a pourtant nié sa présence, c'est ça ?

— Oui, mais nous pensons tous deux qu'elle mentait, n'est-ce pas, docteur Ryder ? précisa Trudy en se tournant vers le coroner.

Clement, qui observait les deux jeunes gens avec un petit sourire indulgent, opina obligeamment du chef.

— Nous ne savons pas exactement quelles étaient ses intentions, ajouta Trudy avec prudence, mais Katherine Morton semble croire qu'ils se disputaient au sujet d'une liaison quelconque.

— Le triangle amoureux constitué d'elle-même, de Millicent et du défunt ? tenta Vincent.

— Possible, admit Trudy.

— Mais pas nécessairement, intervint Clement. S'il est probable que la victime et notre intruse aient entretenu une liaison, l'accusation d'infidélité faite au défunt ne visait pas forcément Millicent. D'après ce que nous savons de Terry Parker, il pouvait bien tromper à la fois sa riche maîtresse et l'intruse !

— Ça se complique, commenta Vincent, pas contrarié pour autant.

— Et n'oublions pas les horribles jumeaux, reprit Trudy d'un air sombre. Tous deux avaient une bonne raison de se débarrasser de Terrence. À mon avis, ils n'étaient pas emballés par l'idée de se le voir imposé comme beau-père.

— C'est un peu radical, non ? intervint Vincent, dubitatif.

Trudy ricana sans élégance.

— Hein ? Vous n'étiez pas là ! Croyez-moi, ce sont de vrais poisons. Je pense que tous les deux seraient prêts à tout ou presque pour préserver leur petit confort. Vous n'êtes pas d'accord, docteur Ryder ?

— C'est vrai qu'ils ont l'habitude que leur mère les considère comme la prunelle de ses yeux. Et Millie m'a donné l'impression d'être une maman très indulgente, précisa-t-il à l'adresse de son fils.

— Je vois… Ils ont eu peur qu'elle se mette à dilapider son argent pour ce bel homme et plus pour eux. Quelqu'un d'autre ?

— Il y a le possible passager de Terry, ajouta Trudy avec une pointe d'incertitude.

Elle relata le témoignage évoquant la possibilité d'une seconde personne dans le véhicule de la victime, qui aurait pu permettre d'expliquer les empreintes indistinctes s'éloignant du lieu de l'accident.

— Mais ce passager ne peut pas être le meurtrier, souligna Vincent après un instant de réflexion. On ne donne pas de somnifères à quelqu'un avant de monter en voiture avec lui. C'est un coup à finir soi-même encastré dans un arbre.

Clement et Trudy, qui y avaient tous deux déjà réfléchi, acquiescèrent de concert.

— Sauf s'il ou elle voulait s'assurer que Terry soit bien mort, spécifia le coroner pour se faire l'avocat du diable. Pour veiller à ce qu'il ne s'effondre pas tout simplement au lit en rentrant.

— Oui. Mais, à bien y réfléchir, c'est quand même une façon assez incertaine de tuer quelqu'un, fit valoir Trudy. On peut imaginer que le tueur savait que la dose ne serait pas fatale et qu'il comptait donc sur le fait que Terry périsse dans l'accident ou meure de froid ensuite. Attendez une minute ! s'exclama-t-elle quand une idée lui traversa l'esprit. Pour cela, notre tueur aurait dû calculer son coup avec précision !

— Oui ! renchérit Vincent. En ingérant les barbituriques trop tôt, Terry se serait probablement effondré sur le canapé, ou quelque chose comme ça. Et Mrs Vander l'aurait vraisemblablement laissé dormir sur place.

— Comment a-t-il fait ? s'étonna Trudy, momentanément à court d'idées. Comment notre tueur a-t-il pu savoir quand lui donner une boisson savamment trafiquée ?

— Ça ne me semble pas si difficile, intervint Clement, craignant de jouer les trouble-fêtes. N'oublions pas qu'il s'agissait d'un réveillon du nouvel an. À minuit, ou juste avant, Mrs Vander a dû remplir les verres de champagne pour le traditionnel toast.

Après quoi, le tueur pouvait être à peu près sûr que la plupart des invités, étant donné la neige et les conditions climatiques, allaient bientôt rentrer chez eux. Y compris notre victime. C'était donc le moment idéal pour verser la dose voulue dans sa coupe de champagne. D'autant que les bulles ont dû aider à dissoudre rapidement le produit.

— Oui, ça semble logique, admit Vincent, déçu.

— Ça me paraît tout de même risqué, intervint Trudy avec malice. Et si quelqu'un l'avait vu ? Ou si Terry avait décidé de rester plus longtemps ?

— Mmm, c'est bien sûr une possibilité, admit Clement. Il semble que nous ayons affaire à un tueur opportuniste plutôt qu'à un planificateur méticuleux.

— Pour résumer, reprit Trudy, nous avons donc établi que Terry a été assassiné par une personne présente à la soirée. Celle-ci a dû verser la poudre dans son verre aux alentours de minuit, et puis… quoi ? Elle a juste espéré qu'il aurait un accident et succomberait à ses blessures ou au froid avant d'arriver chez lui ?

— Dit comme ça, ça ne semble pas très convaincant, fit remarquer Vincent. Et si nous faisions fausse route et que tout avait été au contraire calculé avec soin, mais que nous ne comprenions pas la logique ?

— Tu as lu trop d'histoires de Sexton Blake ou de Sherlock Holmes, mon garçon, le réprimanda gentiment Clement. Nous aurions affaire à un véritable Moriarty, un vrai génie du crime. La vérité est forcément beaucoup plus simple, voire triste et pitoyable. C'est souvent le cas.

— Reste tout de même la question du somnifère, souligna Trudy. Enfin, si le meurtre n'était pas prémédité, pourquoi le tueur aurait-il apporté des barbituriques à la soirée ?

Clement se massa le front.

— Oui. Quelle que soit la manière dont on aborde la question, ça reste une énigme, admit-il.

Il ne pouvait s'empêcher de sourire. Il aurait pourtant voulu incarner la voix de la raison, mais il était aussi intrigué et passionné que ses cadets.

Trudy et Vincent échangèrent un regard, souriant tout aussi largement que le coroner.

Il est beaucoup plus beau maintenant qu'il a cessé d'être si désagréable, songea Trudy.

Cet agent de police, c'est quelque chose, pensa Vincent. *Je comprends pourquoi papa l'apprécie tant.*

— Bon, par où commence-t-on ? demanda Trudy en se retournant vers le Dr Ryder.

— Je pense que nous devrions repartir de notre point de départ, déclara Clement. Retournons interroger Millicent Vander.

21

Trudy et Clement confièrent à un Vincent désabusé la tâche bien moins intéressante d'éliminer une fois pour toutes Geoffrey Thorpe de la liste des suspects potentiels. Même s'il avait accepté son rôle de complice « silencieux » pour ne pas risquer de provoquer l'ire du supérieur de Trudy si celui-ci avait vent de sa participation à l'enquête, cela ne lui plaisait pas pour autant. Par ailleurs, il n'était pas certain de savoir comment s'y prendre au juste pour obtenir confirmation que l'associé en affaires de la victime se trouvait bel et bien chez ses voisins le soir du réveillon.

C'était plus simple pour son père et Trudy : ils avaient l'expérience de ce genre de choses.

Devait-il aller sonner aux portes des voisins et poser directement la question ? Ou était-il censé élaborer une ruse ? Dans tous les cas, il devait trouver une solution, car il était supposé retrouver Trudy dans un café près du commissariat à 12 h 30, afin de la tenir informée pendant le déjeuner.

Inconscients de la situation fâcheuse dans laquelle se trouvait Vincent, Clement et Trudy roulaient prudemment sur St Giles pour gagner Woodstock Road. Ils durent s'arrêter en chemin pour aider le conducteur d'une Austin 35 noire à sortir d'un tas de neige. Ils n'étaient toutefois pas les seuls bons Samaritains sur la route, et ils parvinrent à eux tous à extraire de sa congère l'automobile en forme de gyrin, permettant à son propriétaire de repartir vers d'autres horizons.

Millie Vander n'était pas encore levée quand ils frappèrent à sa porte dix minutes plus tard. Il incomba à Juliet d'aller la réveiller, cependant que Jasper les « recevait » à contrecœur dans le salon.

Trudy et Clement s'installèrent chacun à une extrémité du long canapé à quatre places, tandis que Jasper s'appuyait paresseusement contre le manteau de la cheminée éteinte. Le chauffage central rayonnant dans toute la maison, ses habitants n'avaient pas à se donner la peine d'allumer de vrais feux.

— Alors, Mr Vander, dit Trudy, bien décidée à ne pas laisser passer cette chance d'interroger un témoin pour la deuxième fois. On nous a signalé la présence possible d'un passager à bord de la voiture de Mr Parker, au moment où il repartait de chez vous l'autre soir.

Elle fut surprise de voir son ouverture susciter une réaction immédiate. Car Jasper ne parvint pas à dissimuler son tressaillement, et une vague d'inquiétude déferla sur son visage beau et irascible avant qu'il puisse l'endiguer.

— Avez-vous vu de qui il s'agissait, monsieur ? s'empressa-t-elle d'ajouter pour ne pas lui laisser le temps de recouvrer ses esprits.

— Moi ? Non, pourquoi l'aurais-je vu ? tempêta-t-il aussitôt.

Il était vêtu d'un pantalon de laine noir ajusté et d'un chandail blanc uni qui mettait en valeur ses cheveux sombres et son buste musclé, quoique petit. Il était vraiment beau garçon, dut reconnaître Trudy bien malgré elle, mais sa posture d'enfant gâté était extrêmement rebutante.

— Et puis, je pense que vous vous trompez, reprit-il d'un ton plus condescendant que convaincant. (Il croisa les bras sur sa poitrine en un geste protecteur.) De but en blanc, je ne vois pas lequel de nos convives présents ce soir-là aurait pu avoir besoin de se faire raccompagner. La plupart d'entre eux sont venus à pied ou vivent à l'autre bout de la ville. Personne, à ma connaissance, n'habite si loin au nord.

Il contempla ses ongles avec un ennui feint.

Trudy estima qu'il protestait avec trop de véhémence. Mais pourquoi ce petit prince bichonné se souciait-il des dispositions prises par Terry Parker pour ramener quelqu'un ?

— Notre témoin est à peu près certain d'avoir vu une personne aux cheveux clairs assise à côté de Mr Parker quand il est reparti, déclara-t-elle avec fermeté, quitte à exagérer un peu.

Par chance, Jasper ignorait que leur témoin s'était montré, au mieux, vague et incertain. Le jeune homme se contenta toutefois de hausser les épaules.

— Vraiment ? demanda-t-il de sa voix la plus lasse avant de se mettre à bâiller.

Son insouciance exagérée alimenta les soupçons de Trudy. Était-il à ce point inquiet à l'idée de trahir quelque chose ?

— Désolé, je me suis couché tard, expliqua-t-il en esquissant un sourire.

— Je suis navrée de vous avoir fait attendre, euh… ?

Millie, qui avait jeté un peignoir sur son pyjama, parut d'autant plus troublée de montrer qu'elle ne se rappelait pas leurs noms.

— Agent Loveday, Mrs Vander, et voici le Docteur Ryder, déclara Trudy obligeamment. (Les deux visiteurs se levèrent poliment.) Nous avions juste une ou deux autres questions à vous poser au sujet de Mr Parker et de votre soirée.

— Quand même ! Vous n'allez pas encore harceler mamounette à ce sujet, se plaignit Juliet en venant se poster près de sa mère.

— Nous aimerions éclaircir de nouveaux détails qui nous ont été rapportés depuis notre dernière rencontre, expliqua Trudy d'un ton ferme, refusant de se laisser clouer le bec par une jeune femme appelant sa maman « mamounette ».

— Et si tu allais me préparer du thé et des toasts, ma chérie ? suggéra Millie, sentant sans doute qu'il valait mieux étouffer dans l'œuf cette situation potentiellement embarrassante. Toi aussi, Jasper. Va aider ta sœur à la cuisine.

Les deux enquêteurs, surpris par le ton impérieux dissimulé sous une formulation diplomate, échangèrent un regard de connivence.

Jasper soupira ostensiblement, mais s'éloigna de la cheminée. Juliet sembla sur le point de protester mais, quand son jumeau lui fit signe de se taire, elle se ravisa.

— Bon, d'accord, murmura-t-elle sans élégance.

Quand ils eurent refermé la porte derrière eux, Millie souffla avec lassitude.

— Je vous en prie, asseyez-vous, dit-elle en reprenant aussitôt ses habitudes d'hôtesse.

Elle prit place dans un fauteuil confortable disposé à la perpendiculaire du canapé. Une façon astucieuse de les empêcher de l'observer de face pendant leur conversation, songea Trudy.

— Alors, en quoi puis-je vous aider ? demanda poliment Millie.

— Est-il exact que Mr Parker et vous ayez eu un… disons un arrangement ? commença Trudy avec douceur.

— Un arrangement ? répéta Millicent, surprise.

Elle ouvrit grand ses yeux verts. Elle paraissait soudain plus fragile et fluette devant eux.

Un comportement très habile, jugea Clement, que cette Vénus de poche avait dû souvent employer dans le passé avec brio. Une attitude visant sans doute à faire ressortir l'instinct protecteur des hommes. Dommage que son propre instinct soit bien trop cynique pour se laisser berner.

— Oui, confirma Trudy. Plusieurs personnes ont laissé entendre qu'elles s'attendaient à une annonce bientôt.

— Je suis terriblement confuse, mais je suis toujours aussi perdue; madame l'agent, répondit Millicent en inclinant la tête de côté, laissant apparaître un léger froncement de sourcils. Quel genre d'annonce ?

— Des fiançailles, insista Trudy, agacée par les faux-fuyants de son interlocutrice. N'est-il pas vrai que Mr Parker et vous étiez en couple ?

— Bien sûr que non ! se récria Millie, l'air sincèrement outré.

Ce fut alors que Trudy mesura à quel point elle était bonne actrice.

— Mr Parker est – enfin, était – l'un de mes amis, rien de plus, ajouta leur hôtesse, qui semblait profondément choquée par le fait que quelqu'un ait pu penser autrement.

Elle voulait donc la jouer ainsi ? songea Trudy. La policière ne put s'empêcher d'admirer son aînée. Après tout, comment prouver le contraire, à présent ? Terry Parker étant mort, plus personne ne pouvait la démentir.

— Vous ne devriez pas vous fier aux ragots, madame l'agent, reprit Millie d'un ton indulgent. Je crains que, en vieillissant, vous vous rendiez compte que vos prétendus amis peuvent en réalité se montrer très malveillants. Les gens adorent s'imaginer des scandales, vous ne trouvez pas, docteur Ryder ?

Millicent lui adressa un sourire radieux.

— Oh ! j'ai bien peur que si, convint Clement d'un ton affable, car il n'avait aucune raison de se mettre cette femme à dos en lui faisant remarquer qu'elle était une menteuse éhontée.

— Je crois qu'ils s'ennuient, reprit-elle à l'intention de Trudy.

— Mr Parker ne vous a donc pas fait de demande en mariage ?

À l'instar d'un terrier ayant déterré un os, Trudy n'était pas près de lâcher sa proie.

Il lui sembla déceler dans les prunelles de l'autre femme une douleur sincère, et la policière s'en voulut un peu de sa brusquerie.

— Non, pas du tout, affirma Millicent avec, pour une fois, des accents de vérité crue.

— Aviez-vous la moindre raison d'imaginer qu'il le ferait ? suggéra Trudy, radoucie, percevant qu'elle avait peut-être touché un point sensible, malgré les grands airs de leur hôtesse.

Après tout, cette femme venait de perdre l'homme qu'elle aimait, et Trudy ne devait pas l'oublier.

Millicent Vander parvint à sourire.

— Je ne m'attendais certainement pas à une chose pareille, assura-t-elle.

— Que pouvez-vous nous dire au sujet de la femme présente à votre soirée et que personne ne semblait connaître ?

Trudy entreprit alors de lui décrire Phyllis Raynor mais, là non plus, Millicent ne mordit pas à l'hameçon.

— Je n'en ai pas la moindre idée, affirma celle-ci avec un sourire sophistiqué. Mais personne n'aime faire des histoires, n'est-ce pas ? Elle n'est pas restée longtemps. Je me suis dit qu'elle s'était peut-être trompée d'adresse. Ou que l'un de mes invités l'avait conviée comme cavalière, sans assumer derrière. Les hommes peuvent se montrer tellement sots, parfois, commenta-t-elle en ouvrant de grands yeux innocents.

Trudy et Clement durent se contenter de cela.

Ils quittèrent la maison sans s'être réellement fait envoyer promener, mais dépités d'avoir été éconduits de la sorte.

— Elle m'a fait passer pour une brute et une malotrue, commenta Trudy avec contrition. Et aussi pour une grosse naïve et je ne sais quoi d'autre.

— Oui, elle est plutôt douée dans l'exercice, n'est-ce pas ? Elle joue à merveille la pauvre femme incomprise et maltraitée.

— Je suis pourtant sûre qu'elle était complètement éprise de notre victime.

— Je suis d'accord, admit Clement. Mais elle ne le reconnaîtra jamais.

— Cela lui donne un mobile, cependant, non ? Si elle a découvert qu'il entretenait une liaison avec Phyllis Raynor, la ravissante jeune femme que personne n'avait invitée...

— En effet. Il me semble aussi qu'elle est notre principale suspecte pour l'administration du somnifère, à condition d'avoir agi sur un coup de tête. (Il s'arrêta à hauteur du portail quand Trudy lui jeta un coup d'œil interrogateur.) Réfléchissez, l'encouragea-t-il. Si notre tueur a agi sans préméditation, elle était la seule à disposer de l'arme du crime. Qui se serait rendu à une soirée avec des somnifères ? Personne. Mais chez elle...

— Évidemment ! s'exclama Trudy. (Elle se serait giflée de n'y avoir pas pensé toute seule.) Elle n'aurait eu qu'à se rendre à la salle de bains, dans sa chambre ou je ne sais où, et voilà !

De plus en plus convaincue par ce scénario, Trudy s'arrêta de nouveau sur le trottoir et se retourna vers Clement, soufflant de grands panaches de condensation dans l'air glacial.

— Admettons qu'elle ait vu ou entendu quelque chose de compromettant entre l'amour de sa vie et cette femme mystère, et que, dans un accès de rage ou de désespoir, elle ait voulu se venger. Elle ne semble pas du genre à aller chercher un couteau de cuisine, n'est-ce pas ? Mais, à défaut de pouvoir mettre au point une stratégie plus élaborée, elle a dû penser à ses somnifères…

— À condition qu'elle en prenne, tempéra Clement. Ne perdons pas de vue qu'il ne s'agit pour l'instant que de vagues conjectures. Si ça se trouve, elle dort comme un bébé, et nous ne trouverions rien de plus compromettant dans son armoire à pharmacie que des cachets d'aspirine et des pansements coricides.

Trudy pouffa en imaginant l'élégante Mrs Vander avec des cors à ses orteils minuscules. Puis elle soupira.

— Vous avez raison, bien sûr. Pourtant… ça laisse songeur, quand même, non ?

— Oh ! oui, confirma Clement avec flegme.

22

Geoffrey Thorpe, debout à l'entrée de la petite cabane de jardin de Terrence Parker, jetait des coups d'œil angoissés à la ronde. Il savait que son associé conservait la clé de son domicile dans un arrosoir en acier galvanisé depuis que Terry avait dû s'en servir l'été précédent. Les circonstances leur avaient imposé d'improviser une réunion chez son ancien partenaire, et Terry s'était alors rendu compte qu'il avait oublié son trousseau au bureau. Geoffrey se rappelait lui avoir reproché de laisser un double si accessible, mais il se réjouissait désormais de sa désinvolture.

Il poussa un soupir de soulagement en constatant que l'arrosoir était toujours présent. Il regarda à nouveau autour de lui, rassuré par les fenêtres vides et les rideaux immobiles qui donnaient sur le jardin. Malgré tout, il se sentait affreusement exposé. Ce n'était pas la première fois depuis le décès de Terry Parker qu'il le maudissait d'être une telle plaie. Il récupéra rapidement la clé, traversa tant bien que mal l'épaisse couche de neige virginale qui recouvrait la pelouse et gagna la porte de derrière, qui donnait sur la cuisine. Il introduisit alors la clé dans la serrure et poussa très délicatement le battant.

N'ayant pas repéré de présence policière autour de la maison, il était relativement sûr de pouvoir opérer sans crainte.

Il commença par fouiller à l'endroit le plus évident – le bureau, petit, mais confortable, aménagé à l'avant de la maison, et que Terry désignait toujours comme sa « bibliothèque », à cause des étagères qui en longeaient les murs. À l'intérieur de la table en noyer, il mit la main sur de nombreux documents – factures, relevés bancaires, et même le passeport de Terry –, mais pas sur ce qu'il cherchait.

Tâchant de réprimer un sentiment de panique croissant, il parcourut les rayonnages, mais ne trouva rien dissimulé entre ou derrière les tomes.

Il passa à l'étage, où il découvrit la chambre d'amis, seulement meublée d'un lit et d'une armoire. Il entreprit ensuite de fouiller la chambre principale. Dans la table de chevet, il ne trouva qu'une vieille version poche d'un roman d'Edward Wallace, ainsi qu'une lampe électrique et un flacon d'aspirine. Un réveil portatif reposait sur le meuble – du genre qui se pliait pour être remisé dans un petit étui carré en cuir rigide pour les voyages.

Le placard de la salle de bains n'abritait que du dentifrice, une brosse à dents et un nécessaire de rasage.

Il fouilla sous le matelas. Il souleva les quatre coins du tapis d'Axminster pour regarder dessous. Il palpa toutes les poches des vêtements suspendus dans la garde-robe.

De plus en plus paniqué, il retourna à la cuisine – en dernier ressort –, mais n'y découvrit que des conserves diverses, une boîte de corn-flakes à moitié vide près de l'égouttoir, et l'habituel assortiment de couverts dans le tiroir dédié.

Aucun signe du morceau de papier qu'il convoitait désespérément.

Il s'appuya un moment à l'évier, les mains tremblantes, tâchant de réfléchir. Il avait déjà fouillé le bureau de fond en comble, et le document ne semblait pas non plus se trouver chez Terry. Où avait-il omis de chercher ?

Il espérait surtout que la police n'avait pas encore mis la main dessus. Mais auraient-ils la moindre raison d'examiner les biens de la victime d'un accident de la route ? Il espérait que non. Car s'ils découvraient ce…

Un accident de la route ! Bien sûr ! Geoffrey Thorpe laissa échapper un soupir de soulagement. La voiture de Terry ! Voilà où il avait dû le cacher. Terry ne possédait pas de véhicule à lui, préférant conduire pendant des semaines l'un ou l'autre de leurs produits, mais il avait ses autos préférées.

Geoffrey se rendit à la salle d'exposition, pestant contre la circulation rendue difficile par le climat, quoiqu'il fût (exceptionnellement) soulagé que ce temps atroce empêchât l'ouverture des concessionnaires. Il n'aurait plus manqué qu'un employé curieux s'intéresse à ses faits et gestes. Il gagna donc l'immense hangar glacial, en quête des voitures ayant eu les faveurs de Terry. Toutefois, les boîtes à gants comme les vide-poches étaient désespérément vides.

Ne restait donc plus que la voiture ordinaire dans laquelle Terry avait trouvé la mort. Celle qu'il utilisait le plus souvent, quand il n'avait besoin d'impressionner personne. Avait-il laissé le papier quelque part dans la Riley ?

Une nouvelle vague de découragement s'abattit alors sur Geoffrey Thorpe. Il fallait absolument qu'il récupère ce fichu document compromettant et le détruise.

Comment diable allait-il pouvoir s'y prendre ?

Duncan Gillingham peina à croire en sa chance quand il passa devant le café de Port Meadow, non loin du commissariat de Trudy, et la vit assise à l'intérieur. Pourquoi l'établissement se nommait-il ainsi alors qu'il se trouvait si loin du célèbre point de vue du même nom ? Il n'en avait pas la moindre idée, mais cela ne l'intéressait guère. Il était simplement heureux de voir Trudy Loveday en personne, installée à une table près de la fenêtre.

Il sentit son cœur s'emballer, comme chaque fois qu'il l'apercevait. Il n'était jamais bien sûr de comprendre pourquoi il réagissait de la sorte. Peut-être à cause de l'uniforme ? Ou parce qu'elle était irascible et lui tenait tête comme peu de femmes de sa connaissance.

Il poussa la porte du café, heureux d'en inspirer l'air chauffé. Toutes ces températures négatives le faisaient tousser.

Trudy, sentant une présence masculine se rapprocher d'elle, releva la tête en s'attendant à trouver Vincent. Ils étaient convenus de se rejoindre là, avant de quitter le domicile du Dr Ryder, afin qu'il puisse confirmer ou infirmer l'alibi de Geoffrey Thorpe.

Clement avait dû retourner au bureau pour prendre connaissance des urgences et s'assurer que rien ne requérait son attention immédiate. Il avait rechigné à partir, mais Trudy lui avait promis de le tenir au courant de tout. Comme il n'avait pas prévu de travailler le lendemain, un samedi, ils pouvaient espérer disposer encore d'une journée pleine avant que le couperet tombe et que le capitaine Jennings confie l'affaire à quelqu'un d'autre.

Elle esquissait déjà un sourire quand elle se rendit compte que ce n'était pas Vincent qui se glissait sur le siège en face d'elle. Elle considéra Duncan en cillant et se rembrunit.

Son couvre-chef était posé à côté de son couvert, et elle leva automatiquement la main pour s'assurer que les barrettes maintenant son chignon en place étaient bien attachées. Elle était dotée d'une épaisse tignasse châtain et bouclée dont elle tirait parfois une certaine vanité, mais qui pouvait aussi s'avérer encombrante et difficile à dompter. Exactement comme l'homme en face d'elle ! Elle fut rassurée de constater que sa coiffure était bien ordonnée.

— Que me vaut cet honneur discutable ? s'enquit-elle d'un air abattu.

Duncan lui décocha un sourire engageant.

— Est-ce une façon de saluer quelqu'un qui cherche à vous aider ? Avez-vous oui ou non reçu des tonnes d'appels utiles après mon article demandant à toute personne disposant d'informations sur votre chauffeur mort de se faire connaître ? demanda-t-il en ouvrant de grands yeux verts innocents.

Elle eut une désagréable impression de déjà-vu, Millie Vander ayant employé le même artifice peu de temps auparavant.

— Vous auriez dû indiquer le numéro de l'accueil, rétorqua-t-elle sèchement.

Elle vit le sourire de Duncan s'étirer et peina à conserver son calme. Elle savait qu'il aimait lui taper sur les nerfs, alors pourquoi diable le laissait-elle faire ?

— Alors, qu'est-ce qu'on mange de bon, ici ? demanda-t-il assez fort pour attirer l'attention de la serveuse, qui vint se poster près de lui, stylo et carnet en main.

Cette femme entre deux âges, au visage replet et agréable, donnait l'impression d'exercer cette profession depuis si longtemps que ses pieds ne souffraient même plus de la fatigue.

Comprenant qu'il serait vain de ferrailler avec lui, Trudy souffla sur sa tasse de thé. Elle avait décidé d'attendre l'arrivée de Vincent avant de commander à manger et s'en trouva soudain soulagée. Avec un peu de chance, le fils du coroner arriverait en retard et cet insupportable fouineur l'aurait déjà laissée en paix.

Jetant son dévolu sur un toast au fromage, Duncan demanda également à la serveuse (en lui décochant un clin d'œil) de remplir la théière de Trudy, ce qui fit de nouveau soupirer la policière.

— Alors, avez-vous du nouveau à m'apprendre sur notre automobiliste mort ? demanda-t-il mollement quand la serveuse se fut éloignée.

— N'est-ce pas déjà de l'histoire ancienne ? répliqua Trudy. Vous devez avoir des articles plus intéressants à écrire, non ?

Jusqu'à présent, rien n'avait filtré dans la presse sur le caractère pas tout à fait ordinaire de l'accident, et elle ne risquait pas de révéler quoi que ce soit, ne serait-ce que par un tressaillement de paupière.

Elle espérait juste que Vincent n'éventerait rien s'il arrivait à l'heure.

— Il n'y en a que pour le climat, geignit-il d'un air morose. On parle du temps à la télévision, à la radio, en une de tous les journaux… On commence tous à en avoir marre. Allez, n'avez-vous vraiment rien d'intéressant à me mettre sous la dent ? insista-t-il d'un ton enjôleur.

Trudy ne se laissa pas amadouer.

— Avec ce satané virus qui circule, je dois abattre le travail d'au moins trois personnes, répondit-elle.

Elle exagérait à peine : quand elle ne se consacrait pas à l'affaire Parker, le capitaine lui imposait des heures supplémentaires tous les jours de la semaine.

— Et si vous écriviez un article sur nos héroïques fonctionnaires confrontés à la neige et à la maladie ?

Duncan lui rit au nez.

— Comme si mon rédacteur en chef allait accepter ça ! pouffa-t-il.

— Eh bien, faites comme d'habitude quand il ne se passe rien : inventez ! le taquina-t-elle. Trouvez un chat à moitié gelé en haut d'un arbre et appelez les pompiers, ou…

Cette fois, quand la porte s'ouvrit, ce fut bien sur Vincent. Malheureusement pour Trudy, il n'était pas en retard.

Il retira son bonnet de laine en entrant dans le café, et les lumières de l'établissement firent ressortir les reflets plus clairs de ses cheveux. Il regarda autour de lui, la repéra, puis considéra d'un air perplexe l'homme qui l'accompagnait.

Conscient d'avoir perdu l'attention de Trudy, Duncan se retourna brusquement sur sa chaise pour voir qui elle regardait de la sorte. Il n'eut pas du tout l'air ravi de découvrir le beau jeune homme bien bâti qui se dirigeait vers eux.

— Vincent, voici Duncan Gillingham, journaliste à l'*Oxford Tribune*, expliqua aussitôt Trudy sans laisser à l'un ou à l'autre le temps d'ouvrir la bouche. Comme d'habitude, il est venu me harceler pour que je lui livre un sujet d'article, ajouta-t-elle d'un ton entendu.

Elle put cependant constater, à son grand soulagement, que Vincent avait déjà compris le message. Il hocha imperceptiblement la tête avant de sourire à Duncan.

— Bonjour.

Le reporter s'avachit un peu plus sur sa chaise, sans tenter de l'avancer sous la table pour laisser la place au nouveau venu de s'installer à côté.

— Ça fait du bien de se mettre un peu au chaud, commenta Vincent d'un ton aimable.

Il retira son lourd pardessus et le suspendit sur un dossier, révélant son pantalon en velours côtelé marron et un chandail en points de torsade de couleur crème. Cela le mettait un peu trop en valeur au goût de Duncan, qui coula un regard soupçonneux vers Trudy.

— Bon, qui est-ce ? Un témoin ? Un criminel ? Un agent de la brigade des stupéfiants ? déclara-t-il d'une voix traînante et volontairement provocatrice.

Sans surprise, Vincent se hérissa immédiatement, mais il feignit d'être amusé.

— Rien d'aussi passionnant, je le crains. Juste un ami, ajouta-t-il en adressant un sourire timide à Trudy. Je ne suis pas en retard, au moins ?

— Non, le rassura la policière en lançant un regard appuyé – et lourd de sens – à Duncan.

Malheureusement, la serveuse reparut alors avec le repas de celui-ci, et Trudy se résigna à l'inévitable.

— Vous voulez commander ? proposa-t-elle à Vincent avec un soupir las.

Elle opta pour la soupe de tomates, quand Vincent choisit un œuf brouillé sur un toast. Ce satané Duncan prit un malin plaisir à bavarder pendant tout le repas, évoquant tant ses articles de presse les plus saugrenus que des ragots calomnieux sur le maire actuel ou le nom des favoris aux courses, quand celles-ci reprendraient enfin, que Vincent prétendit faire l'effort de mémoriser.

Il était évident – même aux yeux de la serveuse – que les deux hommes ne pouvaient pas se supporter, et la femme décocha à Trudy un clin d'œil amical et approbateur quand la policière croisa son regard. Cela lui faisait du bien de voir, par une journée aussi morne et déprimante que celle-ci, une jolie jeune femme (qui plus est en uniforme de police !) courtisée par deux hommes aussi charmants. Ce qui, selon elle, n'était que justice.

Trudy, pour sa part, laissa ses deux compagnons se disputer en attendant patiemment son heure. Tôt ou tard, même Duncan finirait par se lasser de ce petit jeu et partir.

Ce qu'il fit effectivement, mais seulement après que leurs assiettes eurent été débarrassées et leurs tasses vidées.

— Bon, je vais vous laisser, annonça le journaliste en se levant pour boutonner son manteau. Agent Loveday, pourrais-je juste vous dire un mot dehors ? J'ai besoin d'une citation pour l'édition du soir.

Trudy voulut lui répliquer de se mettre sa citation où elle pensait, mais la raison l'emporta. Si elle n'obtempérait pas, elle le savait tout à fait capable de lancer quelque chose de scandaleux devant Vincent.

— D'accord, soupira-t-elle. Vous voulez bien commander des petits pains briochés ou quelque chose de sucré ? ajouta-t-elle en souriant à l'intention de Vincent. Je ne sais pas trop quand j'aurai l'occasion de manger de nouveau.

Duncan ne perçut à quel point il était crispé qu'en se dirigeant vers la porte ; il se maudit alors d'être aussi bête. Se laisser miner par un Adonis de seconde zone. Il méritait une bonne leçon !

Une fois dehors, dans l'air gris et mordant, il se tourna vers Trudy et lui sourit jovialement.

— Vous raclez les fonds de tiroir, c'est ça ? persifla-t-il en désignant la vitre du café d'un geste du menton.

— Pardon ? rétorqua Trudy d'un ton à peu près aussi glacial que la température ambiante.

— Le don Juan à l'intérieur. Il doit avoir au moins trente ans. Un peu âgé pour vous, non ?

Trudy ouvrit la bouche pour lui répondre que cela ne le regardait pas, puis se ravisa. Elle le regarda droit dans les yeux et demanda :

— Quel âge avez-vous, Duncan ?

Il blêmit légèrement, inspira sèchement et éclata de rire.

— Un point pour vous, ma chère policière. Un point pour vous !

Au fond de lui, il était toutefois prodigieusement agacé. Pourquoi laissait-il cette fille l'atteindre ainsi ?

— Et comment va votre fiancée ? ajouta Trudy d'un ton doucereux, non contente d'avoir remporté la première bataille. Vous devez toujours épouser la fille du propriétaire de votre journal, n'est-ce pas ? (Elle le vit serrer les dents, mais n'était pas d'humeur à le laisser s'en tirer à si bon compte.) Combien de temps cela fait-il, maintenant ? Sûrement plus de deux ans, si mes calculs sont exacts.

Mais, en s'entendant prononcer ces paroles, elle comprit qu'elle avait commis une erreur.

Premièrement, en quoi cela la concernait-il ? Plus inquiétant encore, pourquoi y avait-elle songé ? Cela impliquait que, au moins inconsciemment, cela la travaillait. Mais elle n'eut pas le temps d'explorer les causes de cette pensée troublante que Duncan se penchait vers elle, le regard flamboyant.

— Ce sont effectivement de longues fiançailles, grogna-t-il. Vous êtes-vous jamais demandé pourquoi j'étais si peu pressé de me présenter devant l'autel ?

Cette fois, quand Trudy ouvrit la bouche, aucun son n'en sortit. Elle le dévisagea de longues secondes, totalement déconcertée. Puis, en le voyant arborer ce sourire satisfait qui la mettait hors d'elle, elle s'efforça de se reprendre.

— Cela ne me regarde pas, parvint-elle à répondre.

Elle tourna alors les talons et posa la main sur la poignée de porte du café.

— Vraiment, Trudy ? répliqua Duncan juste avant qu'elle se faufile à l'intérieur.

23

De retour dans la chaleur confortable du café, Trudy prit conscience de l'allure à laquelle son cœur battait. Elle craignait aussi d'avoir le visage rougi et ne pouvait qu'espérer que Vincent Ryder mettrait cela sur le compte du rapide changement de température.

Elle retourna à leur table, évitant soigneusement de regarder la vitrine. Elle n'avait toutefois pas de souci à se faire : Duncan Gillingham s'était éloigné à pas furieux dès sa dernière réplique.

Cela l'aurait peut-être réconfortée de savoir qu'il s'en voulait autant à lui-même qu'à elle – ou peut-être pas. Pour l'heure, elle était trop profondément troublée.

Elle remercia doucement Vincent pour les tranches de pain de malt beurrées déjà apportées par la serveuse dévouée et s'assit avec un soupir.

— Alors, dit-elle brusquement, en s'efforçant de se reconcentrer sur leur affaire. Geoffrey Thorpe se trouvait-il là où il le prétendait pour le réveillon du nouvel an ?

— Oui, confirma Vincent d'un ton neutre.

Il avait attendu avec impatience l'occasion de la régaler du chef-d'œuvre d'ingéniosité qu'il avait déployé pour obtenir cette information, mais cela lui paraissait désormais sans intérêt.

— Ce type, Gillingham, reprit-il d'un ton très décontracté. Vous le connaissez depuis longtemps ?

— Trop longtemps, répondit Trudy avec une pointe d'ironie. En tant que policière, je dois régulièrement me coltiner des plaies comme lui.

Même si elle semblait sincèrement contrariée, Vincent n'avait pas apprécié l'intensité de l'échange dont il venait d'être témoin devant le café, ni le rougissement des joues de la jeune femme ou l'éclat dans ses prunelles quand elle était revenue à table.

Son père connaissait-il l'existence de ce reporter ? Une chose était certaine : dès que Clement rentrerait du bureau, Vincent s'efforcerait de tout découvrir sur son compte.

— Bon, et maintenant ? demanda-t-il.

Malgré sa volonté de s'exprimer d'une façon aussi normale que possible, Trudy sentait bien qu'une partie de sa méfiance à son égard était revenue.

Elle en voulut alors aux hommes de causer tous bien plus d'ennuis qu'ils n'en résolvaient. De toute façon, pourquoi se soucierait-elle de ce que l'un ou l'autre pensait d'elle ?

— Maintenant, on va à la bibliothèque, décréta-t-elle d'un ton impérieux.

— La bibliothèque ? s'étonna Vincent, un peu déçu. Pourquoi la bibliothèque ?

La bibliothèque était située dans l'hôtel de ville, tout près de High (surnom que donnaient les habitants d'Oxford à High Street) et de Carfax ; fait prévisible, elle était pratiquement déserte en ce vendredi après-midi où il faisait presque noir, au cœur d'un rigoureux hiver. La plupart des citadins avaient le bon sens de rester enfermés chez eux par un temps pareil, et ceux qui osaient s'aventurer dehors choisissaient en général rapidement leurs lectures pour quitter les lieux au plus vite.

Ainsi, seuls dans la salle de recherches, Trudy et Vincent purent s'acquitter de leur tâche avec une paix royale.

Trudy avait expliqué à Vincent l'importance capitale d'en découvrir plus sur leur victime. Comme elle avait interrogé tous les principaux témoins et savait que l'enquête ne tarderait plus à leur être retirée, connaître l'histoire personnelle du défunt devenait de plus en plus crucial. Quelqu'un avait décidé de le tuer, et ils devaient essayer de comprendre qui et pourquoi.

— Si nous parvenions à trouver le lien qui l'unissait à Phyllis Raynor, ce serait une avancée capitale, avait précisé Trudy à Vincent tandis qu'ils sortaient du café.

Trudy comprit très vite après qu'ils se furent mis au travail que Phyllis Raynor n'était sans doute pas du coin, puisque personne à la soirée ne semblait la connaître. Et le lien qu'elle partageait avec la victime risquait bien de s'être tissé à Tunbridge Wells (ou, en tout cas, près du lieu dont était originaire Terry Parker). Il était de toute manière peu vraisemblable qu'elle eût accompli quoi que ce soit d'assez remarquable pour lui valoir la moindre reconnaissance près de chez elle, et encore moins à Oxford.

Crainte qui se confirma. Ils ne trouvèrent trace de Phyllis Raynor nulle part – ni dans le recensement, ni sur les listes électorales, ni dans les archives de journaux. Trudy avait délibérément confié à Vincent la charge de parcourir les extraits de l'*Oxford Tribune*, se réservant l'*Oxford Mail* et l'*Oxford Time*s. Elle ne voulait surtout rien lire qui lui fasse penser à Duncan Gillingham ! Mais après deux heures de recherches appliquées, les seules bribes qu'ils avaient dénichées étaient, sans surprise, liées aux triomphes de la carrière artistique de Katherine Morton. Une seule mention était faite de David O'Connor, qui avait remporté un prix prestigieux de composition florale en 1959 ! (Trudy n'avait eu aucun mal à imaginer le sémillant « célibataire endurci » à la langue si bien pendue offrir un bouquet parfait aux juges impressionnés.)

— La bibliothèque va bientôt fermer, chuchota Trudy à Vincent d'un ton morose. Nous allons devoir revenir finir demain. Je n'ai pas encore eu le temps de parcourir tous les articles du *Mail* et du *Times*.

— Je m'en occuperai, proposa Vincent, lui-même surpris de se porter volontaire.

Il ignorait pourquoi il l'avait fait. Rester assis dans une bibliothèque semblable à un mausolée, à s'user les yeux sur du papier journal avec le mince espoir de voir un nom surgir, ne relevait pas de ses loisirs habituels, mais quelque chose en lui refusait de baisser les bras si facilement.

— Oh ! merci, répondit Trudy avec sincérité. Pensez bien à noter tout ce que vous pourriez découvrir, si inoffensif que cela puisse paraître. Et si ténu que puisse être le lien avec notre affaire.

— Comptez sur moi, promit Vincent, attendri par le sourire de gratitude qu'elle lui adressa. Ne serait-ce pas merveilleux de pouvoir taper n'importe quel nom sur un super ordinateur et de voir les réponses s'imprimer quelques secondes plus tard ? ajouta-t-il en étirant ses bras pour dénouer ses épaules engourdies.

Trudy roula des yeux.

— Ce serait mon idée du paradis, chuchota-t-elle en réponse. Vous n'imaginez pas combien d'archives je dois…

Elle s'interrompit soudain quand l'une des bibliothécaires se renversa sur sa chaise pour leur lancer un regard sévère.

Saisissant le sous-entendu, ils rassemblèrent honteusement leurs affaires et s'enfuirent tels de vilains garnements.

Une fois dehors, Vincent lui adressa un signe gêné de la tête et dit :

— Bon, je ferais mieux de rentrer. Papa sera bientôt à la maison, et je dois préparer le souper… (S'entendant bavasser ainsi, il se tut subitement.) Bonne soirée, fit-il avec fermeté avant de s'éloigner d'un pas déterminé.

Trudy le regarda s'éloigner, légèrement surprise par son départ soudain, puis elle haussa les épaules et partit dans l'autre direction pour regagner le commissariat. Une fois sur place, elle poussa la porte du bureau avec précaution et observa autour d'elle. Les lieux ne frémissaient pas d'activité. L'agent Rodney Broadstairs ne souriait pas comme une andouille pour l'avertir que le capitaine était sur le sentier de la guerre et voulait la voir dès l'instant où elle franchirait la porte. Aucun message de son supérieur ne se trouvait même sur sa table de travail. Rien n'indiquait que le capitaine Jennings avait trouvé le rapport toxicologique abandonné sur son bureau et cherche quelqu'un sur qui passer sa colère (en l'occurrence, elle).

Avec un soupir de soulagement et un coup d'œil fatigué à la pendule, qui indiquait que sa journée était déjà officiellement terminée, elle puisa dans la pile de paperasse abandonnée près de sa machine à écrire et entreprit de régler les affaires relevant de la responsabilité de ses collègues.

24

Tandis que l'agent Trudy Loveday s'attaquait avec zèle à sa montagne de travail, Phyllis Raynor quitta la maison d'hôtes le Raven's Rest pour s'acquitter d'une autre sorte de tâche. Une tâche que ses fort respectables parents ouvriers auraient probablement qualifiée de « sale » s'ils en avaient eu vent.

Pour affronter les trottoirs, désormais transformés en tunnels creusés dans la neige après les chutes incessantes de ces derniers jours, elle s'équipa d'un lourd manteau et s'enroula une écharpe autour du cou. Les réverbères éclairaient les rares piétons qui osaient s'aventurer dans la pénombre prématurée de cet après-midi hivernal ; malgré tout, elle était soulagée de l'anonymat que lui conférait son épaisse tenue de saison.

Quand elle eut réussi à se frayer un chemin jusqu'à l'entrée de la vaste et impressionnante demeure dans laquelle Terry Parker avait passé ses dernières heures sur Terre, elle la considéra d'un air pensif. Elle l'avait évidemment déjà vue au réveillon, mais se sentait alors trop nerveuse pour lui prêter l'attention qu'elle méritait. À présent, elle pouvait admirer le solide bastion en pierre des Cotswold qui affichait à la fois une fortune discrète, mais considérable, et une respectabilité typique de la haute société. Elle devait reconnaître cela à Terry : quand il cherchait l'opulence, il ne faisait pas les choses à moitié.

Elle jeta un dernier regard à la route sombre et déserte derrière elle, puis pénétra dans la propriété pour s'avancer jusqu'à l'huis. Là, elle prit une longue inspiration, carra les épaules et sonna.

Elle était presque aussi tendue qu'à l'occasion de sa précédente visite. D'un autre côté, beaucoup de choses se décideraient au cours de l'heure à venir. Cette nouvelle configuration lui serait-elle plus profitable ? Était-il plus sûr de miser sur Millie Vander ? Certes, elle avait moins de levier contre Millie que contre Terry, mais Millie avait probablement beaucoup plus à perdre – vu le genre de femme qu'elle était.

Bien sûr, Phyllis avait veillé à l'éviter lors de la soirée (ce qui n'avait pas été chose facile, car l'autre femme était – au moins en théorie – son hôtesse !). Cependant, d'après ses souvenirs concernant cette séduisante rousse, Millie avait semblé être la coqueluche de ses convives.

Elle ne paraissait pas être du genre à goûter au scandale ou au ridicule. Phyllis ne l'espérait pas, en tout cas. Elle allait bien sûr devoir naviguer à vue mais, dans l'ensemble, elle estimait avoir d'assez bonnes chances de réussite.

La porte s'ouvrit, la tirant brusquement de sa rêverie. Une jeune femme assez charmante et à la moue boudeuse la contempla en plissant les yeux.

— Oui ? s'enquit-elle d'un ton péremptoire.

— J'aimerais parler à Mrs Vander, je vous prie, répondit aimablement Phyllis, sans s'offusquer de l'impolitesse de son interlocutrice.

Elle l'avait déjà aperçue lors de la soirée et supposait donc qu'il s'agissait de la fille de Millicent Vander. Elle savait pertinemment que la dernière proie de Terry était la mère de jumeaux.

La jeune femme représentait toutefois une complication dont Phyllis se serait volontiers dispensée, aussi espérait-elle parvenir à se débarrasser d'elle assez rapidement. Elle préférait qu'aucun témoin n'assiste à la petite conversation qu'elle comptait avoir avec la dernière conquête de Terry ni aux négociations qui s'ensuivraient sans doute.

— C'est de la part de qui ? demanda Juliet d'un ton un peu moins insolent.

Elle venait à son tour de remettre Phyllis. Lorsqu'elle avait demandé à Jasper, au soir du réveillon, qui était cette inconnue, elle avait été à la fois amusée et surprise de découvrir qu'il l'ignorait. Elle pouvait généralement compter sur son jumeau pour faire la connaissance de n'importe quelle beauté en jupe – quel que soit son âge. La femme sur le palier devait au bas mot approcher les trente ans.

— Une amie de Terrence Parker, répondit Phyllis avec un nouveau sourire, sans se laisser démonter par le regard implacable de son interlocutrice.

— Mère ne veut recevoir personne, rétorqua Juliet avec raideur.

Elle commença à fermer la porte. Pour une raison qui lui échappait, elle n'aimait pas l'allure de cette visiteuse ; par ailleurs, les amis de Parker n'étaient, par définition, pas les siens.

— Oh ! mais je vous garantis qu'elle souhaitera me voir, affirma Phyllis en bloquant le battant.

Juliet s'obstina elle aussi.

— Vous étiez à la soirée du réveillon, déclara-t-elle d'un ton accusateur.

— Vous croyez ? Vous êtes la femme de chambre ? Auquel cas, vous feriez bien de…

Juliet fut incapable de laisser passer l'injure et mordit à l'hameçon, ainsi que Phyllis l'avait espéré.

— Non, je ne suis pas la fichue femme de chambre ! Et comme je vous l'ai dit, mère ne veut recevoir personne. Elle ne se sent pas bien.

Elle ajouta ce mensonge pour faire bonne mesure.

— Oh ! la pauvre. J'imagine que la mort de Terry l'a terriblement contrariée. Mais, vous savez, elle tiendra vraiment à me recevoir, insista Phyllis sans se laisser éconduire.

Une fois de plus, Juliet se sentit perturbée. Quelque chose dans le ton de cette femme – un air entendu – la hérissait et lui faisait froid dans le dos. Elle semblait atrocement sûre d'elle-même. Pourquoi cherchait-elle tant à s'entretenir avec sa mère ? Elle était sûre et certaine que Millie ne connaissait pas cette femme : elle le lui avait affirmé au cours du réveillon. Ils avaient même ri tous les trois quand Jasper avait assuré à leur mère, un peu désarçonnée, qu'une fête ne pouvait être considérée comme réussie sans la présence d'au moins un intrus.

Si une part de Juliet avait envie de lui claquer la porte au nez – percevant ici une forme de danger –, une autre part d'elle, plus raisonnable, estimait qu'il serait peut-être bon de découvrir au moins ce que voulait cette visiteuse.

D'autant plus que la police furetait au sujet de la mort de Terry Parker. Même si elle était raisonnablement sûre que Jasper et elle ne risquaient rien, le doute subsistait. Après tout, cette femme était venue à la soirée. Avait-elle pu voir ou entendre une chose susceptible de les compromettre ?

Elle s'écarta, laissant Phyllis pénétrer dans le vestibule.

— Très bien. Attendez ici une minute, ordonna-t-elle, avant de se diriger vers le salon tandis que Phyllis retirait calmement ses gants et déroulait l'écharpe qui lui ceignait le cou.

Observer l'antichambre amusa Phyllis. C'était ici que Terry l'avait attirée pour leur ultime tête-à-tête, l'arrachant presque de force à la soirée. C'était aussi ici, juste devant l'horloge comtoise, qu'il avait collé son nez au sien, les traits déformés par la colère et la haine, pour lui intimer de déguerpir avant de tout gâcher. Il avait semblé si furieux qu'elle n'avait pu se retenir de l'embrasser avec fougue et passion. Elle savait que cela l'énerverait davantage, d'autant qu'il ne serait pas en position de faire une scène.

Après ce geste de mépris, il l'avait littéralement jetée dehors, lui promettant de discuter gros sous plus tard.

Le dernier exemple d'une longue série de promesses qu'il n'avait pas tenues, songea-t-elle avec amertume.

En entrant au salon, Juliet constata d'un coup d'œil que Jasper était vautré près de la TSF à écouter de la musique pop, tandis que leur mère était installée à sa table préférée devant une partie complexe de réussite. Perdre son temps avec les cartes était l'un des passe-temps favoris de Millie auquel Juliet ne voyait pas d'intérêt.

— Mamounette, une femme bizarre est venue te voir, déclara-t-elle, les yeux rivés sur son frère.

En entendant cette déclaration provocatrice, celui-ci redressa subitement la tête et pivota face à elle ; Juliet lui adressa une grimace d'avertissement.

Lentement, il éteignit la radio en la scrutant d'un air perplexe et interrogateur.

— Comment ça, une femme bizarre ? demanda Millie.

Elle portait ce soir-là une longue robe en laine chaude de diverses nuances de pourpre et de rose. Elle avait coûté une fortune, et cela se voyait. Les mules à hauts talons – couvertes de plusieurs couches de plumes roses – qu'elle portait aux pieds produisaient un bruit insupportable sur le parquet dès qu'elle se déplaçait.

— Juliet, j'aimerais vraiment que tu fasses un effort quand tu parles. Comment s'appelle-t-elle, ma chérie ? la réprimanda gentiment sa mère.

— Je n'en ai aucune idée – elle a bien pris soin de ne pas donner son nom, répliqua sa fille d'une voix traînante. Mais je l'ai reconnue : c'était l'intruse de la fête.

Voilà comment tous décrivaient l'événement, désormais : *la* fête. Les Vander pourraient organiser autant de soirées qu'ils le souhaiteraient dans les années à venir, la Saint-Sylvestre de 1962 resterait à jamais *la* fête.

Une fois de plus, Juliet contemplait son frère plutôt que sa mère. Elle s'évertuait à lui faire silencieusement comprendre qu'il y avait anguille sous roche, si bien qu'elle ne vit pas Millie blêmir et déglutir avec difficulté.

— Eh bien, fais-la entrer, ordonna la maîtresse de maison d'une voix faible. Bonté divine, elle doit se dire que nous avons des manières de Néandertaliens ! ajouta-t-elle avec un petit rire forcé.

Millie se leva de sa table, les genoux flageolants, et s'approcha du miroir suspendu au-dessus de la cheminée ; elle s'assura que ses mèches rousses étaient parfaitement ordonnées et son maquillage convenable. Son rythme cardiaque accéléra au point qu'elle se força à prendre de profondes respirations.

Il lui fallait rester calme et garder les idées claires. Si elle pouvait se reprendre en main et transformer cette rencontre en une simple visite de courtoisie imposée, tout irait bien.

— D'accord, répondit Juliet d'un ton sarcastique.

Elle reparut un instant plus tard, accompagnée de Phyllis.

— Mrs Vander, merci de me recevoir, dit aussitôt la visiteuse en se dirigeant droit vers sa proie, la main tendue. (L'autre femme n'eut d'autre choix que de la serrer.) J'ai longuement hésité avant de venir, mais étant donné les… euh… circonstances, concernant Terry…

Elle haussa légèrement les épaules et ouvrit grand les mains dans une démonstration universelle d'impuissance.

— Je me suis dit qu'il valait mieux que je me déplace.

Jasper s'approcha alors, et Phyllis coula un regard agacé dans sa direction. Décidément, les deux morveux tenaient à être de la partie ! Elle devait pourtant saper la confiance de Millicent Vander, la mettre mal à l'aise, la contrarier, pour la rendre vulnérable à la pression. La présence rassurante de ses enfants n'était donc pas tolérable.

— Je pense qu'il vaudrait mieux que nous nous entretenions en privé, reprit Phyllis un ton plus bas en regardant Millicent droit dans les yeux.

Celle-ci battit des paupières en se remémorant la dernière fois qu'elle avait vu Terry avec cette femme, leur étreinte chargée d'émotion dans le couloir, le baiser appuyé qu'ils avaient échangé…

Le souvenir de cette trahison lui revint en même temps que la déferlante de sentiments qu'elle avait éprouvée alors ; cet instant de stupéfaction bien vite suivi de désespoir, de jalousie, de blessure d'amour-propre et, enfin, d'un accès de colère si puissant qu'il l'avait presque fait basculer.

Cela avait en tout cas suffi à la renvoyer dans la gaieté et le bruit du salon bondé pour ne pas subir ce spectacle un instant de plus. Jamais de sa vie elle n'avait éprouvé pareille humiliation, à la fois choquante et dévorante.

Ainsi, comme elle l'avait fait cette fois-là, elle écrasa ses sentiments en une boule compacte qu'elle dissimula derrière un visage souriant et un cœur endurci.

— Très bien, Mrs… euh ?

Mais Phyllis était bien trop maligne pour cela. Elle fit plutôt un pas en avant et désigna une chaise.

— Verriez-vous un inconvénient à ce que je m'asseye ?

— Bien sûr que non.

Les bonnes manières de Millicent avaient aussitôt repris le dessus. Quelles que fussent les circonstances, elle ne pouvait s'autoriser le moindre manquement à l'hospitalité. Elle entendait presque sa nourrice la seriner au sujet des responsabilités incombant à une bonne maîtresse de maison.

— Les enfants, allez donc vous dégourdir les jambes et laissez-moi discuter avec… mon invitée.

— Nous n'avons plus dix ans, mère, ricana Jasper, agacé.

Il lorgna l'inconnue avec un mélange d'hostilité et d'admiration. Elle était après tout fort séduisante et ne le laissait pas indifférent.

— Allons, Jasper, laissons-les, intervint Juliet en le foudroyant du regard.

Son jumeau ouvrit la bouche pour répliquer, puis avisa le furtif signe de tête de sa sœur et soupira. Il avait l'habitude de se fier à Juliet en pareilles circonstances : celle-ci se trompait rarement lorsqu'il s'agissait de juger les personnes de son sexe.

— Bon, d'accord. Comme si vos ragots m'intéressaient, de toute façon, fit-il d'une voix traînante confinant à la sophistication grossière.

Il enfonça les mains dans ses poches et quitta la pièce d'un pas traînant, sur les talons de sa jumelle.

Juliet, cependant, fit volte-face aussitôt qu'ils eurent atteint le couloir. Elle se plaqua un doigt sur les lèvres pour lui intimer de se taire, attrapa la poignée et fit mine de claquer fermement le battant. Toutefois, elle ne retira pas la main de la poignée et, quelques instants plus tard, l'abaissa tout doucement pour entrebâiller la porte d'à peine un centimètre.

Ce n'était pas grand-chose, mais cela suffisait. Enfants, ils avaient souvent épié les conversations des adultes (un excellent moyen d'apprendre des leçons très édifiantes), et Jasper ne mit qu'une seconde à comprendre. Comme à l'époque, Juliet mit un genou à terre et colla l'oreille à l'ouverture. Jasper, debout au-dessus d'elle, en fit autant un peu plus haut.

Ils n'essayèrent pas d'échanger le moindre murmure, sachant qu'ils se feraient surprendre à coup sûr. Au contraire, ils se contentèrent d'écouter avec application, réservant leurs commentaires pour plus tard, lorsqu'ils se retrouveraient seuls dans la chambre de l'un ou de l'autre.

25

— Je suis navrée, mais je ne me rappelle sincèrement pas votre nom.

Millicent tendit le bras vers la table basse qui la séparait de sa visiteuse inattendue et attrapa un briquet et une boîte en argent massif gravée.

— Cigarette ? proposa-t-elle en ouvrant le coffret, qui aurait suffi à payer les factures de Phyllis pendant un certain nombre d'années.

Celle-ci en accepta une avec froideur et laissa son hôte la lui allumer. Il lui était déjà arrivé de se servir de l'extrémité incandescente d'une cigarette pour brûler quelqu'un avant de prendre ses jambes à son cou, échappant ainsi à une situation potentiellement délicate. Elle ne s'attendait pas à devoir faire usage d'un artifice aussi grossier cette fois, mais fumer lui permettrait au moins de s'occuper les mains. Car, malgré sa conviction d'avoir l'avantage, elle n'était pas totalement rassurée.

— Vous pouvez m'appeler Irene, répondit Phyllis.

Il s'agissait en réalité de son second prénom, qu'elle n'avait jamais aimé et n'employait que lorsqu'elle préférait demeurer discrète.

— Et que puis-je faire pour vous, Irene ? s'enquit Millie en s'asseyant avec précaution sur le bord du fauteuil en face d'elle.

À l'instar de sa fille, elle percevait une menace évidente et, à l'instar de sa fille, elle souhaitait en savoir plus.

Bien que jouissant de ce que la plupart de ses contemporains qualifieraient d'une vie facile, Millie avait toujours su défendre ses intérêts pour obtenir ce qu'elle désirait. Certes, cela avait souvent impliqué d'user de ses charmes pour manipuler les hommes de sa vie. Toutefois, elle avait également étudié dans une école pour filles huppée, où elle avait appris auprès de ses pairs bien des tours qui auraient effarouché un rat d'égout – ainsi que les bonnes manières et le français, naturellement.

Si la vie lui avait enseigné une chose, c'était que le savoir était le pouvoir. Connaître son ennemi s'avérait souvent très utile.

Phyllis, qui scrutait son aînée avec attention, perçut l'instant où ses prunelles vertes de chatte se durcirent ; elle comprit alors, à son grand désarroi, qu'elle n'obtiendrait peut-être pas – ou pas si facilement – ce qu'elle espérait. *De toute manière, rien de ce qui vaut la peine dans la vie ne vient aisément*, songea-t-elle avec un sourire empreint d'ironie.

— C'est au sujet de Terry, commença-t-elle avec douceur.

Millicent opina lentement.

— Évidemment, convint-elle sur le même ton.

— Il était à moi, ajouta Phyllis sur le ton de la conversation.

Elle tira avec désinvolture sur sa cigarette et regarda distraitement la fumée s'élever vers le plafond quand elle la recracha.

— Je vous demande pardon ? s'étonna Millie, sincèrement surprise.

— À moi, répéta posément Phyllis, tout en contemplant avec calme le bout rouge de sa cigarette. Vous n'auriez pas dû y toucher.

— Je crois que vous vous méprenez, repartit Millie d'une voix tout aussi calme que celle de la femme qui lui faisait face. Je n'ai jamais posé les mains sur lui, je peux vous l'assurer.

Phyllis partit alors d'un rire bruyant.

— Ce n'est pas ce qu'il m'a affirmé. Et, d'après ce qui m'est revenu, ce n'est pas non plus ce que pensent vos amis. Vous étiez pratiquement fiancés.

Millie battit des cils.

— Je n'ai pas la moindre idée de ce que Terry a pu vous dire, répliqua-t-elle sans se laisser démonter, mais vous ne devriez pas écouter tous les ragots. Nous étions amis, rien de plus. Il n'était pas toujours… fiable – disons plutôt qu'il était doté d'un étrange sens de l'humour. Je pense qu'il vous faisait marcher, vous savez, s'il a laissé entendre qu'il pouvait exister quelque chose de sérieux entre nous.

Les yeux verts et froids soutinrent les iris marron rieurs. Les deux femmes souriaient.

— Ah ça, il n'était effectivement pas fiable, je suis bien d'accord.

Phyllis laissa un ange passer avant d'ajouter d'un ton calculé :

— Tant comme mari que comme père.

Dans le couloir, Juliet sentit la main de son jumeau lui serrer l'épaule.

À l'intérieur du salon, Millie se figea un instant, puis se renversa lentement sur son siège. Elle avait clairement pâli, ce qui n'avait rien d'étonnant ; en réalité, elle se sentait un peu nauséeuse et groggy.

Elle possédait cependant assez d'expérience pour n'en rien laisser paraître – ou pour ne pas l'avouer.

— Je suis navrée de l'apprendre, se força-t-elle à déclarer d'un ton neutre. Ce qui prouve que je ne connaissais pas si bien Terry. J'ignorais qu'il était divorcé. Je vous adresse mes plus sincères condoléances, ajouta-t-elle poliment. Étant veuve moi-même, je sais ce que ça fait de perdre un être aimé.

Les yeux de Phyllis s'embrasèrent. Cette matrone de la haute société ne manquait décidément pas de sang-froid. Et si, en un sens, elle admirait son courage – le respectait, même –, elle savait également que cela ne suffirait pas.

— Oui, je sais, convint Phyllis. Une veuve très *respectable*.

Elle appuya légèrement, mais distinctement, sur ce dernier mot.

Millie sentit son cœur s'emballer, à présent que la nature de la menace ne faisait plus guère de doute.

Voilà donc ce qu'était ce petit jeu : du chantage.

Elle soupira et croisa élégamment les jambes.

— Cela a dû vous faire un choc d'apprendre la mort de votre ex-mari, dit Millie d'un ton décontracté. Il ne m'a pas dit vous avoir invitée à la soirée, ajouta-t-elle gentiment, sans quoi je me serais présentée.

Rappeler discrètement à cette arriviste qu'elle n'était pas la bienvenue au réveillon ne ferait pas de mal, songea Millie avec amertume. À présent que les premières passes d'armes étaient accomplies et que le véritable affrontement avait commencé, Millie laissa une distance bienvenue et un calme alerte l'envahir. Elle connaissait ces sensations, les ayant déjà ressenties à d'autres moments stressants de son existence. Et elle les chérissait toujours. Même si elle aimait à croire qu'elle vivait sa vie selon son cœur, elle s'en remettait toujours à sa tête lorsqu'il était question de survie.

— Oh ! il ne m'a pas invitée, reconnut Phyllis tout en partant d'un petit rire désinvolte pour montrer qu'elle n'éprouvait aucune honte à s'être imposée. En réalité, il était plutôt contrarié de me voir ici. D'ailleurs, ajouta-t-elle en épiant Millicent tel un chat posté devant un trou de souris, qui a dit qu'il s'agissait de mon *ex*-mari ?

Pendant un instant, Millie ne sembla pas comprendre ce que Phyllis venait de dire. Puis elle écarquilla les yeux, stupéfiée par l'ampleur de cette révélation, qui la frappa comme un ouragan.

— Oui, confirma Phyllis en observant les dégâts provoqués par la bombe qu'elle venait de lâcher. Celui qui a passé tout ce temps à vous courtiser, à vous flatter, à vous promettre la lune, à vous jurer que vous étiez l'amour de sa vie et plus encore – celui-là était un homme marié. Le père de notre adorable Vicky.

Phyllis tendit le bras pour planter méchamment sa cigarette dans un gros cendrier en agate verte.

— Il nous a laissées tomber alors que Vicky avait à peine trois ans, dit-elle d'un ton sévère où perçait l'amertume. Il a simplement disparu – *pouf* –, nous abandonnant un jour, sans soutien financier d'aucune sorte. (Phyllis secoua la tête.) J'ignorais où il était, quand il reviendrait ou même s'il reviendrait un jour. Ce n'est jamais arrivé, de fait, ajouta-t-elle avec un rire grinçant. Cette ordure n'avait aucune intention de s'encombrer d'une femme et d'une enfant pour le restant de ses jours. Sans mes parents, Vicky et moi serions sans doute… eh bien… Vous ne vous sentez pas concernée, hein ? ajouta-t-elle platement.

Elle adopta la posture figée de Millicent Vander en se renversant dans son fauteuil avant de croiser les jambes avec élégance.

Une imitation malveillante visant à blesser et saper son aînée, qui le remarqua cependant à peine. Millie était, pour l'heure, muette de stupeur – et à peine capable de goûter l'injure.

Percevant la grande vulnérabilité de sa rivale, Phyllis n'attendit pas pour porter le coup de grâce.

— C'était un vrai salaud. Il n'avait absolument aucune morale. Vous savez, ajouta-t-elle, radoucie, je n'aurais pas été étonnée qu'il aille jusqu'à vous épouser, quitte à être bigame. Pas étonnée du tout.

Elle poussa un nouveau soupir étudié.

— C'était un escroc, voilà tout. Né de rien, lui non plus – j'espère que vous ne vous êtes pas laissé abuser par son accent petit-bourgeois. Mais il s'habillait avec goût, il faut lui reconnaître ça. Quoi qu'il en soit, je me demande ce que penseront tous vos amis quand ils le découvriront, ajouta-t-elle d'un ton langoureux. Pas vous ?

26

Dès l'instant où Trudy arriva au commissariat de bon matin, elle comprit qu'elle avait des ennuis. Le doyen des agents du poste, Walter Swinburne, lui adressa un regard compatissant et l'avertit d'un léger signe de tête. Quelques instants plus tard, la porte du capitaine s'ouvrit à la volée et Jennings sortit de son bureau pour la toiser d'un œil torve.

En entendant Rodney Broadstairs ricaner derrière sa table, elle eut le moral dans les chaussettes.

— Loveday, au rapport ! aboya le capitaine.

Trudy ravala la boule qui lui obstruait la gorge et, les jambes en coton, suivit son supérieur jusqu'à son antre, veillant à bien fermer la porte derrière elle. Chaque fois que le capitaine convoquait quelqu'un en n'employant que son patronyme, cela bardait.

Comme prévu, il alla directement s'asseoir dans son fauteuil et ramassa une feuille qui, selon toute évidence, devait comporter les résultats des analyses toxicologiques.

— Qu'est-ce que ça signifie ? beugla-t-il. Et pourquoi je ne découvre ceci que maintenant ?

— Chef, répondit Trudy avec raideur en se plantant au garde-à-vous devant le bureau, le Dr Ryder ne m'a informée qu'hier qu'il avait demandé à un ami de la morgue de traiter de toute urgence les prélèvements sanguins de Mr Parker. Je suis venue vous voir dès qu'il m'a remis ce document, mais vous étiez sorti. Je l'ai déposé sur votre bureau, avant de repasser tard hier soir pour vous en informer, mais, une fois encore, j'ai fait chou blanc.

Jennings fulmina silencieusement pendant un moment. Ils savaient l'un comme l'autre qu'il avait à peine mis les pieds au commissariat. Le manque persistant de personnel l'obligeait à plonger les mains dans le cambouis beaucoup plus qu'à l'accoutumée, ne lui laissant guère de temps pour s'occuper de ses tâches administratives. Le fait qu'il n'ait pas de repartie à opposer à son explication raisonnable ne signifiait pas pour autant que Trudy était tirée d'affaire.

— Ne pouvez-vous pas museler ce vieux vautour ? s'emporta-t-il, toutefois conscient de l'injustice de cette question.

L'agent Loveday n'était qu'une gamine ; comment aurait-elle pu faire filer droit ce vieux salopard alors que des pontes de la police, des maires et peut-être bien même la présidente de l'Institut des femmes britanniques n'y parvenaient pas ? (Et, selon la rumeur, cette dernière était un tel dragon qu'on la soupçonnait de cracher du feu.)

Il parut se raviser et agita la main d'un geste impatient.

— Laissez tomber, oubliez ça. Dites-moi précisément ce que vous avez mijoté pendant que j'avais le dos tourné, et n'omettez aucun détail, si insignifiant qu'il puisse paraître.

Trudy prit une grande inspiration et lui révéla tout. Elle énuméra le contenu de chaque interrogatoire, ainsi que les conclusions que le Dr Ryder et elle avaient tirées des faits déterrés jusqu'à présent. Elle ne parvenait pas à déterminer s'il était heureux ou non de leur minutie, mais elle voyait son visage s'assombrir à mesure qu'elle parlait. Quand elle eut terminé, il resta silencieux pendant plusieurs instants, puis reprit lentement sa respiration et soupira.

Elle avait clairement annoncé que le coroner et elle-même pensaient que quelque chose de fâcheux s'était déroulé au réveillon du nouvel an de Millie Vander, et que la présomption initiale selon laquelle la mort de Terrence Parker était le résultat d'un malheureux accident dû à de mauvaises conditions climatiques se trouvait désormais sérieusement mise en doute. Elle allait bien vite découvrir si son supérieur partageait ou non son opinion.

Le capitaine Jennings la considéra d'un air sardonique. Il voyait une jeune policière attendant avec inquiétude un savon bien mérité et fut fugacement tenté de laisser éclater sa colère. Mais il était fatigué, excédé par le climat, surchargé de travail et, par-dessus tout, conscient que le Dr Clement Ryder possédait de nombreux amis dans les hautes sphères. Même cet agent situé tout en bas de l'échelle ne manquait pas d'admirateurs parmi les huiles.

Il était indéniable que le vieux vautour et elle avaient tiré un certain nombre de lapins de leur chapeau au cours des deux années écoulées. Ils avaient peut-être bien de nouveau mis le doigt sur quelque chose de funeste ; auquel cas, il passerait pour le dernier des imbéciles s'il ne le gérait pas convenablement.

Il se contenta donc de soupirer, ravala son humeur et sa lassitude, et se résolut à donner ses consignes pour la suite des événements.

— Si j'ai bien compris, l'autopsie de Parker se déroule à l'heure où l'on se parle, déclara-t-il d'une voix accablée en consultant sa montre.

Quand il était tombé sur le rapport (après avoir patiemment épluché la paperasse qui s'était mystérieusement accumulée par-dessus !), il avait commencé par téléphoner au Dr Douglas Carey pour l'entendre confirmer ses découvertes et lui demander quand l'examen du corps du défunt aurait lieu.

Son appel était tombé à point nommé, car le docteur était justement sur le point d'entamer la procédure. Jennings lui avait tout de même arraché la promesse d'appeler le commissariat dès la fin de l'autopsie pour lui faire un compte rendu préliminaire verbal sans perdre un instant. Car, s'il devait attendre le rapport écrit, personne ne savait combien de temps cela pourrait durer.

— Quand nous aurons obtenu les résultats de l'autopsie, nous en saurons déjà beaucoup plus, dit-il à Trudy. Si nous avons effectivement affaire à une mort suspecte – et vu la teneur des nouvelles informations, je pense que la probabilité est très forte –, nous devrons alors ouvrir une enquête plus solide et officielle. J'en confierai la charge au sergent O'Grady. Il est encore un peu patraque, mais il a appelé pour dire qu'il reprendrait du service aujourd'hui. Comme ces fichus météorologues annoncent que la neige ne risque pas de s'arrêter de sitôt et que nous peinons toujours à faire venir le personnel en ville, il devra serrer les dents et faire avec.

Trudy, après cette litanie de malheur, sentit alors l'espoir renaître dans sa poitrine.

Jennings s'en rendit compte et la rabroua, mais sans grande méchanceté. Cette petite avait de l'ambition, on ne pouvait pas le lui reprocher.

— Puisque c'est vous qui connaissez le mieux l'affaire, vous travaillerez désormais sous les ordres du sergent, en le tenant informé de tout, c'est bien compris ?

— Oui, chef ! répondit Trudy du tac au tac.

— Soyez son bras droit tant qu'il n'est pas totalement rétabli, insista le capitaine de mauvaise grâce. Vous allez devoir travailler dur, car j'ignore combien d'officiers je vais pouvoir affecter à cette enquête.

— Oui, chef ! répéta joyeusement Trudy.

En considérant son visage radieux, Harry Jennings tenta de se rappeler la dernière fois qu'il s'était senti aussi enthousiasmé par son travail. Le fait de n'en avoir aucun souvenir le déprima.

— Je présume que vous et le vieux… le Dr Ryder avez des projets pour la journée ? enchaîna-t-il.

— Oui, chef. Et je suis sûre que le Dr Ryder sera ravi de continuer de nous aider, lança-t-elle avec audace, d'autant qu'il sait que nous tournons en effectifs réduits.

Jennings soupira derechef en songeant au bonheur du vieux vautour quand il apprendrait qu'il pouvait continuer à fourrer son nez dans les affaires de la police.

— Il se montre en effet très zélé et patriote, grommela-t-il amèrement. Bien. Je préviendrai le sergent O'Grady à son arrivée et lui laisserai le temps de se mettre à jour. En attendant qu'il soit en mesure de vous donner des consignes, vous pouvez poursuivre vos activités. En fin de journée, nous nous organiserons pour que vous reportiez directement les informations au sergent à partir de maintenant. Et vous nous avertirez sur l'instant de toutes les découvertes *significatives* que vous pourrez faire aujourd'hui, c'est bien compris ? ordonna-t-il en brandissant un index menaçant dans sa direction. Jusqu'à présent, il y a eu beaucoup trop de spéculations, de théories et de fadaises. (Il désigna ses rapports d'un geste méprisant.) Dorénavant, nous ferons tout dans les règles. Compris ?

— Oui, chef ! répondit Trudy.

Peu lui importait que le sergent O'Grady prenne bientôt la relève, car elle venait de se voir attribuer pour la première fois un rôle significatif et *officiel* dans une enquête pour meurtre !

Ne serait-ce pas formidable si elle arrivait à réaliser, avant le sergent, une avancée notable qui ferait parler d'elle pour une bonne raison ?

Hélas, cela paraissait peu vraisemblable. Ils travaillaient désormais depuis des jours et ne pouvaient pas prétendre avoir identifié un suspect principal. Que pouvait-elle raisonnablement espérer de plus au cours des neuf heures à venir ?

Clement s'attendait avec philosophie à être dépossédé de l'enquête quand Trudy se présenta à son domicile une demi-heure plus tard. Après tout, ils n'étaient pas encore complètement hors jeu, n'est-ce pas ? Il l'invita aussitôt à venir partager le petit déjeuner, et Vincent glissa obligeamment de nouvelles tranches de pain dans le toaster avant de mettre un autre œuf à bouillir.

Tout en préparant une nouvelle théière, Vincent observait Trudy à la dérobée. Il avait questionné son père au sujet de ce Duncan Gillingham la veille au soir, et ce qu'il avait appris ne lui avait pas plu. Surtout quand Clement lui avait expliqué comment le reporter les avait tous deux sauvés d'une situation potentiellement très fâcheuse au cours de leur dernière enquête. Naturellement, il en avait tiré un excellent article, qui lui avait valu un prix ! Vincent, cependant, avait été heureux d'apprendre que, malgré les exploits pas tout à fait désintéressés du beau journaliste, Trudy Loveday était assez sensée pour ne pas vouloir frayer avec lui.

À présent, il observait son père et elle élaborer joyeusement leurs plans pour la journée, impatient de pouvoir leur prêter main-forte une fois encore. Même s'il n'était associé à l'enquête que depuis la veille, il pouvait comprendre pourquoi Clement était à ce point regonflé.

Il dressa la tête en entendant prononcer son nom, mais se sentit un peu déçu d'apprendre qu'il serait une nouvelle fois de corvée de bibliothèque. Il avait espéré pouvoir passer la journée avec Trudy.

Patsy Arles était au désespoir. Depuis l'accident et la visite de Jasper et Juliet Vander à son domicile qui s'en était suivie, elle se sentait de plus en plus nerveuse.

Ce qui lui avait naguère paru être une grande aventure faisait désormais figure de cauchemar.

Même si Juliet avait précisé que le tour qu'ils comptaient jouer à Terrence Parker était amplement mérité, comment pouvait-elle être certaine que c'était bien la vérité ? Elle avait senti la tension dans l'air le soir où ils étaient venus la trouver pour lui intimer de se taire, ce qui signifiait qu'eux-mêmes n'étaient pas tranquilles, qu'ils doutaient. Cela avait suffi à l'effrayer.

Débordant de confiance en eux, intouchables, Juliet et Jasper n'avaient jamais connu d'autre loi que la leur. Patsy les voyait comme deux êtres vivant sur un plan différent de celui des pauvres mortels dont elle faisait partie, et les voir presque… paniquer l'avait ébranlée.

Elle avait d'autant plus peur que tout le monde savait combien Jasper pouvait se montrer terrifiant quand il était contrarié ou se sentait attaqué. N'avait-il pas fait exclure du lycée ce pauvre Lionel Willis, la fois où ce dernier avait eu l'outrecuidance de le battre lors d'un match de cricket ? Tout le monde savait que Jasper trempait dans diverses histoires mais que les professeurs ne pouvaient rien contre lui. Toutes ses amies à l'école s'étaient entichées de lui, tout en redoutant sa réputation de mauvais garçon.

Et Patsy savait que Juliet n'était pas moins intimidante. Derrière son allure de fille magnifique, chic et brillante, elle pouvait s'avérer aussi dangereuse qu'une vipère.

Et pourquoi lui avaient-ils donné tout cet argent ? Si le tour qu'ils avaient prévu de jouer à Terry James était effectivement inoffensif, pourquoi avaient-ils tant tenu à s'assurer qu'elle ne parlerait pas aux policiers qui enquêtaient sur l'accident ?

Patsy n'était pas naïve au point de ne pas avoir appris que, quand les choses tournaient mal, ce n'étaient pas les nantis aux nombreuses relations comme les Vander qui finissaient par payer les pots cassés, mais ceux qui se situaient bien plus bas dans la chaîne alimentaire. En l'occurrence, une Patsy Arles !

Une fois encore, Jasper et Juliet avaient intelligemment arrangé les choses pour que, si l'affaire tournait mal, ils puissent nier toute participation – la marque de fabrique des gens de leur espèce.

Car tout compte fait, c'était *elle* qui était partie dans la nuit avec Terry Parker – pas Juliet. *Elle* qui s'était trouvée dans la voiture quand il s'était affalé sur son volant et était rentré dans une congère – pas Jasper. *Elle* encore qui s'était enfuie après l'accident, omettant de le signaler – pas Mrs Millicent Vander.

Et elle avait lu l'article dans le journal indiquant que la police enquêtait encore sur le drame, demandant à quiconque possédait des informations de se faire connaître. Transgressait-elle la loi en ne révélant rien ? Elle avait vu un jour, au cinéma, l'une des protagonistes se faire arrêter après coup pour complicité, ou quelque chose dans le genre.

Et s'ils s'en prenaient à elle ? S'ils l'arrêtaient ? Sa mère serait… Mais, pour une fois, l'imagination de Patsy lui fit défaut. Elle était tout bonnement incapable d'envisager la honte ou le scandale que cela provoquerait.

Voilà pourquoi, au cours des trente-six dernières heures, elle se trouvait tendue au point de rupture. Elle avait atteint les limites du supportable.

Et si, en cet instant même, les jumeaux étaient en train de mentir à la police à son sujet ? De couvrir leurs traces en la laissant assumer à leur place, ainsi qu'ils en avaient l'habitude ? Elle n'aurait pas la moindre chance de se défendre ! Après tout, qui les autorités croiraient-elles ? Les très respectables Vander ou une fille de rien comme elle ?

Mieux valait sans doute qu'elle pense d'abord à elle et livre la première sa version des événements. Voilà donc pourquoi elle s'éclipsa de chez elle au petit matin, un exemplaire de l'*Oxford Tribune* sous le bras, pour se rendre à la cabine téléphonique la plus proche.

Elle composa alors le numéro indiqué par Duncan Gillingham et demanda à parler à l'agent Trudy Loveday. Le simple fait de passer cet appel suffit à soulager une partie de la pression qu'elle endurait. Elle se laissa aller contre la vitre glaciale de la cabine, les genoux ployant sous l'effet du soulagement.

Elle faillit pleurer de frustration quand on lui répondit que l'agent Loveday n'était pas disponible. Elle avait rassemblé son courage pour trouver la force de faire sa confession, mais n'avait finalement obtenu aucune espèce de soulagement.

Néanmoins, elle parvint à tenir le choc le temps de laisser un message.

— Je m'appelle Patsy Arles.

Elle récita rapidement son adresse, avant d'ajouter précipitamment, de peur de se défiler :

— Pourriez-vous demander à l'agent Loveday de passer me voir au plus vite ? Je dispose d'une information au sujet de cet homme mort dans un accident de voiture, à la veille du nouvel an.

Elle raccrocha avant que la standardiste de la police lui demande davantage de détails.

Si Juliet et Jasper Vander avaient eu connaissance de ce qu'elle était en train de faire, alors Patsy Arles aurait eu toutes les raisons d'être encore plus effrayée qu'elle ne l'était déjà. Mais, pour l'heure, ils avaient un autre chat à fouetter. Et le nom de ce félin-ci était Phyllis Raynor – même s'ils ne la connaissaient que sous le nom d'Irene.

La veille au soir, ils avaient eu la présence d'esprit d'enfiler un manteau et de la suivre jusqu'à une maison d'hôtes à près d'un kilomètre de là, ils savaient donc où elle logeait. Ils avaient ensuite consacré l'essentiel de la soirée à passer leurs options en revue.

Tous deux étaient indignés d'avoir éliminé une menace pour en voir une autre pointer le bout de son horrible nez aussitôt après.

— C'est typique de ce porc assoiffé d'or de nous causer des problèmes *même* après sa mort, avait fulminé Juliet en faisant les cent pas dans sa chambre. Et maintenant, sa traînée d'*épouse* – tu m'en diras tant – qui essaie de mettre ses sales pattes sur notre héritage. Je ne le tolérerai pas, Jasper, ça non !

Même si elle avait crié face à son jumeau, tous deux ne se disputaient pas. À la rigueur, son frère était presque encore plus fou de rage qu'elle.

Ils avaient fini par se calmer et étaient convenus qu'ils devaient affronter la situation frontalement. Ils ne pouvaient pas compter sur leur mère pour conserver son sang-froid et refuser de céder à cet ignoble chantage. Tous deux savaient combien Millie aimait être au centre de l'attention, ce qui avait d'ailleurs jusqu'ici été pour eux une perpétuelle source d'hilarité. Mais, à présent, ils n'avaient plus le cœur à rire. La crainte d'être taxée de bigamie, avec un escroc de basse extraction qui plus est, devait lui être insupportable – au point qu'elle serait sans doute prête à tout ou presque pour éviter cette humiliation.

Dès qu'elle commencerait à payer, la garce qui la faisait chanter ne la lâcherait plus jamais, Jasper et Juliet en étaient convaincus. Ce qui signifiait qu'ils n'avaient d'autre choix que d'écraser l'affaire dans l'œuf, avant que leur mère effectue le premier règlement.

Une chance que leur visiteuse indésirable ait accordé à Millie jusqu'au lendemain pour y réfléchir. Elle voulait sans doute laisser à sa victime le temps de ruminer et de bien prendre la mesure des conséquences désastreuses qu'auraient ces révélations humiliantes sur sa vie publique. D'un point de vue stratégique, cela se tenait parfaitement, les jumeaux devaient bien en convenir ; toutefois, cela leur offrait également une chance d'agir.

La seule action possible, conclurent-ils après des heures de débat, devait être rapide et brutale. Avec du temps, ils auraient pu élaborer un plan plus subtil et raffiné – comme celui qu'ils avaient mis au point pour se débarrasser de Terry Parker –, mais le temps était un luxe dont ils ne jouissaient pas à présent.

Comme l'avait dit Jasper, leur unique recours était de tâcher de convaincre l'intruse que Millie Vander n'était pas une cible aussi facile qu'elle l'imaginait. Et que les maîtres chanteurs pouvaient s'exposer à de sévères représailles.

Ainsi, en approchant du Raven's Rest, tous deux étaient animés d'un dangereux mélange de peur et de rage.

— N'oublie pas que nous devons la terroriser, siffla Juliet à son frère alors qu'ils se dirigeaient vers la porte d'entrée de la respectable villa victorienne.

— Ne t'en fais pas, grogna Jasper. Compte sur moi pour faire paniquer ce chameau !

27

Alors que les jumeaux se renseignaient sur l'« amie » de leur mère et la décrivaient à la propriétaire (ils prétendirent avoir bêtement oublié son nom de famille), Geoffrey Thorpe était, lui aussi, en mission.

Il arriva à la fourrière de la police dans un calme apparent, même s'il se sentait atrocement mal intérieurement.

La cour, où les autorités parquaient les véhicules volés ou remorqués, ou ceux qui, pour diverses raisons, avaient été saisis à leurs propriétaires pour être fouillés, était presque déserte.

Cela ne surprit pas Geoffrey. En réalité, il comptait même dessus. La plupart des routes étant impraticables, les affaires de la fourrière ne pouvaient guère être florissantes. Aucun camion transportant de l'alcool ou des cigarettes de contrebande ne risquait de s'adonner à sa sinistre activité, alors que les risques de se retrouver dans un amas de neige étaient si élevés.

Il s'approcha du principal portail en bois qui était fermé, mais heureusement pas à l'aide d'un cadenas. Il eut un peu de mal à l'entrouvrir assez pour pouvoir s'y faufiler. Même un acte aussi simple s'avérait difficile, étant donné le poids de la neige qui reposait de l'autre côté, entravant les mouvements des battants.

Une fois à l'intérieur, il put constater que la fourrière était cernée de tous côtés par une clôture grillagée de trois mètres de haut, et qu'un petit préfabriqué, qui avait sans doute été utilisé par l'armée durant la dernière guerre, avait été déposé là en guise de « bureau ».

Son toit de feutre plat semblait souffrir sous le poids de la neige accumulée ; les marches de bois permettant d'en gagner l'entrée avaient visiblement commencé à s'affaisser bien avant l'arrivée du mauvais temps.

Scrutant rapidement le local, il ne détecta aucun mouvement derrière les deux fenêtres carrées qui flanquaient la porte centrale.

Un rapide coup d'œil circulaire lui révéla que les lieux n'étaient qu'à moitié pleins. Un camion Foden, dont les pneus imposants disparaissaient presque sous le manteau blanc, était le véhicule le plus proche ; il s'y dirigea rapidement puis se glissa derrière, hors de vue. Le cœur tambourinant, il observa alentour, en quête de la Riley que Terry conduisait au soir de sa mort.

Il ne la repéra pas immédiatement. Une épaisse couche neigeuse recouvrait chaque véhicule, cachant leur couleur et leur forme.

Il progressa à croupetons d'une voiture à une autre, cherchant la teinte et le numéro d'immatriculation qui l'intéressaient. À son grand soulagement, il finit par trouver la Riley à l'extrémité gauche du parking. Il n'aurait pu rêver meilleur endroit : à l'opposé du bureau, dans un angle mort. Ce qui signifiait que, si quelqu'un se trouvait à l'intérieur, il lui faudrait réellement se tordre le cou pour l'apercevoir, à condition de passer devant la fenêtre.

Il plongea la main dans sa poche pour en extraire le jeu de passe-partout qu'il détenait au bureau – et qui s'avérait efficace sur presque n'importe quelle automobile en vente – et se mit à chercher celui qui correspondrait à la Riley.

Il le trouva après quelques tentatives seulement et ouvrit très précautionneusement la portière. Celle-ci grinça, car l'avant du véhicule était cabossé et légèrement déformé par l'impact avec l'arbre et la neige ; ce bruit le fit tressaillir, puis se figer.

Il jeta un coup d'œil dans la cour verglacée, sans rien voir ni entendre. Rassuré, il se pencha à l'intérieur et se tortilla maladroitement jusqu'à se retrouver accroupi sur le siège passager.

Il ouvrit la boîte à gants… avant de sentir une lourde main gantée se poser sur son épaule, le faisant glapir de terreur.

— Bonjour, monsieur, lança une voix grave et ironique. Vous voulez bien m'expliquer ce que vous faites ? Car, si vous essayez de voler une voiture, je crois que vous auriez pu en choisir une meilleure et trouver un endroit plus sûr.

Alors que Geoffrey Thorpe était arrêté par un agent de police très alerte – et amusé –, Vincent, dans la chaleur confortable de la bibliothèque, venait de finir de compulser les archives journalistiques que Trudy n'avait pu consulter la veille. Il avait dûment consigné toutes les informations en lien avec la victime ou l'un de leurs principaux suspects, mais sa récolte était bien maigre.

Y figurait notamment un article relatant la mort d'une jeune femme deux ans plus tôt, au volant d'une voiture de sport, mais l'article ne précisait naturellement pas où elle avait acheté sa MG. La zone de Cowley, en périphérie d'Oxford, étant réputée pour ses nombreux concessionnaires, il y avait peu de chances que le véhicule émanât de la boutique de Terry Parker. Toutefois, Trudy lui avait demandé de noter tout ce qui pouvait avoir trait, de près ou de loin, à leur affaire. Même si d'autres accidents de la circulation mortels avaient eu lieu depuis l'arrivée de leur victime à Oxford, celui-ci impliquait justement le genre d'auto que Terry Parker savait vendre.

Mrs Millicent Vander avait pour sa part été honorée par quelque centre artistique local pour son mécénat, et avait été photographiée avec une espèce de vase en cristal taillé.

Quant à Mr Philip Prescott, il avait reçu une grosse somme aux Premium Bonds, qu'il comptait investir de façon raisonnable. Le comptable avait été plus qu'heureux de donner au reporter qui l'interrogeait – et donc aux lecteurs du journal – une longue liste de conseils. Notamment sur la manière dont gérer les bénéfices exceptionnels afin de soulager le fardeau financier de sa pension de retraite.

Morose à l'idée d'avoir perdu son temps, et sans rien de valable à rapporter, Vincent rentra chez son père et fut heureux de voir que Clement et Trudy étaient déjà installés dans le bureau.

Ils étaient retournés chez Millicent Vander dans l'espoir d'arracher de nouvelles informations à leur principal témoin – et suspect ? –, mais leurs mines sinistres indiquaient que leurs efforts n'avaient guère porté leurs fruits. Ils reconnurent en effet que Millie s'était montrée affable mais ne leur avait rien appris.

— Je l'ai toutefois trouvée nerveuse, insista Trudy.

— Oui, confirma Clement. Elle semblait avoir d'autres soucis en tête. Ce qui, en soi, paraît plutôt étrange : on pourrait croire qu'être interrogée à répétition sur la mort de l'un de ses invités – et presque fiancé – trônerait au sommet de ses préoccupations. Pourtant, j'ai eu comme vous l'impression qu'elle ne nous écoutait qu'à moitié.

— Elle avait l'air pâle et fatiguée, malgré son maquillage, renchérit Trudy. Je ne pense pas qu'elle dorme très…

La sonnerie du téléphone l'interrompit.

Clement décrocha, puis tendit le combiné à sa jeune amie.

— C'est pour vous, agent Loveday, déclara-t-il d'un ton pince-sans-rire. (Ce n'était pas tous les jours qu'on lui demandait de jouer les secrétaires chez lui.) Le commissariat.

Trudy blêmit légèrement.

— Oh ! non ! Ne me dites pas que le sergent O'Grady espère déjà mon retour !

Elle n'avait toutefois pas à s'en faire : dès qu'elle porta le téléphone à son oreille, elle reconnut la voix de l'agent Swinburne.

— Trudy, c'est toi ?

— Oui, Walter. Qu'est-ce qui ne va pas ?

— Tu es une personne très célèbre, pas de doute là-dessus, grommela-t-il. J'ai deux messages pour toi. Premièrement, connais-tu une certaine Patsy Arles ?

Trudy fronça les sourcils. Ce nom lui évoquait vaguement quelque chose. Elle couvrit l'émetteur d'une main et demanda à Clement :

— Connaît-on une Patsy Arles ?

— Elle figure sur la liste des invités à la fête, intervint Vincent. Depuis qu'il s'était piqué de jouer les détectives, comme son père, il avait étudié les dossiers et les notes dans les moindres détails. Et il avait très bonne mémoire.

Clement, à qui le nom avait échappé, se sentit démoralisé. Il n'y avait encore pas si longtemps, lui aussi se serait souvenu de ce détail.

Trudy le remercia d'un hochement de tête, ôta la main de l'émetteur et répondit :

— Oui, Walter. Pourquoi ?

— Elle aimerait te parler. De façon urgente. Elle n'arrête pas d'appeler et de laisser des messages. Elle dit que c'est important. C'est en lien avec ton automobiliste mort.

Le cœur de Trudy s'emballa.

— Vraiment ? A-t-elle laissé une adresse ?

Vincent rapprocha aussitôt de sa main carnet et crayon.

Clement remarqua ce geste de sollicitude d'un œil pétillant.

— C'est noté ! s'exclama triomphalement Trudy.

Elle avait espéré sans trop y croire une avancée dans son enquête, et voici qu'une piste prometteuse semblait enfin s'offrir à elle.

— Merci, Walter, c'est formidable !

— Hé, attends, il y a autre chose en lien avec la fourrière, s'empressa-t-il d'ajouter, craignant qu'elle lui raccroche au nez. L'agent de faction a surpris quelqu'un en train de forcer la voiture.

— La voiture ? répéta Trudy sans comprendre. Attendez, celle dans laquelle Terry Parker est mort ?

— Oui, celle-là même, confirma Walter avec irritation. C'est pour ça que je te transmets le message. Le capitaine nous a dit que le sergent O'Grady et toi aviez la responsabilité de l'affaire, non ?

— Oui, Walter, désolée, répondit-elle humblement. Savent-ils qui a fait le coup ?

— Bien sûr que oui, répliqua l'autre, décidément grincheux. Le type avait ses papiers. Tu connais un certain Geoffrey Thorpe ? Il prétend que l'auto lui appartient et qu'il a le droit de l'inspecter.

Trudy afficha un large sourire.

— Vraiment ? Il est toujours à la fourrière ?

— Oui, mais ils l'amènent au poste.

— Parfait. Ce sera plus facile de lui parler au commissariat.

Puis, après avoir annoncé qu'elle arrivait tout de suite, elle raccrocha.

Elle s'empressa de rapporter la nouvelle à Clement et à Vincent.

— Pensez-vous qu'il ait pu trafiquer la voiture avant que Terry parte à la soirée ? Et qu'il ait voulu maquiller son crime ? leur demanda-t-elle.

— Les mécaniciens ont-ils déjà inspecté le véhicule ? s'enquit Vincent.

— Je crains bien que non, répondit Trudy avec une grimace. Comme tout le monde, ils sont à court de personnel.

— Alors, par qui voulez-vous commencer ? lança Clement avec pragmatisme.

Même s'il comprenait l'enthousiasme de sa jeune collègue, il savait que la vie pouvait receler son lot de mauvaises surprises, ce qui le dissuadait de se réjouir trop tôt.

— Eh bien, ils amènent Geoffrey Thorpe au commissariat, je ferais donc bien de m'y rendre, décida-t-elle après un instant de réflexion. Je ne voudrais pas courir le risque d'irriter le capitaine Jennings ; mais s'il vous voit en train de m'aider à effectuer mon travail de police, il risque de piquer une crise. Toutefois, cette Patsy Arles semble désespérée. Pensez-vous que Vincent et vous pourriez… ?

Elle contemplait Clement d'un air implorant.

— Avec grand plaisir ! s'exclama Vincent. Pas vrai, papa ?

Clement sourit et ramassa le papier sur lequel elle avait noté l'adresse.

— Oui, *nous* allons faire ça, accepta-t-il d'un ton empreint d'ironie.

Vincent, conscient d'avoir sans vergogne mis son grain de sel dans leurs affaires, eut la décence de paraître légèrement penaud.

28

Geoffrey Thorpe n'était pas un homme heureux. En réalité, il n'avait jamais été plus mal de toute sa vie. Il se sentait intimidé, misérable et inquiet, et le simple fait de contempler sa mine défaite mettait en joie le sergent Michael O'Grady.

Lorsque celui-ci s'était traîné jusqu'au commissariat ce matin-là, plus en forme que depuis plusieurs jours, il avait été accueilli par le visage maussade du capitaine Jennings, qui l'avait informé qu'il devrait prendre la charge d'une enquête actuellement menée par l'agent Loveday et son coroner de compagnie. (Même si Jennings n'aurait jamais osé comparer le vieux vautour à un quelconque animal « de compagnie » si le bon docteur s'était trouvé à portée d'ouïe.)

Toutefois, O'Grady pouvait comprendre le mécontentement de son supérieur. Depuis que ce fouineur de Ryder avait pris sous son aile la seule femme agent du commissariat, tous deux avaient résolu un nombre étonnant d'affaires de meurtre particulièrement épineuses. Ce qui, sans réellement ridiculiser le capitaine, avait tendance à l'irriter. Quant à la mort de ce Terrence Parker, elle semblait suivre le même chemin, ce qui le contrariait au plus haut point.

En écoutant le très bref résumé des circonstances que lui dressa Jennings, le sergent comprit très vite que ce qui semblait à l'origine n'être qu'un accident de la route mortel commençait à prendre une vilaine tournure. Et, apparemment, il lui incombait désormais de tirer tout ça au clair. Ce qui convenait à O'Grady, même si Jennings lui avait intimé d'appliquer strictement le règlement. Trop de libertés avaient été prises jusqu'alors – y compris l'emploi du vieux vautour comme « expert médical ».

Certes, les conditions climatiques exceptionnelles, couplées au virus qui décimait les effectifs, avaient imposé de prendre certains raccourcis, ce qui n'était possible que tant que l'affaire semblait dépourvue de complexité – ainsi, les entorses au protocole ne risquaient pas de faire se lever trop de sourcils. À présent, O'Grady avait conscience que le capitaine redoutait surtout – en cas d'intervention criminelle – de se prendre un savon de la part des pouvoirs constitués à cause de son laxisme. Ce qui serait un peu sévère, car nul n'était doté de prescience, pas même les inspecteurs en chef – mais la vie était ainsi faite, philosophait O'Grady. Même si cela ne lui simplifiait pas l'existence.

On lui avait demandé de prendre la suite, ce qui supposait que le Dr Clement Ryder devait regagner ses pénates et l'agent Loveday recommencer à faire ses rondes ou à remplir de la paperasse, à sa juste place.

Tout semblait donc rentrer dans l'ordre, à cela près que Mike O'Grady avait à peine eu le temps d'entamer la lecture du dossier Terrence Parker que l'accueil l'avait appelé pour lui signaler la capture d'un suspect de cette même affaire, surpris en train de manipuler une preuve.

Profitant du temps qu'il fallait pour incarcérer le suspect, il avait essayé de parcourir aussi vite que possible les rapports de l'agent Loveday, mais il avait conscience d'être atrocement mal préparé et informé pour interroger cet homme. Il n'avait même pas encore eu l'occasion de prendre connaissance des grandes lignes de l'affaire.

Découvrir, en pénétrant en salle d'interrogatoire, que Mr Geoffrey Thorpe était déjà abattu l'avait donc ragaillardi. Au moins ne semblait-il pas avoir la volonté ni les capacités d'essayer d'embobiner un officier de police. Néanmoins, le sergent fut profondément soulagé, presque aussitôt après qu'il eut établi l'identité, l'adresse et le lieu de travail du suspect, d'entendre frapper et de voir apparaître le visage de l'agent Loveday.

O'Grady réprima un sourire en constatant qu'elle le regardait avec une forme d'appréhension.

— Bonjour, sergent. Je, euh… J'ai appris que Mr Thorpe était ici, et je me demandais si…

— Venez vous asseoir, lui lança le sergent d'un ton bourru.

Mike était mieux disposé que le capitaine envers Trudy. Il la trouvait intelligente, consciencieuse et volontaire, trois qualités précieuses. S'il partageait l'avis de son supérieur quand celui-ci la jugeait trop inexpérimentée pour diriger seule une affaire, il n'allait pas non plus délaisser un si précieux atout. Et, pour l'heure, elle en savait beaucoup plus que lui sur ce qui se tramait.

— Mr Thorpe, vous connaissez l'agent Loveday ? demanda-t-il sèchement.

Geoffrey Thorpe considéra Trudy d'un air misérable et opina du chef.

Trudy hocha la tête avec un petit sourire en s'installant près du sergent et ouvrit son calepin.

— Agent Loveday, peut-être aimeriez-vous conduire cet interrogatoire ? proposa Mike à la grande stupéfaction de sa subordonnée.

La lueur de surprise sur son visage, suivie d'une joie profonde, se mua aussitôt en anxiété. Il comprenait bien sûr la raison de chacune de ces émotions, mais n'afficha pas lui-même la moindre expression. Elle était étonnée de se voir offrir l'occasion d'interroger un suspect capital en la présence d'un supérieur hiérarchique. Elle était heureuse de cette chance, mais craignait de faillir à cette tâche. Peut-être se demandait-elle aussi pourquoi il faisait preuve d'une telle mansuétude ? Elle travaillait désormais depuis assez longtemps pour douter même des motivations de ses propres collègues.

Il aurait pu la rassurer en lui expliquant que, n'ayant pas la moindre idée des questions à poser, il n'avait d'autres choix que de lui laisser la main, et qu'elle n'avait pas à chercher quelque raison obscure. Par ailleurs, il aurait davantage le loisir d'écouter et d'observer le suspect s'il ne parlait pas.

Hors de question, bien sûr, d'avouer tout cela devant les personnes présentes.

Il courait un risque en laissant faire une novice, mais il était curieux de découvrir ce que l'ennemie jurée du capitaine avait dans le ventre !

Trudy, pour sa part, inspira un grand coup et tâcha de mettre de l'ordre dans ses idées. Quand elle avait appris, à son arrivée au commissariat, que le sergent se trouvait déjà avec le témoin, elle avait simplement espéré pouvoir assister à l'échange. Et prendre quelques notes.

À présent qu'il lui incombait officiellement de diriger l'interrogatoire, et sur une affaire si importante, elle sentait son cœur tambouriner tellement fort qu'elle en était un peu nauséeuse. Si elle échouait, il lui faudrait peut-être des années avant de regagner la confiance du sergent. Si elle y parvenait un jour !

Cela n'arriverait pas ! Pourquoi échouerait-elle ? Elle interrogeait sans cesse des témoins depuis qu'elle collaborait avec le Dr Ryder.

Elle considéra longuement le vendeur de voitures, tout en lui adressant un sourire d'encouragement. Il n'existait que deux façons de mener un interrogatoire officiel – la manière dure et la manière douce. Or, cet homme, estimait-elle d'instinct, réagirait mieux à la seconde.

— Si j'ai bien compris, commença-t-elle doucement, vous avez été appréhendé en train de forcer la voiture dans laquelle Mr Parker est mort. C'est bien cela, monsieur ?

Elle ignorait si c'était la question que le sergent aurait posée et n'osa pas le regarder de crainte de lire la désapprobation sur son visage.

— Je ne l'ai pas forcée, déclara aussitôt Geoffrey. J'avais la clé. C'est l'un des jeux de passe-partout que nous conservons à la salle d'exposition. Cela nous permet d'accéder à tous nos véhicules. Nous sommes tenus d'en avoir un.

— Vous pinaillez, Mr Thorpe, le réprimanda doucement Trudy.

Elle ne s'y prenait peut-être pas de la même manière que le sergent, mais elle possédait l'avantage certain d'avoir déjà rencontré cet homme. Elle lui avait parlé chez lui, l'avait vu dans un contexte familial. Elle avait entendu des enfants jouer dans la pièce voisine et savait qu'il avait bon fond, qu'il s'était seulement retrouvé mêlé à une fâcheuse situation. Et elle avait la conviction qu'il souhaiterait confesser ce qu'il avait à confesser si elle l'encourageait dans ce sens.

— Vous deviez pourtant savoir que vous aviez pénétré dans une enceinte réservée à la police, Mr Thorpe, insista-t-elle.

Il rougit de contrition. Elle se pencha alors en avant, posa la main sur la table, non loin de celle du témoin. Elle ne le toucha pas, mais cela suffit à donner une impression de soutien et d'encouragement.

— Ne pensez-vous pas qu'il serait plus simple de nous expliquer directement ce que vous faisiez ? Pourquoi vouliez-vous revoir le véhicule endommagé, monsieur ? Vouliez-vous vous assurer que les sabotages que vous aviez perpétrés ne se verraient plus après l'accident ?

Geoffrey Thorpe, jusque-là apaisé par la douce présence de Trudy, blêmit soudain et se redressa d'un bond.

— Quoi ? Quels sabotages ? Que voulez-vous dire ? glapit-il.

Il paraissait épouvanté et se tourna vers le sergent, comme pour lui demander silencieusement s'il avait bien entendu la même chose que lui. Mais le sergent, avec ses cheveux blond roux et ses yeux clairs, lui retourna à peine un regard distant.

— Avez-vous saboté la voiture de votre associé, monsieur ? insista Trudy. Nous savons déjà qu'il vous avait substitué une somme considérable, il est logique que cela vous ait mis en colère.

O'Grady écoutait les échanges avec un intérêt profond, découvrant cet élément du dossier. Il se mit à espérer boucler cette affaire en un temps record. Son vieux sergent-instructeur lui répétait toujours qu'il n'existait que deux véritables motifs pour commettre un meurtre : le sexe et l'argent. Et voilà qu'un mobile financier leur tombait du ciel.

— Quoi ? Non, il était en train de me rembourser, je vous l'ai déjà dit, argua Geoffrey. Vous avez oublié ?

— Non, je me souviens parfaitement de ce que vous nous avez raconté, monsieur, mais je ne suis pas obligée de vous croire. Peut-être a-t-il refusé de vous payer ? Ou peut-être doutiez-vous qu'il vous rende tout l'argent ? Après tout, puisqu'il vous avait déjà trahi une fois, il pouvait très bien recommencer. Peut-être avez-vous découvert qu'il comptait en détourner davantage – ou que, à l'aide d'un complice, il allait dérober lui-même les voitures ? Il aurait pu faire couler votre affaire et disparaître du jour au lendemain grâce au montant des recettes, non ?

— Non, non, ce n'est pas ça du tout.

Plus Geoffrey paniquait, plus sa voix montait dans les aigus. Il les dévisagea tour à tour, désespéré.

— Nous avions tout réglé. Je vous l'ai dit !

— Nous comprenons bien que vous en ayez eu assez, monsieur, enchaîna Trudy comme s'il n'avait pas parlé. De votre propre aveu, vous saviez que Mr Parker se rendait à ce réveillon du nouvel an. Le temps était horrible, et vous saviez qu'il avait l'habitude d'utiliser les véhicules plus lourds et plus anciens par des conditions pareilles. Vous avez très facilement pu le convaincre d'opter pour la Riley. Peut-être aviez-vous trafiqué les freins, juste pour l'effrayer, sans penser que…

— Non ! Je vous le jure, je n'ai pas touché à la voiture !

Geoffrey faillit se relever pour mieux se faire entendre, mais un geste du solide sergent suffit à le faire retomber aussitôt sur sa chaise.

— Je ne suis pas mécanicien, insista le suspect pour changer d'approche. Je ne fais que vendre les voitures, je n'ai pas la moindre idée de la manière dont elles fonctionnent ! Un mécano à l'atelier s'occupe de ce genre de choses. Je ne saurais même pas ce qu'on peut faire à une voiture pour provoquer un accident !

— Dans ce cas, pourquoi avez-vous pris le risque de pénétrer dans une enceinte protégée pour aller fouiller le véhicule, monsieur ? demanda Trudy d'un ton pragmatique. Si vous ne cherchiez pas à effacer vos traces, alors quoi ?

— Je voulais juste retrouver la lettre ! s'exclama Geoffrey Thorpe dans un mélange d'énervement et de panique.

Il devint subitement livide. Lentement, il se pencha en avant, prit son crâne entre ses mains en coupe et poussa un long et bas gémissement.

— Oh ! grand Dieu, marmonna-t-il en secouant la tête, je regrette tellement de l'avoir écrite !

Trudy, désarçonnée par cette confession inattendue, ne put s'empêcher de couler un regard interrogatif à son sergent. O'Grady, en réaction, désigna d'un simple geste du menton l'homme brisé assis en face d'eux pour l'encourager à poursuivre.

— De quelle lettre parlez-vous, Mr Thorpe ? reprit-elle avec douceur.

Geoffrey soupira longuement et se frotta la figure d'une main tremblante.

— C'était quand j'ai appris ce qu'il fabriquait. J'étais tellement furieux que je lui ai envoyé une lettre officielle, le menaçant de l'envoyer au tribunal et de détruire sa réputation en ébruitant le scandale dans les journaux…

Geoffrey soupira une fois de plus et redressa la tête, clairement inquiet.

— Bien sûr, une fois calmé, j'ai changé d'avis. Mais vous le savez déjà, je vous en ai parlé quand vous êtes venue chez moi. Le dénoncer publiquement nous aurait forcés à mettre la clé sous la porte, je n'avais donc aucun intérêt à le faire. Au lieu de quoi, nous avons mis au point l'échéancier de remboursement déjà évoqué. Mais à la mort de Terry, quand vous m'avez interrogé avec insistance, je me suis dit que l'accident n'était peut-être pas… si accidentel. Et j'ai pris peur.

Il prit une inspiration tremblante, secoua la tête derechef.

— Puis cette fichue lettre m'a obsédé, admit-il d'une voix accablée. Je me suis dit que si vous mettiez la main dessus et que quelque chose de « non accidentel » était arrivé à Terry, vous – la police – me désigneriez vite comme responsable. Mais ce n'est pas moi ! Je n'ai rien fait, ni à Terry ni à sa voiture.

Il braqua sur Trudy ses grands yeux fatigués, puis se tourna vers O'Grady.

— Mais je fais un suspect évident, non ? Comme vous l'avez souligné, il m'a volé beaucoup d'argent. Étant donné que je n'ai pu retrouver cette lettre ni au bureau ni chez lui, je me suis dit qu'elle devait être dans la voiture.

Trudy le considéra d'un air pensif.

— Reconnaissez-vous donc être aussi entré par effraction chez le défunt, Mr Thorpe ?

— Quoi ? Non, il laissait un double de sa clé dans sa remise... Oh ! à quoi bon ?

Il reposa la tête sur ses mains, désormais à plat sur la table. Il rappelait à Trudy un petit garçon tombant de sommeil et s'efforçant de se convaincre que ces choses horribles ne lui arrivaient pas à lui.

Trudy contempla le crâne de leur suspect, puis lui demanda d'un ton doux, presque chargé de reproche :

— Mr Thorpe, pourquoi pensez-vous que Mr Parker ait conservé cette lettre ? Le plus logique pour lui, après que vous avez cessé de le menacer, n'aurait-il pas été de la détruire, tout simplement ?

— Bien sûr que cela l'obsédait, déclara Mike O'Grady une vingtaine de minutes plus tard, de retour derrière son bureau.

Mr Thorpe était accusé d'entrave à une enquête de police, et il incombait désormais à Trudy de taper le rapport.

— Cela arrive souvent, poursuivit-il. Quand quelqu'un se met une idée en tête… (Il haussa les épaules.) De son point de vue, la lettre se trouvait quelque part, et il devait nous empêcher de mettre la main dessus. Il a dû se mettre dans tous ses états en se convainquant qu'il risquait d'être arrêté d'une minute à l'autre.

Trudy acquiesça.

— Mais cet idiot avait un alibi pour le réveillon du nouvel an ! s'exclama-t-elle, exaspérée. Maintenant qu'un expert-mécanicien est enfin en train d'analyser la voiture, il va pouvoir nous dire si oui ou non l'auto a été trafiquée.

— Qu'en pensez-vous ? l'interrogea O'Grady, sincèrement curieux d'entendre son opinion.

Il estimait qu'elle avait mené l'interrogatoire de main de maître et souhaitait exploiter au mieux le moindre de ses avis.

Trudy y réfléchit quelques instants, puis secoua la tête de mauvaise grâce.

— Non, je ne crois pas. Je pense que le tueur comptait plutôt sur la surdose de somnifères.

O'Grady opina du chef en attrapant le dossier.

— Bon, je ferais mieux de poursuivre ma lecture…

Mais il n'avait pas fini sa phrase que l'agent Swinburne déboula et les interrompit.

— Désolé, sergent, marmonna-t-il avant de se tourner vers Trudy. Tu es décidément *très* populaire, aujourd'hui, déclara-t-il avec une grimace. On te demande à Summertown. Est-ce que le Raven's Rest te dit quelque chose ? Parce que la propriétaire te connaît ! Elle vient de téléphoner pour te demander de venir au plus vite. Apparemment, la locataire sur qui tu menais l'enquête fait du grabuge, et elle n'est pas ravie.

Trudy cilla.

— Qui ? Phyllis Raynor ?

— Ouais, c'est bien ça.

— Mais ça n'a aucun sens…, commenta Trudy avant de se tourner vers le sergent. Vous voulez que j'aille voir de quoi il retourne ?

— Qui est cette femme et quel est son lien avec l'affaire ? l'interrogea sèchement O'Grady.

— C'est celle qui s'est incrustée à la soirée, répondit-elle, à la grande perplexité de son sergent, qui n'en était pas non plus arrivé à cet endroit-là du dossier. Mais elle a nié s'être invitée au réveillon. Je ne vois pas pourquoi elle attirerait l'attention sur elle maintenant. Au contraire, j'aurais pensé qu'elle ferait profil bas. Vous voulez que j'aille voir ce qui se passe, sergent ? insista-t-elle avec enthousiasme.

O'Grady soupira. Mince alors, il allait vraiment falloir qu'il mette les bouchées doubles pour combler ses lacunes dans cette affaire ! Comment était-il censé en prendre les rênes s'il n'en connaissait pas les tenants et aboutissants ?

— Oui, il vaut sans doute mieux. Mais allez-y avec Broadstairs, ajouta-t-il après coup.

Trudy sentit son cœur se serrer. Pas Rodney ! Elle ne voulait surtout pas s'encombrer de son air supérieur ni de son visage railleur.

— Mais, sergent…, protesta-t-elle.

— Emmenez Broadstairs, gronda O'Grady. S'il y a véritablement du grabuge, il va vous falloir une deuxième paire de bras.

Si le sergent ne partageait pas toujours l'opinion du capitaine concernant la présence de femmes au sein des forces de police, il était d'avis qu'il ne fallait jamais volontairement les mettre en danger. De plus, la jeune agent Loveday, quoique intelligente et consciencieuse, n'avait pas la carrure nécessaire pour interrompre une rixe.

Et le capitaine serait pris de convulsions si elle était blessée dans l'exercice de ses fonctions !

Rodney Broadstairs avait peut-être une très haute opinion de lui-même, mais c'était un grand costaud qui saurait se servir de ses poings le cas échéant.

— Oui, sergent, répondit Trudy en remarquant son regard impérieux et déterminé.

29

Alors que Rodney conduisait joyeusement la Land Rover en direction de Summertown, à côté d'une Trudy Loveday muette et pleine de ressentiment, Patsy Arles était assise à l'arrière de la grosse et impressionnante auto du coroner. Celle-ci était garée devant le domicile de la jeune femme, qui racontait son histoire à Clement et Vincent, éberlués.

— Tout a commencé quand les jumeaux m'ont demandé de vamper cet homme, commença-t-elle, pleine de bonne volonté.

Vincent, qui s'était retourné sur le siège passager pour pouvoir la regarder, se demandait s'il avait bien entendu.

Ils étaient arrivés sur place à peine quelques minutes plus tôt. Elle devait guetter leur venue, car elle était sortie avant même qu'ils puissent frapper à la porte. À l'évidence, elle ne voulait pas que quelqu'un d'autre chez elle ait connaissance de leur présence.

L'air étant si glacial, Clement avait aussitôt proposé, une fois les présentations faites, de se réfugier à l'intérieur de la Rover, dont le moteur et le chauffage tournaient. Avisant la belle allure et l'air viril de l'homme le plus jeune, Patsy lui avait décoché un large sourire et s'était empressée d'accepter.

Tout en se dirigeant vers l'auto, elle leur avait assuré avoir besoin de protection et s'était accrochée au bras de Vincent pendant qu'ils marchaient. Elle affirmait être en possession d'informations importantes au sujet du défunt, qui avait sans doute été assassiné. Elle était bien placée pour le savoir : elle se trouvait avec lui ce soir-là !

Ce seul détail avait provoqué un échange de regards surpris et circonspects entre le père et le fils.

Tous deux se disaient que la survenue de cette jeune femme impétueuse et volubile était peut-être trop belle pour être vraie. Enfin un témoin oculaire – si tard dans l'enquête ?

Chacun avait déjà entendu parler de témoins venant avouer un crime qu'ils n'avaient pas commis, ou tentant de s'immiscer dans une enquête en cours par quelque contrainte ou dans le seul but d'obtenir un peu d'attention et de se retrouver sous les feux de la rampe.

Était-ce le cas de cette jeune femme ?

Clement, contrairement à son fils, était assis face à la route, et il avait réglé le rétroviseur intérieur de manière à pouvoir distinguer clairement le visage de ce témoin providentiel.

— Pardonnez-moi, miss, euh…

— Arles, Patsy Arles, répondit gaiement l'intéressée. Enchantée – encore, ajouta-t-elle avec un gloussement.

Clement se rappela soudain que, lorsqu'ils s'étaient présentés sur le pas de sa porte, elle leur avait confirmé être Patsy Arles, la fille qui avait téléphoné au commissariat et demandé à s'entretenir avec la personne responsable du dossier Terry Parker. Et voilà qu'il avait oublié son nom.

Une nouvelle preuve accablante que ses capacités cérébrales étaient lentement mais sûrement grignotées par Parkinson. Il repoussa sèchement cette idée. Après tout, ce n'était pas forcément le cas, car il arrivait à un âge où la mémoire à court terme commençait à faire défaut.

— Oui, Miss Arles, pardonnez-moi, se força-t-il à dire posément, tout en restant concentré sur le sujet. Avez-vous dit que quelqu'un vous avait demandé de... vamper le défunt ? Mr Terrence Parker ?

— Pas n'importe qui : les jumeaux ! le corrigea-t-elle aimablement.

— Oui, vous l'avez dit, en effet, reconnut Clement. Jasper et Juliet Vander ?

— C'est exact. J'ai cru mourir quand ils me l'ont demandé. (Patsy soupira en se rappelant cette merveilleuse soirée.) Que Juliet se souvienne de moi et vienne solliciter un service... Elle est tellement séduisante et populaire. Vous n'imaginez pas combien j'étais flattée !

Vincent dévisageait la jeune femme avec fascination. Ces boucles d'un roux clair ; ce visage bienveillant, couvert de taches de rousseur, rougi par l'excitation ; ces grands yeux écarquillés qui lui donnaient l'air d'une enfant ; ces mains, qu'elle agitait devant elle en parlant, et dont les ongles étaient vernis d'un écarlate assorti à son rouge à lèvres. (Ce qui n'arrangeait pas son teint, songeait Vincent.) Elle semblait totalement inconsciente de l'impression qu'elle donnait – mais c'était sans doute un leurre.

Clement, pour sa part, se demandait si la jeune femme pouvait être ivre, ou pire encore. Mais après l'avoir observée de près, il conclut qu'elle était simplement surexcitée et très nerveuse de nature – et sans doute pas le couteau le plus affûté du tiroir.

— Peut-être pourriez-vous nous raconter, depuis le début, tout ce que vous savez, Miss Arles ? suggéra Clement en s'efforçant, par son ton calme et posé, d'apaiser son interlocutrice et de la canaliser un peu. Vous disiez vous être trouvée avec Mr Parker le soir de sa mort ? Avez-vous assisté à la soirée chez Mrs Vander ?

Ce dernier élément semblait, en tout cas, attesté par sa présence sur la liste des convives.

— Oh ! oui, c'était divin. Mrs Vander est une icône de la mode, vous savez ? On voit de qui Juliet tient. Et cette maison ! Un délice. On la croirait sortie d'un magazine. Et il y avait tant de champagne – du *vrai* champagne –, et la nourriture était…

— Oui, oui, l'interrompit Clement. J'en déduis que les jumeaux vous y ont invitée ?

— Oui.

— Vous les fréquentez donc régulièrement ?

— Oh ! non. Enfin, pas tant qu'ils n'avaient pas besoin de mon aide parce que cet homme essayait de les dépouiller de leur héritage et tout ça.

— Euh… quand vous dites « cet homme », vous faites référence à Mr Parker ? s'enquit Clement.

Il fallait le reconnaître, cet interrogatoire ne serait pas des plus évidents. Le simple fait de maintenir leur témoin sur les rails risquait d'user l'essentiel de sa patience – qu'il savait limitée.

— C'est exact. Il était déterminé à épouser Mrs Vander et à dilapider toute sa fortune, répondit-elle avec gravité. Juliet me l'a dit. Lui qui était pourtant bien en dessous de son rang, c'en est écœurant.

Clement entendit la voix de Juliet Vander dans cette dernière phrase, et n'en fut pas surpris. Il était désormais manifeste que la fille Vander avait tiré profit de la vénération qu'éprouvait cette jeune femme à son égard pour l'attirer dans quelque sinistre projet. La question était : quelle était la nature de celui-ci ? Et était-il question de complicité de meurtre ?

— Je vois. Il semblait être motivé par l'argent, commenta Clement. Et Juliet et Jasper vous ont mise dans la confidence ?

— Exactement. J'étais tellement flattée qu'ils le fassent. Enfin quand même, *moi* ! fanfaronna-t-elle. J'étais navrée pour eux. Ça doit être exaspérant de voir une espèce de salonnard se fiancer avec sa mère, vous ne trouvez pas ? Enfin, la mienne est si agaçante et plébéienne, vous n'imaginez pas. (Elle roula des yeux de façon théâtrale.) Mais, au moins, cette vieille chouette ne tomberait pas sous le charme d'une sorte de gigolo deux fois plus jeune qu'elle. La pauvre Juliet était effondrée. Et je la comprends !

— Euh, en effet, fit Clement.

Constatant que Vincent peinait à réprimer son immense sourire, il le foudroya du regard.

— Et donc, que comptaient y faire les jumeaux, au juste ? reprit le coroner d'un ton léger.

Il ne voulait surtout pas effrayer cette jeune écervelée pour ne pas la réduire au silence – état qui lui était sans doute peu familier.

— Oh ! comme je vous l'ai dit, ils m'ont demandé de leur rendre un immense service en le vampant, répondit Patsy avec désinvolture.

(Elle était, d'ailleurs, particulièrement ravie du détachement avec lequel elle parvenait à raconter cette histoire. Comme si elle jouait les femmes fatales depuis des années ! Elle voyait, à la manière dont le beau jeune homme écarquillait les yeux, qu'il était impressionné.)

L'espace d'un instant, Clement en resta comme deux ronds de flan. Il estimait être un homme d'expérience, mais cette étrange personne – mélange inattendu de puérilité et de sophistication – le déroutait.

Vaillamment, il prit une nouvelle inspiration.

— Quand vous parlez de « vamper », pensez-vous qu'ils s'attendaient à vous voir, euh… ?

Cette fois, Clement Ryder pataugeait vraiment, et ce satané gamin qui lui servait de fils souriait jusqu'aux oreilles.

Par chance pour le coroner, il n'eut finalement pas à chercher les termes exacts, car Patsy lui épargna cette peine.

— Oh ! oui. Ils voulaient que je le séduise, vous comprenez, admit-elle sans fard. Ou que je le laisse me séduire, je ne sais pas trop au juste. (Elle fronça les sourcils.) C'était tellement plus clair quand Juliet me l'a expliqué.

— Je vois, répondit Clement en saisissant avidement la perche ainsi tendue. Et que vous a-t-elle expliqué, précisément ? Que voulait-elle vous voir faire ce soir-là ? Si vous pouviez entrer dans les détails, Miss Arles, cela nous serait très utile.

— Eh bien… (Patsy inspira un grand coup et se pencha en avant.) Je devais faire du gringue à cet horrible Parker et le convaincre de me ramener chez moi. Puis je devais, vous voyez… l'accompagner un peu, faire en sorte de l'intéresser.

Le débit de Patsy s'accéléra légèrement quand elle fit cet aveu, comme si elle refusait de s'appesantir sur ce que cela impliquait au juste.

— L'intéresser au point que nous commencions à nous fréquenter. Et alors, nous devions lui tendre un piège ! conclut-elle gaiement. N'était-ce pas palpitant ? Juliet et Jasper comptaient louer une jolie chambre d'hôtel, où je devais l'inviter ; puis, quand il m'aurait embrassée et tout ça, ils seraient entrés pour prendre des photos. Comme dans ces vieux films en noir et blanc avec Humphrey Bogart et Lauren Bacall !

Clement et Vincent échangèrent un regard perplexe et quelque peu impuissant.

Patsy soupira avec nostalgie sur sa banquette.

— Ça aurait été formidable. Les jumeaux auraient ensuite montré les clichés à Mrs Vander, qui, voyant à quel péquenaud elle avait réellement affaire – un coureur de jupons, par-dessus le marché –, l'aurait plaqué. Les jumeaux m'auraient alors été si reconnaissants qu'on serait devenus amis pour la vie ! (Elle marqua une pause, le temps de reprendre son souffle.) Mais en réalité… eh bien…

Elle se décomposa soudain et prit un air pensif.

— Oui ? l'encouragea Clement. En réalité, quoi ?

— Et alors les choses ont mal tourné. Enfin, tout a commencé normalement, précisa Patsy en redressant hardiment son petit menton, j'ai joué ma partition comme il le fallait, je me suis assurée de le suivre quand il quittait la fête pour lui demander de me ramener. Je dormais chez ma tante à Wolvercote, vous comprenez, parce que Jasper avait dit que ce Parker vivait à un jet de pierre de chez elle. Et j'étais prête à me montrer pétillante et fascinante pour le convaincre de me revoir pour un rendez-vous et tout ça, mais…

— Mais… ?

— Eh bien, il s'est plus ou moins endormi. Il n'articulait plus, et j'ai même dû redresser le volant à une ou deux reprises pour l'empêcher de percuter des autos en stationnement. Et, alors qu'on se rapprochait de Wolvercote, il a loupé un virage et foncé droit dans un arbre !

Cela semblait la contrarier beaucoup.

— Qu'avez-vous fait alors ? s'enquit finalement Vincent, trop captivé par ce récit étrange et inattendu pour demeurer silencieux plus longtemps.

— Comment ça ? s'étonna Patsy, l'air sincèrement perplexe.

— Eh bien, qu'avez-vous fait après l'accident ? Étiez-vous vous-même blessée ? insista Vincent.

— Oh ! non. On n'allait pas si vite que ça, vu l'état des routes, et j'ai eu le temps de voir venir le choc et de me retenir au tableau de bord. J'ai souffert de l'épaule pendant un moment, mais ça n'a pas duré.

— D'accord. Et donc vous êtes sortie de voiture, reprit Clement en comprenant que les empreintes indistinctes repérées dans la neige avaient finalement bel et bien été laissées par un passager. Qu'avez-vous fait ensuite ?

— Comment ça ? répéta-t-elle, toujours aussi perdue. Je suis rentrée chez ma tante, bien sûr, et je suis allée me coucher.

Clement, sentant sa bouche s'ouvrir, s'empressa de la refermer. L'honneur revint à Vincent de poser la question qui s'imposait :

— Mais vous n'avez pas prévenu la police ? ou une ambulance ?

— Oh ! non, fit Patsy d'un ton toujours aussi désinvolte. Je ne pouvais pas faire ça. Je ne voulais pas m'attirer d'ennuis.

Elle observa alors tour à tour le beau jeune homme et son père, tout aussi charmant, et sourit, attendant leur assentiment avec assurance.

30

— Mais vous ne pouviez tout de même pas ne rien faire ! s'exclama Vincent en dévisageant la fille comme s'il lui était poussé une seconde tête.

Patsy, soudain consciente du changement d'ambiance dans la voiture – quoique incapable d'en saisir la cause –, le contempla d'un air désespéré.

— Eh bien… à votre avis, qu'est-ce que j'aurais dû faire ? s'enquit-elle d'un ton irrité.

— Vous avez abandonné un homme sans connaissance dans un véhicule accidenté ! s'écria Vincent, exaspéré. Euh, il était bien inconscient, n'est-ce pas ?

— En tout cas, il ne bougeait pas, répondit prudemment Patsy après un instant de réflexion. Je l'ai un peu secoué par l'épaule, mais sa tête reposait contre le volant et il ne faisait pas de bruit.

Clement poussa un profond soupir.

— Vous avez pourtant bien dû vous rendre compte qu'il avait besoin d'aide ?

Patsy fronça les sourcils, et sa lèvre inférieure se mit à trembler légèrement.

— Mais j'ai pensé que quelqu'un le trouverait ! Il y avait des maisons tout autour ! Je me suis dit que des gens du quartier avaient dû entendre l'accident, qu'ils sortiraient voir de quoi il retournait, mais que, s'ils me trouvaient là avec lui, maman me tuerait en l'apprenant ! Elle ne savait même pas que j'allais à cette fête, elle pensait que je passais la soirée avec tata !

Une fois de plus, elle marqua une pause pour reprendre son souffle.

— Mais il était tard, et il faisait un froid de tous les diables. Tout le monde devait dormir, les fenêtres hermétiquement closes. Et vous avez dit vous-même que la voiture ne roulait pas vite, que la neige étouffait les sons. Pensez-vous vraiment que le choc a été assez bruyant ?

Clement s'exprimait d'une voix lente et claire, dans l'espoir de faire comprendre à cette fille la gravité de ses actes.

Sur ce, elle se mit à pleurer.

— Vous êtes v-vraiment m-méchants avec moi, leur reprocha-t-elle en reniflant bruyamment.

Les deux hommes se sentirent aussitôt mal à l'aise.

— Allons, allons..., fit Vincent dans l'espoir de l'apaiser.

Il lui offrit un mouchoir, lui tapota l'épaule, murmura quelques paroles d'excuses et l'assura de son soutien.

Il lui fallut plusieurs minutes pour parvenir à la calmer. Avant qu'elle fonde en larmes de nouveau, Clement jugea bon de lui arracher le reste de l'histoire.

— Et qu'avez-vous fait ensuite ? lui demanda-t-il gentiment. Quand vous avez compris que... euh...

— Qu'il était mort ? compléta obligeamment Patsy. Oh ! j'étais tellement désolée. Enfin, je sais que c'était un homme horrible, un gigolo et tout ça, mais je ne voulais quand même pas sa mort, hein ? Enfin...

Elle se tamponna les yeux à l'aide du mouchoir de Vincent et arbora un air entêté.

— *Moi*, en tout cas, je ne voulais pas sa mort, ajouta-t-elle en insistant lourdement.

Clement réagit plus vite que son fils.

— Mais vous pensez que les jumeaux la désiraient peut-être ? suggéra-t-il sans la brusquer.

Patsy se mit alors à se tortiller.

— Eh bien, non ! Enfin… pas vraiment. Enfin… bon, Jasper peut parfois se révéler très mauvais. Je suis certaine que Juliet n'aurait rien fait de…

Sa voix mourut subitement, car elle se rappela bien sûr qu'il ne valait mieux pas la contrarier non plus.

— Qu'est-ce qui vous a poussée à contacter la police maintenant ? reprit Clement pour lui éviter de perdre le fil.

— Ben, j'ai peur, vous comprenez ?

Pour la première fois, Patsy eut l'air d'une fille normale, pas de jouer un rôle. Son timbre était incertain, dépourvu de toute exubérance.

— Et quand ils m'ont payée pour ne rien dire et qu'ils m'ont… Enfin, ils ne m'ont pas vraiment menacée, mais…

Patsy soupira.

Clement et Vincent échangèrent un nouveau regard accablé.

— Ils vous ont payée ? répéta le fils, abasourdi.

Tout cela allait de mal en pis. Cette jeune femme étourdie, mais sûrement inoffensive, s'était-elle rendue coupable de complicité de meurtre ?

— Oui. Après coup. Ils m'ont dit que la police était venue fouiner chez eux et que je devais surtout ne rien dire. Et puis, on n'avait pas vraiment suivi le plan, ajouta-t-elle non sans hypocrisie. Avec les photos intimes et tout ça. Alors ça m'a semblé raisonnable. Mais plus j'y pensais, plus j'avais peur. Je sais que Jasper et Juliet sont bien plus intelligents que moi, vous comprenez, ajouta-t-elle avec une honnêteté dévastatrice. Et j'ai commencé à m'inquiéter… et à me demander…

— S'ils comptaient vous faire porter le chapeau ? suggéra Clement avec douceur. Oui, c'est compréhensible. C'était très fin de votre part.

Patsy s'égaya visiblement.

— Vous pensez donc que j'ai bien fait d'appeler la police ?

— Absolument, confirma Clement, catégorique. En fait, je pense que nous devrions aller trouver sur-le-champ l'agent Loveday au commissariat pour faire une déclaration en bonne et due forme.

Il n'avait pas le cœur à révéler à cette fille qu'elle risquait d'être accusée personnellement. Il ne pouvait qu'espérer que sa coopération jouerait en sa faveur, car il était intimement convaincu qu'elle n'avait pas mauvais fond.

Il pouvait enfin se satisfaire d'avoir finalement contribué à la résolution de l'enquête. Il commençait à se demander quand la chance se déciderait à leur sourire. Pour l'heure, sa jeune amie devait s'ennuyer à mourir au commissariat, en attendant que quelque chose survienne.

Au même moment, toutefois, l'agent Trudy Loveday ne se trouvait pas au commissariat et ne s'ennuyait pas le moins du monde. Elle était au contraire en train de se faire crêper le chignon dans une chambre d'hôtes de Summertown !

Lorsque Trudy et Rodney étaient arrivés au Raven's Rest, la propriétaire scandalisée les attendait dans le vestibule. Et, même de l'entrée, ils entendaient distinctement les voix furieuses qui émanaient d'une pièce à l'étage.

Naturellement, ils avaient gravi l'escalier en trombe pour rejoindre la source de ce vacarme et poussé la porte entrebâillée derrière laquelle un couple de jeunes gens harcelaient bruyamment une femme plus âgée, qu'ils avaient acculée dans un coin de la pièce. Tous trois se criaient violemment dessus.

L'intrusion subite des policiers les avait momentanément réduits au silence, le temps de dévisager Trudy et Rodney d'un air ahuri.

La femme la plus âgée, soulagée de ces renforts nécessaires, avait été la première à recouvrer ses esprits.

— Il était temps qu'on vienne m'aider, avait-elle commenté d'une voix tremblante avant de demander aux agents d'arrêter les deux jeunes gens venus l'agresser.

Juliet avait alors reconnu Trudy et s'était vite ressaisie.

— Vous ne pouvez pas faire ça ! C'est elle qui s'est incrustée à la soirée de mère ! avait-elle déclaré en désignant du doigt l'autre femme. Si quelqu'un a fait quelque chose à Terry Parker, c'est forcément elle ! C'est *elle* qui devrait être arrêtée.

Les contre-accusations hystériques s'étaient alors multipliées, jusqu'à ce que Jasper commette l'imprudence de vouloir écarter Phyllis du mur pour faciliter son arrestation.

La femme l'avait aussitôt giflé pour se défendre. Jasper, scandaleusement, l'avait giflée en retour. Alors que le bruit de la claque retentissait dans la pièce, l'autre femme l'avait dévisagé, bouche bée, la main plaquée contre sa joue rougie.

Trudy, plus prompte à réagir que Rodney, s'était aussitôt précipitée pour les séparer. Même si elle n'appréciait pas Jasper, jamais elle ne l'avait cru capable de s'en prendre physiquement à une femme. Elle était consciente que des maris ivres violentaient leur épouse, mais voir un riche jeune homme bien éduqué se comporter comme un voyou la mettait hors d'elle.

Trudy n'avait toutefois pas prévu la solidarité quasi organique des jumeaux, et, alors qu'elle allait saisir Jasper à bras-le-corps, Juliet s'était ruée à son secours, toutes griffes dehors, et avait bondi sur la policière pour lui labourer la figure. En la repoussant, Trudy avait senti son calot tomber, et ce malheureux incident l'avait contrariée.

En le remettant, elle avait balancé le coude en arrière, l'enfonçant dans les côtes de Juliet. Celle-ci avait poussé un hurlement de surprise, d'indignation et de douleur avant de chanceler en arrière.

En voyant sa sœur aux prises avec la policière – et n'étant pas à son avantage –, Jasper avait oublié sa cible initiale pour gronder à l'encontre de Trudy :

— Lâchez-la, grosse vache !

L'instant suivant, le bras droit de Trudy avait été méchamment tordu dans son dos, lui arrachant un cri. Des lumières blanches avaient alors clignoté derrière ses paupières, et elle avait craint de tourner de l'œil.

Rodney était alors entré dans la mêlée, tel un héros de western, et avait dédaigneusement forcé Jasper à lâcher prise. Le jeune homme s'était alors retourné pour lui balancer un violent coup de pied dans les tibias, suivi d'un coup de tête dans le nez.

Le policier avait réagi à cet assaut aussi expert qu'inattendu d'un crochet fulgurant dans la mâchoire du beau jeune homme, qui était entré dans une colère monstre.

Trudy, qui se remettait de la souffrance infligée, avait instinctivement observé la scène, au cas où son collègue aurait eu besoin d'aide, mais elle en avait rapidement payé le prix ; profitant de lui voir le dos tourné, Juliet lui avait en effet attrapé le chignon et tirait désormais férocement dessus.

— Ouille ! glapit Trudy.

Saisissant les mains de la fille Vander, elle eut tôt fait d'en trouver les pouces. Elle les tira brusquement en arrière, sans une once de culpabilité.

Cette fois, ce fut au tour de Juliet de crier en la lâchant subitement.

Trudy entendait les coups pleuvoir entre Rodney et Jasper, dans un coin de la pièce. Son cœur battait à tout rompre, et elle se sentait un peu ridicule, mais surtout très en colère. On eût dit un combat de chats dépourvus de dignité !

Trudy fit volte-face pour confronter une Juliet haletante.

— Juliet Vander, je vous arrête pour avoir agressé un officier de police, déclara-t-elle avec une satisfaction sinistre. Vous…

Elle n'eut pas le temps d'achever l'avertissement officiel que la jeune fille s'empourpra de colère, l'agonit d'insultes et se jeta de nouveau sur elle telle une furie vengeresse, dans l'intention manifeste de lui arracher les yeux.

Trudy avait toutefois suffisamment subi les humeurs de cette pimbêche ! Il était temps de prendre le dessus une fois pour toutes. Ainsi qu'elle l'avait appris en formation, elle laissa l'autre se rapprocher suffisamment, agrippa un poignet et lui tordit violemment le bras en arrière, exactement comme ce que lui avait infligé le jumeau de Juliet moins d'une minute plus tôt. Cela força l'insolente à tituber en se retournant à moitié, afin de ne pas se déboîter l'épaule.

À présent que Juliet, à moitié accroupie, était devenue vulnérable, Trudy se positionna astucieusement derrière son assaillante et lui balaya les jambes. Elle rejoignit alors au sol la furieuse qui se démenait en jurant.

Juliet, qui ne paraissait subitement plus si svelte ni arrogante, ressemblait à une chatte indignée, à présent qu'elle crachait et chuintait des épithètes bien senties.

Plantant un genou de part et d'autre du corps tressaillant, Trudy se servit de sa main libre pour ouvrir sa sacoche – depuis longtemps tombée au sol près d'elle – et en extraire les menottes qui faisaient partie de son équipement officiel. Elle les referma sur les poignets de la jeune femme et laissa échapper un soupir de satisfaction en entendant leur déclic rassurant.

Ce bruit permit à Juliet de prendre la mesure de sa situation, et elle ferma les yeux quelques instants pour s'efforcer de se calmer.

Trudy attrapa son couvre-chef, qui était à portée de main, et le renfila. Pour une étrange raison, elle s'en sentit beaucoup mieux ! Alors qu'elle rassemblait ses cheveux désormais ébouriffés sous sa coiffe, elle vit Phyllis Raynor l'observer à distance raisonnable et la toisa d'un œil noir.

— Ne me regardez pas comme ça, gémit Phyllis, contrariée. Rien de tout ceci n'est ma faute ! (Elle avait eu la jugeote de se placer à l'écart, et se trouvait désormais à moitié dissimulée derrière le lit.) Je veux porter plainte contre ces deux-là ! ajouta-t-elle d'une voix forte.

Juliet se mit alors à beugler de protestation.

— Non, arrêtez-la ! Cette garce nous fait chanter !

Rodney parvint finalement à soumettre Jasper dans la même position que sa jumelle et émit un grommellement de satisfaction. Son adversaire avait beau être petit et s'exprimer comme au sortir des meilleures écoles privées, il se battait tel un truand des quartiers pauvres de Naples !

Un calme précaire avait enfin été rétabli. Trudy était agenouillée près d'une Juliet déjà menottée, et Rodney achevait d'en faire autant avec son jumeau tout en lui signifiant son arrestation – à l'instar de sa sœur, il lui était reproché d'avoir agressé un policier et résisté à son arrestation.

— Puisque je vous dis que c'est elle qui devrait être menottée, siffla farouchement Juliet en désignant l'autre femme du menton (la seule partie de son corps qu'elle pouvait encore bouger sans mal). Elle a fait du chantage à ma mère. Nous pouvons le prouver, nous avons tout entendu.

Phyllis Raynor sembla subitement un peu moins rassurée sur son sort.

— Est-ce la vérité ? lui demanda Trudy par curiosité.

— Bien sûr que non. Ils sont venus ici pour me menacer de tas de choses, y compris de violences physiques, ajouta Phyllis pour faire bonne mesure. À mon avis, soit ils sont ivres, soit ils ont pris autre chose. Emmenez-les. J'ai droit à une protection policière, non ?

Trudy, qui n'avait pas oublié à quel point cette femme s'était montrée peu coopérative, se mit à sourire. Ce petit incident, si agaçant et douloureux qu'il ait été, avait au moins eu l'avantage de renverser la situation aux dépens de l'intruse du réveillon.

— Je pense plutôt, madame, que nous allons régler cela au poste de police, répondit-elle d'un ton doucereux. Je suis sûre que mon capitaine aura une tonne de questions à vous poser.

Phyllis pinça alors les lèvres en une moue contrariée. Juliet lui décocha un petit sourire narquois et triomphant.

31

— Quoi encore ? tempêta le capitaine Jennings un quart d'heure plus tard.

Il avait été attiré à la porte de son bureau par les jumeaux qui se plaignaient toujours aussi bruyamment, jetant menaces, injures et supplications en égales mesures, cependant que Trudy et Rodney les convoyaient jusqu'au commissariat. Il contemplait la scène avec une moue renfrognée qui n'augurait rien de bon.

— Chef, dit Trudy en matière d'excuse, avant de repérer le sergent O'Grady derrière son bureau. Sergent, voici Juliet et Jasper Vander, déclara-t-elle, réduisant enfin au silence les deux prévenus.

Ceux-ci observèrent avec prudence la lente approche de l'officier.

Jennings plissa les paupières.

— Qu'est-ce qui se passe, agent Loveday ? demanda-t-il d'un ton cassant.

— Chef, nous avons été appelés pour du tapage à la maison d'hôtes le Raven's Rest. À notre arrivée, nous avons trouvé Miss et Mr Vander dans la chambre d'une locataire – ce témoin, ajouta-t-elle en désignant Phyllis.

Elle n'avait pas quitté celle-ci des yeux, ni quand ils avaient escorté tout le monde au Land Rover, ni quand ils les en avaient fait descendre en arrivant au poste. Elle n'aurait pas été étonnée de la voir tenter de leur filer entre les doigts. Par chance, il était difficile de s'enfuir quand les trottoirs étaient plus glissants qu'une patinoire.

— Tous trois participaient à une violente altercation. Quand nous avons essayé d'y mettre un terme, les jumeaux nous ont attaqués, l'agent Broadstairs et moi-même, ajouta-t-elle sans tenter d'arrondir les angles. Mr et Miss Vander ont par ailleurs identifié cette femme comme étant celle qui s'est invitée à la soirée organisée par leur mère pour le réveillon du nouvel an, sergent.

O'Grady, qui avait désormais pris connaissance de tout le dossier, considéra Phyllis Raynor avec un intérêt renouvelé. À présent qu'il avait repris les rênes de l'affaire, il estimait qu'interroger tous ceux qui avaient vu le défunt durant ses dernières heures constituait la première des priorités. Et cette femme figurait tout en haut de la liste des témoins de la part desquels il espérait entendre un compte rendu détaillé de cette funeste soirée.

— Vraiment ? répondit O'Grady en lorgnant avec un sourire carnassier une Phyllis de plus en plus déconfite.

— Sergent, Mr et Miss Vander ont aussi prétendu qu'elle tentait actuellement d'exercer un chantage sur leur mère, Mrs Millicent Vander, poursuivit Trudy, qui savourait la réaction de ses deux supérieurs.

— C'est un mensonge pur et simple, se récria Phyllis d'un ton de défi. Qu'ils le prouvent !

Elle était assez convaincue qu'en des circonstances normales Millicent nierait elle aussi ces accusations. Après tout, il fallait avoir un vilain secret à garder pour être victime de chantage, et Millicent chercherait à dissimuler ce fait autant que possible.

Toutefois, Phyllis avait conscience du caractère exceptionnel des circonstances. Bientôt, Millicent apprendrait que ses précieux enfants avaient été arrêtés. Cette misérable imbécile irait-elle s'embourber d'elle-même en confirmant leurs accusations dans l'espoir de les tirer d'affaire ? Ou ferait-elle comme si de rien n'était en espérant que tout se passerait pour le mieux ?

Elle ne voudrait rien révéler. Phyllis avait cru voir en Millicent une femme indulgente et égoïste, mais perspicace. Et elle était bien placée pour savoir que l'instinct maternel pouvait se révéler dévastateur !

Toutefois, même si Millicent soutenait les dires de ses enfants, Phyllis demeurait certaine qu'aucun des Vander ne pourrait apporter la moindre preuve. Rien de tangible, en tout cas. Aucune somme d'argent n'avait été échangée, après tout, ce serait donc leur parole contre la sienne. Il lui suffisait de garder la tête froide et les idées claires.

Mais, bien sûr, elle allait devoir révéler son identité. Et quand ils découvriraient qu'elle était l'épouse légitime de Terrence Parker…

Phyllis sentait qu'elle allait passer un mauvais quart d'heure. Pis encore : ses chances de tirer le moindre bénéfice des coucheries de Terry s'étaient bel et bien envolées.

— Ces deux personnes m'ont attaquée dans ma chambre en me menaçant physiquement, déclara-t-elle d'un ton morne en désignant les jumeaux, qui lui retournèrent un sourire sarcastique. Je veux porter plainte.

Elle espérait donner ainsi du grain à moudre aux policiers, et gagner du temps.

Jennings poussa un profond soupir. Chantage, agression, menaces ? Quelles autres calamités cette maudite affaire allait-elle révéler ?

— Sergent, dit-il avec lassitude, j'aimerais que vous interrogiez Mr et Miss Vander. Je me charge de Mrs… ?

— Mrs Raynor, répliqua Phyllis à contrecœur, en se demandant si elle pourrait s'en sortir sans révéler son nom de femme mariée.

Oh ! elle savait bien qu'ils finiraient par la retrouver dans les registres d'état civil, mais tant de choses pouvaient se produire entretemps !

L'inspecteur la lorgna d'un air entendu. Fort de presque vingt années d'expérience dans la police, il savait repérer une arnaqueuse quand il en voyait une. Et il devinait que celle-ci devait être aussi fuyante qu'une anguille.

— Oui, chef, répondit le sergent O'Grady. Allez, vous deux, allons nous installer en bas, d'accord ?

Dans l'idéal, il aurait préféré les séparer, mais personne n'était disponible pour l'aider à mener les interrogatoires. L'agent Loveday était trop jeune, et Broadstairs trop inexpérimenté pour ce genre de cas.

— Chef, lança Trudy à Jennings cependant que le capitaine faisait pénétrer Phyllis dans son bureau.

Il se retourna d'un air aigri.

— Agent Loveday ? répondit-il d'un ton accablé.

Trudy cilla, déconcertée.

— Que voulez-vous que je fasse, chef ?

— Vous ?

Jennings aurait aimé répondre tant de choses à cette plaie ambulante. Pourtant, il se sentait déjà trop las – et dire qu'il n'avait même pas encore effectué la moitié de sa journée de travail !

— Oh ! essayez juste de vous rendre utile ! finit-il par gronder avant de claquer sa porte.

— Quelle mouche l'a piqué ? maugréa Rodney en regagnant son bureau.

Il clopinait légèrement, les tibias encore endoloris par les coups de pied reçus. Cela, au moins, réjouit un peu Trudy.

Elle venait de s'installer – un peu tristement – à son bureau quand elle redressa la tête et aperçut Clement, Vincent et une jolie fille aux boucles rousses.

— Bonjour, Trudy, lança doucement Clement une fois parvenu à sa hauteur. Je vous présente Miss Arles. Vous vous rappelez, elle avait très envie de nous dire quelque chose ? Eh bien, apparemment, elle se trouvait dans la voiture de Mr Parker quand celui-ci a eu son accident.

Satisfait d'avoir laissé son amie pantoise, il tira calmement une chaise pour permettre à Patsy de s'asseoir.

— Vous voudrez peut-être prendre des notes, suggéra Clement avec obligeance.

Une affirmation bien en deçà de la réalité.

Le temps d'écouter et de taper la déclaration de la fille, puis de la lui faire signer, la tête de Trudy lui tournait. Était-ce ce matin même qu'elle se demandait combien d'événements pouvaient, d'un point de vue réaliste, survenir en une seule journée ?

Comprenant que la démesure du témoignage de Patsy Arles ferait sortir le capitaine Jennings de ses gonds, elle demanda prudemment à Clément et à Vincent de patienter et fit prévenir son sergent qu'un événement urgent requérait son attention immédiate.

O'Grady délaissa dûment les jumeaux Vander et vint s'asseoir à la table de Trudy en lui décochant un regard interrogateur.

Clement et Vincent prirent un malin plaisir à observer la réaction du pourtant si flegmatique sergent à la lecture de la déclaration de Patsy.

Une demi-heure plus tard, Trudy, Clement et Vincent étaient assis dans la cuisine du coroner, devant une bonne tasse de chocolat chaud. Après que le sergent eut accompagné Miss Arles dans le bureau du capitaine – et que Jennings se fut mis à beugler en apprenant les derniers rebondissements –, tous trois avaient estimé plus prudent de partir.

— Après tout, le capitaine m'a demandé de me rendre utile, avait fait remarquer Trudy de façon raisonnable cependant qu'ils décampaient. Et rédiger un compte rendu de l'enquête à ce stade me semble plutôt utile, non ?

À présent qu'ils discutaient des événements de la journée en n'omettant aucun détail, ils tentaient également de démêler les différents fils de l'histoire.

— Les jumeaux et Patsy ont essayé d'attirer Terrence Parker dans une espèce de traquenard amoureux, récapitula Vincent. Cette Phyllis – sans doute une ancienne maîtresse, ou quelque chose comme ça – a dû vouloir tenter de lui mettre le grappin dessus, vu son amour pour l'argent mal gagné. L'actuelle fiancée ou bien-aimée du défunt, qui a organisé le réveillon, était sans doute intriguée par son invitée mystère, et notre victime a dû tout faire pour les éloigner l'une de l'autre. Ah oui, et l'un des convives, à un moment ou à un autre, s'est débrouillé pour verser une bonne quantité de somnifères dans le champagne de Terry. Voilà ce que j'appelle une fête ! conclut-il avec un sourire ironique.

Clement et Trudy ne purent qu'en rire, même si ni l'un ni l'autre n'était d'humeur à se réjouir.

Ce fut la policière qui, la première, exprima son malaise.

— Eh bien, ce n'est plus notre problème, mais celui du sergent O'Grady.

— Alors ça y est ? Nous sommes dessaisis de l'enquête ? s'exclama Vincent, scandalisé.

— J'en ai bien peur. Cette histoire est tellement complexe et alambiquée qu'il ne fait plus aucun doute que nous avons affaire à un meurtre… (Trudy soupira longuement et haussa les épaules.) Un simple agent n'a plus voix au chapitre.

— Ni un expert semi-officiel comme moi, ajouta Clement le cœur lourd.

— C'est injuste, pesta Vincent avec des airs de petit garçon boudeur. Vous leur avez mâché le travail. Vous vous êtes même battue, ajouta-t-il, admiratif, à l'intention de Trudy. Dire que, pendant tout ce temps, j'étais tranquillement installé à la bibliothèque à faire des recherches de second plan. Pas très impressionnant, hein ?

Trudy, oubliant complètement qu'elle avait délégué cette tâche ingrate à Vincent, éprouva un accès de culpabilité.

— Ce n'était peut-être pas intéressant, mais le travail de terrain élémentaire et une attention rigoureuse aux détails constituent l'épine dorsale d'un bon travail de police.

Elle récitait ce qu'on lui avait inculqué au cours de sa formation.

— Dans ce cas, c'était avec plaisir.

Vincent sourit en lui rendant le carnet qu'elle lui avait confié, dans lequel figuraient les maigres fruits de sa récolte matinale.

Trudy entreprit de le parcourir distraitement.

Clement considéra son fils avec tendresse.

— Je croyais que tu n'aimais pas que ton vieux père joue les détectives ? le taquina-t-il. Tu trouvais indigne de mes précieux talents d'aller fouiner dans une enquête criminelle. Et, maintenant, tu te vexes parce que nous sommes coupés dans notre élan. Allons, reconnais-le, tu es aussi passionné que moi.

Vincent lui retourna un sourire penaud.

— D'accord, j'admets que j'y trouve désormais un intérêt… Trudy ? Qu'y a-t-il ? demanda-t-il soudain.

Trudy se tenait raide comme un piquet, les yeux rivés sur une page du carnet ; un air d'horreur et d'incertitude, couplé à une lueur d'excitation, éclairait son visage.

— Fairweather.

— Pardon ? fit Vincent.

Mais Clement sentit une décharge d'adrénaline affluer dans ses veines, car il avait déjà vu sa jeune amie arborer cette expression et savait donc qu'elle augurait quelque chose d'au bas mot intéressant.

Trudy observa tour à tour le père et le fils.

— Et si aucun d'entre eux n'était coupable ? Je veux dire, aucun de ceux qui se trouvent actuellement au commissariat ? Et s'il s'était tramé autre chose à cette soirée de réveillon ? Et si quelqu'un d'autre avait voulu la mort de Terry Parker ?

32

Katherine Morton ne sembla pas particulièrement surprise de les revoir – même Vincent, qui avait insisté pour venir, alors qu'il n'avait absolument aucune raison valable de le faire.

Après leur avoir ouvert à l'Interphone, elle s'était postée sur le pas de sa porte, avait gratifié le trio d'un bref regard presque amusé, avant de s'effacer pour les inviter à entrer.

— Venez donc, lança-t-elle avec un sourire. J'ai du vin chaud et de la vodka glacée à foison, en fonction de vos préférences.

À la manière dont elle regagna précautionneusement son siège pour s'y laisser tomber, il était manifeste que la maîtresse de maison avait déjà généreusement consommé l'un ou l'autre breuvage (peut-être même les deux). Et, en effet, sur la table basse située près de son fauteuil, reposaient une bouteille d'alcool blanc et un verre à moitié pleins.

Elle porta ce dernier à ses lèvres et en sirota une gorgée.

— Eh bien, ne restez pas plantés debout autour de moi, asseyez-vous donc. Et qui est ce bel Adonis ? demanda-t-elle en contemplant Vincent, qui parut aussitôt mal à l'aise.

L'artiste portait une longue et chaude robe de laine multicolore, qui la moulait par endroits et flottait par ailleurs de façon étonnante. Son maquillage avait été appliqué un peu trop nonchalamment, ses cheveux étaient légèrement en bataille, mais son sex-appeal demeurait indéniable.

Vincent se rappela qu'elle était assez vieille pour être sa mère, puis se tourna vers Clement, qui observait l'artiste d'un air pensif.

— Voici mon fils, Vincent. J'espère que vous ne m'en voulez pas de l'avoir amené, mais il mourait d'envie de vous rencontrer, déclara-t-il courtoisement. C'est un grand admirateur de votre travail.

Vincent, qui n'aurait pas su différencier un Mondrian d'un Greco, battit des cils en opinant avec enthousiasme.

Katherine considéra les deux hommes avec un sourire cynique.

— Et c'est la raison de votre visite aujourd'hui ? demanda-t-elle d'une voix légèrement traînante et beaucoup plus sceptique.

Elle se tourna vers Trudy dans son uniforme et poussa un léger soupir. La policière comprit que c'était son tour d'intervenir, ce qu'elle fit prudemment.

— Pas tout à fait, Miss Morton. Ou devrais-je dire Mrs Fairweather ? ajouta-t-elle d'un ton posé.

— Non, sûrement pas, répliqua l'artiste d'un ton acerbe. Je suis née Morton, mon nom est Morton. Par ailleurs, je suis divorcée.

— C'est vrai. Mais votre fille portait le nom de votre mari, fit remarquer Trudy d'un ton neutre.

— Amy Jean ?

Instinctivement, le regard de Katherine se porta sur la photo posée sur la commode que Trudy avait remarquée lors de leur première visite. On y voyait une belle adolescente, tout sourire, les yeux tournés vers l'objectif.

— Oui, Amy Jean était très attachée à son père, confirma l'artiste. (Trudy crut déceler une pointe d'amertume dans son propos.) Pour une raison ou pour une autre, on semblait ne jamais s'entendre, elle et moi. Même quand elle était petite.

— J'ai été navrée d'apprendre sa mort, confessa Trudy.

Elle sentit les deux hommes se crisper et tendre l'oreille tandis qu'elle en venait au nœud du problème.

— Elle a succombé à un accident de voiture, c'est bien cela ?

Trudy, bien sûr, le savait déjà : Vincent l'avait lu à la bibliothèque le matin même.

— Oui, confirma Katherine dans un long soupir tremblotant. (Elle avala une grande rasade de vodka pure.) Elle avait tout juste dix-huit ans.

— Je n'ose imaginer votre peine, déclara Clement en coulant un regard vers Vincent. J'ai aussi une fille, précisa-t-il.

L'artiste et le coroner partagèrent alors un instant de connivence silencieuse. Puis Katherine Morton secoua la tête et se détourna.

— J'essaie de ne pas y penser, déclara-t-elle.

— C'est arrivé il y a presque deux ans, c'est ça ? poursuivit Trudy avec tact.

— Oui, un soir. Je m'en souviens comme si c'était hier, ajouta Katherine en hochant la tête.

— Que s'est-il passé ? lui demanda Trudy.

Une fois encore, elle connaissait déjà tous les détails : la jeune femme, qui avait obtenu son permis de conduire le mois précédent, avait perdu le contrôle de sa voiture de sport MG et était rentrée dans un camion sur une route à forte circulation, non loin du bourg de Banbury. Elle était morte sur le coup. Le routier, sous le choc, n'avait souffert que de blessures superficielles. Quelle influence ce genre de drame pouvait-il avoir sur une personne ? s'interrogeait Trudy avec un pincement au cœur. L'homme ne conduisait sans doute plus de camions, désormais, même si ses collègues policiers avaient rapidement établi, grâce aux nombreux témoignages, qu'il n'avait rien eu à se reprocher.

— Son père lui a donné de l'argent pour s'offrir une voiture et, bien sûr, elle a jeté son dévolu sur un véhicule de sport surbaissé rouge vif, expliqua Katherine d'un ton tranchant. Je lui ai dit qu'elle était trop jeune et trop peu raisonnable pour ce genre de bolide, mais il l'a toujours gâtée. Et cette petite espiègle savait s'y prendre pour l'embobiner.

Elle vida son verre et le remplit aussitôt d'une main tremblante.

— Comment est-ce arrivé ? insista Trudy aussi délicatement que possible.

— Oh ! elle rentrait d'une soirée où elle avait trop bu.

Considérant l'ironie de la situation, l'artiste contempla son verre rempli et partit d'un rire sec et désespéré.

— *Mea culpa*, apparemment. Son père, ce porc, n'était pas facile à vivre, et… Dès son plus jeune âge, elle nous a vus boire sans modération. Alors vous comprenez… (Elle leur jeta un sourire provocant, misérable et déchirant.) C'est ma faute, si j'ai perdu ma petite fille.

Elle but une nouvelle lampée et laissa reposer l'arrière de son crâne sur la têtière.

— Mais ce n'était pas entièrement votre faute, si ? fit calmement remarquer Trudy.

Katherine roula des yeux dans sa direction, et un sourire étrange, presque fantasque, étira ses lèvres.

— Vous ne pensez pas ?

— Non. C'est aussi celle de votre mari, qui a donné à Amy Jean l'argent nécessaire pour acheter cette voiture ; et, bien sûr, à l'homme qui la lui a vendue.

Ces mots flottèrent dans l'air telle une invitation. Les quatre occupants de la pièce les écoutèrent résonner dans leurs propres pensées.

Trudy se disait que c'était l'instant fatidique. Si son intuition concernant le mobile du meurtre de Terry Parker était exacte, alors elle le découvrirait ici, et maintenant.

Clement se demandait si l'artiste avait atteint le bon degré d'ivresse pour leur être utile ou si, à l'inverse, elle allait devenir agressive ou se murer dans le silence.

Vincent s'émerveillait de l'habileté avec laquelle Trudy interrogeait son témoin.

Quant à Katherine… Katherine errait au bord d'un précipice au fond duquel elle voulait se jeter depuis longtemps, tout en étant terrifiée par cette perspective. Cela provoquait en elle un mélange de colère et d'amusement.

Depuis le trépas d'Amy Jean, elle avait l'impression d'être à moitié morte elle aussi. Oh ! les œuvres qu'elle avait peintes depuis étaient fantastiques (ne disait-on pas que les plus grandes toiles étaient nées de grandes souffrances ?), mais elle n'était plus en état de les apprécier. L'alcool n'amortissait rien du tout. La vie se poursuivait, lente et inutile. Pendant tout ce temps, le nuage noir de la culpabilité qui flottait au-dessus d'elle l'accablait davantage chaque jour, l'étouffant un peu plus quotidiennement.

Une mère était censée secourir et protéger ses enfants, non ? Pas leur montrer le mauvais exemple en leur laissant carte blanche pour commettre les pires stupidités, comme se tuer avant leurs dix-neuf ans. Que n'aurait-elle pas donné pour revivre ces derniers jours en compagnie de sa fille. Toutes ces choses qu'elle aurait faites différemment…

Quelque chose lui chatouilla la joue et, quand elle y porta la main, elle fut surprise de découvrir ses doigts mouillés. Les larmes s'étaient mises à couler sans même qu'elle s'en rende compte.

Elle les essuya furieusement de la paume et inspira un grand coup.

Elle savait depuis l'instant où elle s'était réveillée, à l'aube de cette nouvelle année, que ce moment viendrait ; toutefois, elle n'avait rien préparé. La spontanéité avait toujours été sa façon d'agir, que ce soit dans son art, dans sa vie amoureuse ou lors de ses rares égarements dans les jeux d'argent.

Elle avait toujours affronté les événements quand ils se présentaient, s'en remettant à son instinct et à son ressenti. Et voilà qu'elle se retrouvait confrontée ce qui serait peut-être son ultime épreuve.

Elle considéra Trudy, presque surprise. Elle n'aurait pas imaginé que le destin mettrait sur sa route une jeune femme, aussi drôle que belle, dans un élégant uniforme de police. Et pourtant, voilà que cette dernière la contemplait d'un air si… entendu.

Eh bien, songea Katherine. *Qu'il en soit ainsi.*

Ce n'était pas comme si elle avait grand-chose à perdre de toute façon. Chaque jour était un combat. Quelle différence cela faisait-il que la lutte se déroule ici ou dans une cellule de prison ?

— Mr Terrence Parker est l'homme qui a vendu cette voiture à votre fille, n'est-ce pas ? demanda doucement Trudy.

Une fois encore, elle connaissait la réponse. Avant de quitter le domicile de Clement, et après avoir expliqué aux deux hommes ses soupçons concernant cette femme, elle avait téléphoné à Geoffrey Thorpe. Par chance, celui-ci se trouvait au bureau et, toujours intimidé, s'était montré plus que coopératif. Il avait rapidement compulsé les dossiers correspondants avant de lui fournir la réponse positive à laquelle elle s'attendait.

— Oui, ce salopard lui a vendu la voiture, s'entendit confirmer Katherine. (Sa voix semblait provenir de très loin.) Il a pourtant bien dû voir qu'elle était jeune. Il aurait dû se rendre compte, en prenant ses coordonnées, qu'elle ne pouvait pas avoir son permis depuis longtemps. Et il connaissait les voitures, bon sang. Il savait que ce bolide ridicule serait bien trop puissant pour une conductrice si inexpérimentée. Et trop peu résistante – aussi légère que possible pour favoriser la vitesse. La carrosserie s'est froissée comme un mouchoir quand elle a percuté ce camion, ajouta-t-elle avec horreur. Amy Jean n'avait aucune chance d'en réchapper.

Elle contempla son verre, but une nouvelle rasade. Elle aurait aimé être soûle comme une grive pour tout oublier, au moins quelques heures… Mais, curieusement, ces derniers temps, elle avait beau picoler, elle ne perdait plus jamais contact avec la réalité.

— Saviez-vous qu'il se trouverait au réveillon ? reprit Trudy, qui osait à peine bouger de peur de distraire son témoin ou de lui faire prendre conscience de ce qu'elle racontait.

— Quoi ? Oh ! cette sauterie ridicule organisée à la veille du nouvel an ? Non, je n'en avais aucune idée, affirma Katherine. (Trudy la crut volontiers.) J'avais vaguement rencontré Millie Vander ici ou là, comme ça arrive parfois. On vit dans une petite ville, et elle siégeait dans je ne sais quel centre artistique. Mais ce n'est pas tout à fait mon « genre ». Une femme de la haute refoulée, pleine de pognon, mais qui crève sans doute d'ennui, la pauvre, conclut Katherine avec ce que Trudy et Clement perçurent comme de la compassion sincère.

Elle poussa un profond soupir, sirota pensivement un peu de vodka.

— Non, comme je vous l'ai dit, j'ai reçu des tonnes d'invitations à diverses soirées mais, avec un temps pareil, il fallait que ce soit à côté de chez moi, alors j'ai abouti là-bas.

Elle partit d'un bref éclat de rire.

— Ce n'était pas si mal, à bien y réfléchir. La nourriture était bonne – Millie a bien choisi son traiteur. Et le champagne était encore meilleur – un sacré millésime. Je commençais à entendre un certain nombre de ragots de la part de ses soi-disant « amis », qui prétendaient qu'elle se ridiculisait en fréquentant un homme plus jeune, ajouta-t-elle dans un sourire. Je me rappelle m'être dit que je devrais plutôt la féliciter de profiter un peu de la vie. Mais quand *il* est arrivé…

L'identité de la personne concernée ne faisait aucun doute, tant son ton était devenu glacial. Le venin et la haine contenus dans sa voix étaient si purs et puissants que les trois enquêteurs eurent presque l'impression d'une nouvelle présence dans la pièce.

Katherine secoua la tête et émit une nouvelle fois ce petit rire amer qui donnait envie de pleurer à Trudy. Un rire tellement dépourvu de vie et désespéré…

— Je l'ai bien sûr reconnu au premier coup d'œil. Lui ne me connaissait pas, en revanche, les informa-t-elle. J'ai assisté à l'enquête criminelle d'Amy Jean avec ce gros chapeau mou et d'énormes lunettes noires pour que les vautours de la presse ne me reconnaissent pas. Et j'ai mis le même costume environ un mois plus tard, quand je me suis rendue à l'endroit où elle avait acheté la voiture – je n'ai pas pu m'en empêcher, vous comprenez ? Je me souvenais de son rire le jour où elle m'avait appris qu'un beau jeune homme la lui avait vendue, et je tenais à le voir de mes yeux. Oh ! je savais que ce n'était pas sain, mais c'était plus fort que moi.

Elle soupira derechef et secoua la tête.

— C'était une erreur, bien sûr. Je l'ai vu dans son avant-cour, en train de vaquer à ses occupations comme si de rien n'était ; je me suis alors sentie tellement impuissante et pleine de rage. Qu'est-ce que cela pouvait lui faire qu'une adorable adolescente soit morte si jeune, tant qu'il avait fait son beurre sur la vente de cette satanée bagnole ?

Elle se tourna vers la fenêtre, luttant clairement contre les larmes. Elle finit par leur faire face à nouveau.

— Je n'y suis jamais retournée, déclara-t-elle froidement. Je pense que, même à l'époque, j'avais conscience que ce serait dangereux – tant pour lui que pour moi. Quelque chose au fond de moi me disait que j'étais trop proche d'un précipice obscur, et que je ne devais jamais m'autoriser à me pencher par-dessus pour en sonder le fond. Alors je me suis efforcée de les oublier, lui et ses maudites voitures. Ça n'a pas été facile, mais j'ai réussi.

Elle éclata d'un nouveau rire.

— Et puis, alors que je pensais enfin avoir tourné la page, je le retrouve à une soirée. Juste là, devant moi. Mon premier réflexe a été de me figer. Heureusement que j'étais déjà assise, un verre à la main, ajouta-t-elle avec amertume.

— Ça a dû être très difficile pour vous, murmura Trudy avec sincérité. De vous retrouver soudain dans la même pièce que l'homme qui a joué un rôle dans la mort de votre fille.

Katherine cligna des paupières.

— Je sais ce que vous pensez, dit-elle d'une voix désormais traînante, mais toujours intelligible. Vous pensez que son rôle dans la destruction d'Amy Jean était négligeable. Que je suis plus coupable que lui…

En réalité, Trudy ne pensait rien de tel, mais elle se garda de la contredire. Elle voyait bien que Katherine Morton baignait depuis si longtemps dans la culpabilité et le dégoût d'elle-même qu'il serait vain de tenter de la réconforter. Et puis, qu'aurait-elle pu lui dire ?

— Et vous avez raison, bien sûr, reprit l'artiste avec lassitude. C'est moi, la responsable. Mais, au moins, j'en souffre, signala-t-elle d'un ton de défi, presque avec fierté. Et son père aussi, d'une certaine manière, du moins j'imagine, consentit-elle à contrecœur. Mais, quand j'ai vu cet homme rire et boire, j'ai compris qu'il n'avait pas éprouvé un instant de culpabilité. Et quand il s'est mis à danser avec cette riche veuve qu'il devait épouser bientôt, j'ai compris que sa vie n'irait qu'en s'améliorant.

Elle se pencha lentement en avant pour déposer son verre, non sans difficulté, pile au milieu de la table. Puis elle scruta Trudy avec une intensité telle que la policière se crispa légèrement. Le visage de l'artiste se trouvait désormais ravagé par une émotion si puissante que Trudy eut envie de se ratatiner sur son siège pour ne pas se laisser contaminer.

Bien sûr, elle ne remua pas un cil.

— J'ai vu ce qui allait se passer, vous comprenez ? Lui allait jouir des nombreuses années qu'il lui restait à vivre, aidant Millie Vander à dilapider sa fortune, dînant au Ritz, partant en vacances dans le Sud de la France, profitant de tout ce que ce monde peut lui offrir. Alors qu'Amy Jean, mon Amy Jean, reposerait six pieds sous terre, dans le noir, sans pouvoir bénéficier de cette vie qui lui a été volée. Et savez-vous…

Katherine baissa alors d'un ton et se pencha un peu plus. Les deux hommes de la pièce l'imitèrent, tendant l'oreille, à la fois fascinés et dégoûtés, mais impatients de découvrir ce qu'elle avait à ajouter.

— Tandis qu'on attendait les douze coups de minuit, j'ai compris avec une absolue certitude que je ne pouvais l'autoriser à vivre une minute de plus que nécessaire, avoua-t-elle simplement. Je n'avais encore jamais envisagé une chose pareille – je parle de la vengeance. Comme je vous l'ai dit, j'ai longtemps essayé de ne plus du tout penser à Amy Jean et à cet accident de voiture – à cette nuit cruciale où tout a basculé. Et cela impliquait d'oublier tout ce qui pouvait avoir un lien avec elle, y compris son père et cet homme. Mais à cet instant, alors que les dernières secondes de l'année s'égrenaient et que je le voyais rire et faire du gringue à Millie Vander… c'est comme si quelque chose était venu m'envelopper. Je ne saurais pas l'expliquer autrement. Comme une couverture, sauf que ça n'avait rien de chaud ni de réconfortant, bien au contraire. C'était froid et sans vie. Une contrainte, une certitude, une… oh, c'est inutile, je ne trouverai pas les mots pour le décrire. En tout cas, sans rien avoir prévu, et presque même sans le savoir, j'ai compris que je devais empêcher cet homme de vivre un jour de plus dans un monde où Amy Jean n'existait plus. Je me sentais si calme que c'en était surnaturel. Comme si un… un… un froid mortel s'était insinué dans mes veines. Une sensation dévorante et irrépressible, contre laquelle je n'ai même pas essayé de lutter.

Le souvenir de cet instant dut lui être insupportable, car elle tendit désespérément le bras vers son verre, qu'elle vida une nouvelle fois. Puis elle se renversa dans son fauteuil.

— Qu'avez-vous fait ensuite ? s'enquit Trudy dans un murmure.

— Hein ? Fait ? (Katherine la considéra d'un air distrait et se fendit d'un sourire ironique.) Oh ! je n'ai vraiment rien fait d'autre que réfléchir. Comment le tuer ? Je n'avais pas d'arme et, même si j'étais arrivée à m'emparer d'un couteau dans la cuisine pour me ruer sur lui, les autres m'auraient arrêtée. Sa voiture était dehors, et j'aurais adoré le voir mourir de la même manière que mon Amy Jean, seul dans la nuit, malheureusement je ne savais pas du tout comment m'y prendre pour la saboter. Je n'avais avec moi que mon sac à main.

Son regard se porta alors sur l'accessoire en question, qui gisait sur le sol près de son fauteuil – un grand et volumineux bagage débordant de bric-à-brac. Trudy se rappelait l'avoir remarqué lors de leur première visite.

— J'ai presque toute ma vie là-dedans, commenta Katherine en affichant un lent sourire. Y compris les pilules que mon médecin m'a prescrites pour m'aider à dormir. Ces saletés ont cessé de me faire de l'effet au bout d'un moment, et j'ai dû en prendre de plus en plus pour trouver le sommeil. Le plus amusant, c'est que ça m'a permis de comprendre comment elles fonctionnaient, entre les dosages et tout ça. Et soudain, ça m'a semblé évident. Il me suffisait d'attendre que tout le monde lève son verre à minuit, puis de ne plus quitter des yeux celui de cet homme. Dès l'instant où il l'a posé – pour danser une dernière fois avec sa bien-aimée, en l'occurrence –, j'ai versé deux doses et demie à l'intérieur, tout en veillant à ne pas être vue, bien sûr, et je n'ai plus eu qu'à attendre.

Tous ses interlocuteurs laissèrent échapper un soupir.

— Bien sûr, cela aurait raté s'il était resté plus d'une dizaine de minutes après avoir bu, ajouta-t-elle d'un ton presque désinvolte. Mais je comptais sur la météo, et sur le fait que notre Millie voudrait que ses autres convives le voient partir assez tôt – pour couper court à de nouveaux ragots, évidemment, précisa l'artiste avec humour. Il ne fallait surtout pas que qui que ce soit pense qu'il allait rester pour la nuit ! Oh ! non. Beaucoup trop choquant ! (Elle eut un rire moqueur.) Et en effet, comme je le subodorais, il a vidé sa coupe, a fait ses adieux et a pris congé. Et je… je l'ai juste regardé quitter la maison, avant de dire au revoir à mon tour et de rentrer chez moi.

Katherine avait prononcé cette dernière phrase comme si elle en était elle-même surprise.

— C'était… étrange. De marcher jusqu'à la maison. En me demandant si ça allait marcher. S'il aurait un accident avant d'arriver à bon port. Si l'impact suffirait à le tuer. Et de réfléchir à d'autres manières de me débarrasser de lui dans le cas contraire.

Cette déclaration brusque, pragmatique, presque indifférente, donna le frisson à Vincent.

— Et auriez-vous réessayé ? demanda doucement Trudy.

— Oh ! oui, confirma Katherine Morton en la regardant avec un léger sourire. Ma décision était prise, vous comprenez ?

33

Trudy, craignant que Katherine finisse trop soûle si elle n'agissait pas assez vite, s'empressa de rédiger dans son carnet un rapport circonstancié des événements de la soirée tels que l'artiste les lui avait dépeints, et le fit signer à Katherine. Clement le parapha ensuite en qualité de témoin.

Ils emmenèrent alors une Katherine docile, presque satisfaite, jusqu'au commissariat. Trudy, assise avec elle sur la banquette arrière de la voiture du coroner, ne lui posa pas plus de questions. Elle savait que le sergent voudrait conduire son propre interrogatoire officiel dès leur arrivée.

Elle n'était pas surprise de sentir Katherine soulagée. Contente, même. Ses aveux avaient dû lui ôter un sacré poids.

Depuis le siège passager, Vincent scrutait le visage fermé, mais calme, de son père, à qui il vouait une grande admiration. Lui-même avait été considérablement secoué par les événements. Jamais de sa vie il n'aurait cru se retrouver un jour dans la même pièce qu'une tueuse, à écouter sa confession – et encore moins éprouver pour elle une peine sincère. Alors même que son récit lui avait glacé les sangs.

Une fois au poste, Trudy constata que le sergent O'Grady était de retour à son bureau. La porte de celui du capitaine Jennings était grande ouverte. Soulagée que les deux hommes en aient fini avec les Vander et Phyllis – sans doute bouclés dans une cellule à présent –, elle guida Katherine d'une main douce mais ferme jusqu'à la table de son supérieur, et la fit asseoir.

O'Grady considéra cette visiteuse d'un air inquisiteur, puis adressa une question silencieuse à Trudy.

— Sergent, voici Miss Morton. Elle vient d'avouer le meurtre de Mr Terrence Parker, expliqua-t-elle calmement. J'ai rédigé sa déclaration préliminaire, qu'elle a signée.

Elle lui tendit son carnet, tout en sachant qu'elle devrait retaper le texte plus tard.

Les yeux du sergent, qui s'étaient écarquillés de plus en plus au fil de sa succincte présentation des faits, se posèrent alors sur la suspecte, qui lui adressa un léger sourire et un infime hochement de tête.

— Je vois, répondit calmement O'Grady en commençant à lire la belle écriture de Trudy. Vous feriez bien de prévenir le capitaine Jennings, ajouta-t-il sans un regard.

Trudy se releva non sans appréhension. Quoique heureuse et fière d'avoir résolu cette enquête, elle ne s'attendait ni à de vives félicitations ni à de sincères remerciements de la part de son patron.

Clement et Vincent, constata-t-elle en réprimant un sourire, s'étaient sagement volatilisés avant qu'elle franchisse la porte !

Plus tard dans la soirée, le coroner lavait la vaisselle du soir à l'évier de la cuisine. Il aurait aimé être là pour voir la tête du capitaine quand Trudy lui avait annoncé qu'elle lui amenait la meurtrière, aveux signés, mais il devait se contenter d'imaginer la scène !

Malgré tout, il affichait un large sourire en visualisant un Harry Jennings bredouillant. Puis, alors qu'il essuyait un verre, sa main se mit à trembler de façon incontrôlable, et le récipient glissa entre les plis du torchon et vint s'écraser au sol, où il se brisa bruyamment.

— Zut ! grogna Clement.

Il se retourna soudain en entendant son fils approcher derrière lui.

— Passe-moi la pelle et la balayette, veux-tu ? demanda-t-il nonchalamment.

— Plus tard, répondit sèchement Vincent en lui prenant le torchon.

Clement se détourna en hâte pour dissimuler sa main entre son corps et le meuble de cuisine.

Mais Vincent saisit posément le membre tremblant et l'attira à la lumière. Clement se raidit.

Pendant quelques secondes, les deux hommes contemplèrent les doigts indisciplinables, et Vincent sentit la peur lui nouer l'estomac.

— Bon, papa, parvint-il à articuler malgré sa gorge serrée. Tu ne crois pas qu'il serait temps de me dire ce qui ne va pas ?

Composé et édité par HarperCollins France.

Achevé d'imprimer en mai 2023.

FIRMIN-DIDOT

à Mesnil-sur-l'Estrée (Eure)

Dépôt légal : juin 2023.

Pour limiter l'empreinte environnementale de ses livres, HarperCollins France s'engage à n'utiliser que du papier fabriqué à partir de bois provenant de forêts gérées durablement et de manière responsable.

Imprimé en France